かぞくの南京錠

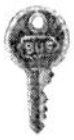

竹内清人

幻冬舎MC

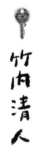

かぞくの南京錠

カバーイラスト・題字／たなかしん

目次

プロローグ

平成二八（二〇一六）年――、明けの空から差す光が、梅の花に彩られた四天王寺の境内をほのぼのと照らしている。

窓を少し開けると、冷たい風がひんやり肌に染みた。少し早い梅の花の香りをたっぷり鼻から味わって、一気に吐き出す。ええ日和やなあ、と松倉将は胸の内に淀んでいた気分がすっと抜けていく気がした。

四天王寺を北から望む窓からは、境内にある大黒堂とその東どなりに並ぶ英霊堂が見える。大黒堂には、大黒さんと毘沙門さんと弁天さんと三つの顔を持つ三面大黒さんが祀《まつ》られており、商売繁盛、子孫繁栄、福徳智慧《ふくとくちえ》という、一粒で二度どころか三度おいしいグリコに勝るご利益があるという。英霊堂は元は釣鐘堂であったが、第二次世界大戦中に軍部による金属類の接収で鐘が持っていかれ、戦争が終わると戦没者の英霊堂に鞍替えしたそうだ。

以前は、ここから寺全体が一望できたが、六年前に建ったマンションによって境内の東側半分がすっぽりと覆い隠されてしまい、四天王寺式伽藍と呼ばれる景観が損われてしまった。祖父と父が眺めてきた風景は、もうここにはない。もっともそのマンションかて、うちの社の製品をいくつも使うてくれてるんやさかい、お陰さまさまや、と軽く自嘲する。

建築金物・資材専門商社、マツ六株式会社は、創業者でもある将の祖父、松倉六郎の名にちなんでつけられた社名だ。大正一〇（一九二一）年、六郎は商いの町、船場《せんば》にほど近い西賑町《にしにぎわいちょう》（現在の谷町六丁目と安堂寺町二丁目に跨《またが》る一画）に建築金物卸売業の店、松倉六郎商店を構えた。昭和二三（一九四八）年の法人化に伴い、松倉金物株式会社と名称をあらため、昭和四三（一九六八）年にこの上町台地に新社屋を建てて移転した。現在のマツ六に社名変更したのは、昭和六三（一九八八）年のことだ。

古代の大阪は生駒山の裾野まで海岸線が入り込んだ入江で、現在の天満から住吉に伸びる上町台地だけが半島のように突き出していた。その突端には、時代ごとに石山本願寺や大阪城といった、信仰や政治の拠点が築かれた。現代でも、上町台地はいわば大阪の山の手である。

若き日に、船場で丁稚奉公《でっちぼうこう》をしながら育った六郎にとって、上町台地はいつも見上げる世界であったに違いない。

「ここの屋上にのぼると、四天王寺の境内が手に取るように見えます。夜は大阪のネオンが美しく見えるし、昼間は生駒の山肌がくっきり眺められる景勝の地です。それに、閑静でええ」

生前の六郎を知る人に聞くと、来客があるたびによくそう口にしていたという。六郎さんにとって、上町台地は船場から始まった人生すごろくの「あがり」やったのやないか、と将には思えた。その六郎を見送ってから、すでに二八年が過ぎた。

そして今日、今度は父の充太郎を見送るため、将は告別式の喪主を務めねばならない。

壁の掛け時計を見ると、朝の七時を少し回ったところだ。

いつもなら、日課のトレイル・ランニングで自宅近くの西高野街道から天野街道を心地よい山風を浴びながら走っている頃だ。

五四歳になった今も同じ年の男性と比べたら贅肉は少ないほうだと自負しているが、一〇年ほど前から取引先とのゴルフでコースをまわるとき、息切れを感じるようになった。これはあかんと、若い頃のボーイスカウトで身につけた山歩きの習慣を活かして始めてみたら、初めこそしんどかったものの、すがすがしい山の空気を体内に吸収するうちに、楽しくなってきたのだ。以来、欠かさず毎日続けてきた。

しかし、ゆうべは充太郎の亡骸を高校生になる息子の光太郎と交代で寝ずの番をしていた。一時間ほど仮眠を取ってから、タクシーを拾ってそのまま会社にやって来た。

今日は日曜日なので、出社するものは誰もいない。充太郎が会長室として使っていたこの部屋は、まもなく自分が引き継いで社長室として使うことになる。充太郎は腎臓を患い、三年前に引退していたが、生きているうちは、このままにしておきたかった。将が部屋を移り変われば、充太郎が居場所を失い、彼の死期を早めてしまうような気がしたのだ。

充太郎が愛用していたウォールナット材のプレジデントデスクも、そのまま将が譲り受けることになっていた。濃茶色をした厚い一枚板の天板は、長年にわたって祖父と父が使い込んできたもので、黒味がかって光沢に深みが出ている。その上には、沖縄好きだった充太郎の趣味らしく、糸芭蕉から採れる繊維で織り上げた芭蕉布《ばしょうふ》が手元サイズに寸断されて、テーブルマット代わりに敷かれている。

デスク両袖にそれぞれ三段の引き出しがあるが、中身はまだそのままだ。豪放そうにみえて、几帳面な父であった。右側一段目の引き出しには名刺整理ケースが収められており、それらは今日の葬儀とは別に行われる、お別れ会の参列者名簿を作る際にチェック済みだ。

その引き出しの奥に、唐木指物《からきさしもの》の小箱が置かれている。取り出して開けてみると、そこには南京錠が一つ入っていた。ずしりと重量感のある真ちゅう製で、将の掌《てのひら》で包み込めるくらいの大きさだ。U字型の掛け金はしっかりロックされた状態で、本体の胴には、「ＢＵＳ」の文字が刻印されている。自社で立ち上げた商品のブランド名だ。

長いこと隠しててすんません、充太郎さん、と掌に載せた南京錠の重みを確かめながら、将は心の内で父に詫びた。そして、喪服の胸ポケットから小さな鍵をつまみ出した。この南京錠の鍵だ。将がこの鍵を持っていたことを充太郎は知らない。それが、祖父の六郎と将が交わした約束だったからだ。もうそろそろ開けてもええよな、六郎さん、と心中で語りかけていると、会長室のドアをノックする音が響いた。

「失礼いたします。社長、よろしいでしょうか？」

聞き慣れた男の声がして、「いるよ、どうぞ」と将は返事をした。

ドアが開いて、事業企画室長の盛田が顔を見せた。四〇代後半だが、実年齢よりはるかに若くみえる男で、仕事に関してはなにごとにも抜かりなくきっちりと裏づけを取ってから進める性格をしており、将にとっては右腕のような存在だ。あまりにも切れ者なので、部下が彼のスキルについてこられないいため、単独で行動できるよう事業企画室という特別の部署に置いている。ここに来ることを知らせていたわけでもないのに、将の行動を熟知しており、こうして顔を見せるのだから、たいした気の回りようやな、とあらためて感心した。

「そろそろ、お寺さんに向かわれるお時間かと思いまして、お迎えに上がりました」と水を向ける盛田に、将は頷いてみせると、南京錠と鍵をいっしょに胸ポケットに収めた。父と祖父の歴史を胸の内にしまい込んだような気がして、南京錠の重み以上にずしりと迫るものがあった。

空っぽになった唐木の小箱を引き出しに戻そうとして、奥にあった紙片に目が留まった。

取り出してみると、それは古びた一枚の写真だった。背後に海を見下ろす小高い丘で、ワイシャツにチョッキ姿の晩年の六郎が、カメラに向かって微笑んでいた。どこかはにかんだような笑顔には、撮影者に対して照れているようにみえた。

ひょっとして、これ充太郎さんが撮影したんかな？

そんな思いが将の脳裡をよぎった。生前の六郎を写しているとすれば、どう考えても三〇年以上前のものだ。その当時、充太郎は五〇代。今の将くらいの歳であったのではないか。その頃の将はといえば、大学で経営学を学び、マツ六に入社する前の武者修行として、最初の就職先である家電メーカーで働いていた。

六郎さんと二人でどこかに出かけたなんて話、一度もしてへんかったのに。充太郎にそう問いかけようにも、当の本人はもうすでにいない。

「お邪魔でしたら、外でお待ちしましょうか」と気遣う盛田に、「いや、ええよ」と答えると、喪服の内ポケットに手にした写真を収めた。

窓を閉め、盛田が開けてくれたドアから外に出た。

盛田も続いて部屋を出たあと、将はもう一度、会長室を振り返った。次にドアを開けるときは、ここはもう充太郎さんの部屋ではなくなっとるんやな。同じようなことを六郎さんが亡くなったとき、充太郎さんも思ったのかもしれんなあ――そんな思いが将の胸中に去来する。

閉ざされてゆく扉とは裏腹に、将の心の扉は過ぎし日の記憶の彼方へと開かれていった。

第一章　戸車

一

平成四（一九九二）年――。

「それでは、皆さん、よろしゅうございますか？」

いつものごとく、上席に着く充太郎がそう口にした。

充太郎が背負うように、会議室正面の壁に掛けられた扁額《へんがく》には、「協調互敬」の社訓が掲げられている。創業者、松倉六郎が遺した言葉である。

「ちょっと待ってくれはりますか」

と将が声をあげた。

その場にいた充太郎以外の八名の重役たちが、「そらきた」というように顔色を変えた。

月に一度の取締役会議での議案は、ほとんどが出された時点で決定事項に等しく、役員たちは反論などしない。それが慣例であった。

ところが入社して四年目の将が今年から取締役に就任すると、ことあるごとに反対意見を持ち出すため、会議の流れは一変したのだった。

「山辺専務にお聞きいたします」

呼びかけられた山辺宗治《むねはる》は、仏頂面を浮かべている。

黒々とした髪はおそらく白髪染めで染めているのであろう、ほつれ毛一つなくポマードで塗り固められており、黒縁メガネのブリッジを右手の人差し指で神経質そうに何度も持ち上げている。

六二歳の山辺は、先代の六郎時代から経理畑一筋で来た男だ。六五歳の充太郎を除けば、この会議室にいるメンツのなかでも最古参の役員で、マツ六株式会社の筆頭番頭である。

会議における将の矛先は、もっぱらこの男に向けられている。というのも、ほとんどの議案を作成しているのが彼だからだ。充太郎は会社の存続に関わる重大な案件にしか口を出さない。主な采配はいわば山辺の胸三寸にかかっているのだ。

「開発事業部で扱うカシミヤセーターの白を減らし、濃い色のアイテムを増やす。お得意さまに対しては色の種類を充実させたようで、実は製造コストの高い白を減らすことで、コストを二割削減する。併せて、指輪、ネックレス、イヤリングなどの貴金属とのセット割引で、在庫をさばくという案。さすがは、経理専門の山辺専務です。数字上は前年度の赤字分を解消してはります」

だったら、何が問題やというように、山辺が見返す。

「しかし、いくら赤字を埋め合わせても、ここ数年の売上自体は年々落ち込む一方です。もっと抜本的な解決策が必要なんとちゃいますか」

「抜本的ってどういうことですか?」と、山辺が問う。

充太郎を一瞥《いちべつ》すれば、腕を組んで瞑目し、ただ黙している。若い頃から剣道をやっていたこともあり、引き締まった体躯に厚い胸板はスーツの上からでも分かる。それでも最近は腹がたるんできたようで、呼吸をするたびに波打つ父の腹を見た将は、たぬき親父め、と心の内で毒づいて、ふたたび山辺に視線を注いだ。

「わたしは四年前に、マツ六に入社させてもらいましたが、これまで金物建材部の営業さんに同行して、全国六〇〇件のお得意先まわりをしてきました。そのときに、お客さんの声をじかに聞かせてもろたんです。そしたら皆さん、口々にこう言ってはりました。『金物以外の商品は、お付き合いできません』『毎年、同じようなセーターは買えない』と。分かりますか、山辺専務。セーターや指輪なんか、うちから買わんでも総合スーパーで安く買える時代です。もはや、誰も欲しがってないんです」

山辺の形相が明らかに険しくなった。

そこにいる役員一同も、にわかにざわつき始めた。みんなが避けていた核心に、将が迫ろうとしていたからだ。

将が東京の大手家電メーカーの営業部で経験を積んでから大阪に帰省し、マツ六の後継者として入社した昭和六三（一九八八）年は、昭和終焉の前年であるとともに、バブル真っ只中でもあった。しかし、その二年後の平成二（一九九〇）年、地価高騰に歯止めをかけるため、大蔵省から金融機関に通達された「土地関連融資の抑制について」——いわゆる「総量規制」と日本銀行による金融引き締めによって、不動産に関する融資条件が厳しくなった。結果、地価は急落し株価の下落に繋《つな》がった。そして、バブルはあっけなく弾け飛んだ。土地神話の終わりとともに建築ラッシュは一気に終息し、都市には多くの空き地が残された。日本中が未曾有の経済危機を迎えるなか、建築需要の激減は建築金物を扱うマツ六の経営にも大きな打撃を与えていた。

「こんな案は即刻、否決されるべきです」

将の言葉に、充太郎が閉じていた目を開いた。それに続いて、山辺の嘲《あざけ》るような笑い声が聞こえた。

「松倉部長、あなたはまだお若い。長いこと商売してると、辛抱せなあかんときもある。今がまさにそのときですがな。バブルが弾けてからこっち、わが社が扱う建築金物の需要も激減しとる。せやけど、厳しいのはうちだけやない。日本中がおんなじ苦しみを抱えとる。こんなときこそ、わが社が開拓した多角経営が必要なんやないですか。セーターだろうが指輪だろうが、売れるものはなんでも売る。多少数字が落ち込んでも、今は道を閉ざすべきときやあらへん」

もっともらしい理屈で相手を言いくるめるのは、山辺の常套手段だ。たいていの役員はここで退いてしまう。しかし、将は違った。

「逆ですわ。わたしもマツ六に入るまで、外の会社で営業マンを三年半やってきました。だからこそ、彼らの苦労はよう分かる。ネジ釘一本、ドアノブ一つでも、営業マンは必死で売りますわ。そんなときに開発事業部から押しつけられたセーターや指輪をいっしょに売らなあかん。どう考えても現場の首を絞めとるだけですよ」

「昨日今日入ったばかりで、よう言いますな」山辺がぼそりと本音をもらす。「開発事業部がこの道を開拓するまで、どれほど苦労したかも知らんで」

「知らんからこそ言えるんです。今は私情でことを運ぶ時期やない。こんなときこそ、企業は自社の個性を明確に打ち出すべきです。今のマツ六がすべきことは、本業回帰です」

「開発事業部は、どないするおつもりですか」

「解体すべきやと思います」

「な、何を言うんですか、あんたはっ!!」

山辺が思わず腰を浮かせて、声を荒らげた。

「よくもまあ、簡単に解体なんぞと」

「簡単やないからこそ、早く手をつけるべきとちゃいますか」

「分かったふうなこと言わんといてください。この会社を支えてきたのは、あんたやあらへん、亡くなられた先代や、現社長や我々役員や。我々がここまで血眼になって築いてきたんや！」

「今まではそうやったかもしれません。せやけど、これから一〇年、いや、二〇年、バブルのツケを返していかなあかんのは、わたしらの世代なんでっせっ！」

将と山辺の口論には、誰も口を挟めない。白熱する二人のやりとりに、充太郎がようやく口を開いた。

「二人とも、それくらいにしとき」穏やかだが、気迫がこもった声音であった。「お新香やあるまいし、そうカリカリせんと。そや、腹空かんか？　今日はこのくらいにして、みんなで昼飯にしようや」

戦々恐々という面持ちの役員たちも、充太郎の言葉に安堵の息をついた。なんとか興奮を鎮めて頷く山辺に反して、将が充太郎に食い下がる。

「ちょっと待ってください。この件はどないするんですか！」

「保留や。わしのほうで預かって、あらためて検討する。ええな」

そう言うと、充太郎は上席から腰を浮かしかけた。「でも――！」と、なおも詰め寄る将に、充太郎の厳しいまなざしが飛んだ。

「終わりや。……ええな」

二

会社の近くの蕎麦屋《そばや》「やまが」で昼食を摂るあいだも、将は誰とも言葉を交わすことなく、居心地の悪い思いを味わった。山辺はすっかり気を取り直して、充太郎やほかの役員たちと談笑していたが、将と視線を合わせることはなかった。蕎麦御膳についてくる好物の玉子焼きを、こんなにまずいと感じたのは初めてのことだった。

店を出たところで、充太郎に「社長室に来なさい」と囁かれて、ほかの役員たちが散会したのち、将は充太郎とともに社長室に向かった。充太郎は自分の席に着くなり、将にこう切り出した。

「おまえ、鏡持っとるか」

「持ってません、そんなもん」

「アホやなぁ。これから付き合いの場が多くなるんやさかい、エチケットとして手鏡くらい持っときや。紳士のたしなみやぞ」

「なんの話ですねん」

「山辺専務にもの言うとるときの自分の顔、見たことあるか？」

「あるわけないですやろ」

「そやろなあ。はっきり顔に書いてあるがな、『あんたはあほか』て。人は自分を嘲るものの言葉に耳は貸さんで」

充太郎の意見はもっともだ。山辺の議案を、最初《はな》から否定するつもりでいたのは事実だ。

「営業で何を学んできたんや。話を聞かせたいなら、まずは相手を尊重せえ」

それは言い過ぎやろと、将はカチンときた。

これでも前の会社では月間トップセールス賞も受賞しているのだ。営業のイロハは心得ているつもりだし、そもそも山辺は同じ利潤を追求する側の人間であって、客ではない。

そんな将の腹の内を読んだのか、充太郎が追い討ちをかけるように口を開く。

「お客さんと社員とは違うと思うとるやろうが、それこそ思い違いやで、将」

充太郎が会社で将を下の名前で呼ぶことなど滅多にない。あえてそう呼ぶからには、父としての忠告であろう。

「おまえには驕《おご》りがあるんや。いずれ自分がこの会社を継ぐてゆう。ええか、会社の一員を敬《うやま》えん人間に、お客さんを敬うことなんぞでけへんで」

「そやかて、山辺専務も僕を小馬鹿にしたもの言いしとったやないですか！」

痛いところを突かれて、将もついムキになって言い返した。

「山辺専務はおまえより年長やぞ。この会社にも長くいるんや。わきまえなさい」

「……すんません」

「どんなにまっとうなこと言うたかて、相手の心に届かなんだら、朝っぱらのチリ紙交換や」

「なんですの？」

「うるそうてかなわんだけ、ちゅうこっちゃ」

「しょうもな」

そうつっこんだのが、せめてもの抵抗であった。

「あのな、会社も金物と同じや」と充太郎は一転して、諭すような物言いで語りかける。「錆びたパイプを九〇度に曲げようと思ったら折れてしまうわ。曲げるなら、まずは錆びを落とすとこから始めんと」

「錆びていうのは、なんも意見をせん役員連中のことでっか」

「だから、聞く耳持たせえちゅうとんのや」

「以後、気をつけます」

これ以上、充太郎に意見したところで意味はない。将は話を切り上げ、退出しようとした。

「あ、それからな、サントリーの鳥井信吾さんに電話しときや」

充太郎の言葉に、将は足を止めた。

「信吾さんて確か、青年会議所のお偉いさんですやろ」

サントリーは関西経済界の筆頭ともいえる企業である。鳥井信吾は創業者である鳥井信治郎の孫に当たり、歳も将とそう変わらないが、今はサントリーの取締役を務める一方で、大阪青年会議所の幹部を務めている。青年会議所は全国で地域貢献事業に従事する組織で、その会員の多くは中小企業の後継者を中心に成り立っている。いわば、企業の後継者が経済界のイロハを学ぶ登竜門といってもいい。

「そろそろどないやて、この前、誘いがあったわ」

「誘いて……。え？　僕、青年会議所に入会するんですか」

そや、と充太郎はいともあっさりと答えた。

入会とはすなわち、会社での立場はそのままに青年会議所のさまざまな活動に参加するということであった。

「ちょ、ちょっと待ってください。さっきの話はなんですねん！」

「それはそれ、これはこれや」

「体《てい》のいい厄介払いちゅうわけですか」

充太郎が将の青年会議所への入会を決めたのは、山辺との一件がきっかけであろう。なんちゅうたぬきやと、はらわたが煮え繰り返る思いであったが、何を言ったところで暖簾《のれん》に腕押しだ。父の性格は承知している。決断するまでは慎重だが、こうと決めたら即実行の人なのだ。

「そうひがまんと。もう少しおおらかにいこうやないか」

「社長、今がどんなときか分かってますか」

「分かっとるがな。けどな、山辺専務の言葉にも一理ある。今、狼狽《うろた》えたかてしゃーないがな。家《うち》建てる人がおらなんだら、金物かて売れへん。辛抱も必要や。幸い、うちには先代の六郎さんが遺してくれた全国の自社物件ちゅう資産がある。おかげで、銀行への借入余力もあるから、まだなんとかなるわ」

　マツ六は、創業者の六郎が早くから全国各地に支社を設けた際に、すべての土地建物を自社で購入しており、資産価値は高くなっていた。そのうえ、充太郎は世間が土地の投機に浮かれている最中も慎重で、新たな不動産に手を出すことはなかった。だから、銀行からの運転資金の借入にもまだゆとりがあるのだ。

「もう少しわしが守っとるさかい、海千山千の先輩たちに揉まれてきなさい」

「なんでや！　会社のことを思うて言うてるのに、なんで分かってくれへんねんっ！」

　今度こそ将は充太郎に背を向けると、足早に社長室から立ち去った。

三

廊下を歩いているうちに、知らず知らず涙が込み上げてきた。

四階にある社長室から、将が統括する営業部がある二階に戻ろうとして、階段を降りかけたところで、踏みとどまった。

　あかん、こんなベソかいた顔、社内の人間に見せられへんわ。

　踵《きびす》を返して屋上へと続く階段を上ってゆく。最上階にある鉄扉を開けると、目の前には四天王寺を一望できる見晴らしが、フェンス越しに広がっている。昼休みには社員の憩いの場となる場所も、今は勤務時間中なので誰もいない。昂ぶる気持ちを鎮めると、大きく深呼吸をしてから腹の底に溜まった感情を思いきり大声でぶちまけた。

「けったくそぉ〜っ！」

将は子どもの頃から癇性持ちで、怒りが抑えられなくなると、こうして気持ちをぶちまけてきた。だが、大人になってから叫んだのは、昭和五五（一九八〇）年にコンサートツアーでポール・マッカートニーが来日して以来だ。あのときは、ポールが大麻所持で強制送還されたせいで、大阪府立体育館でのチケットがパーになった。

待てよ、もっと昔にも今日と似たようなことがあった気がする。

なんやろ、この感覚——？

一瞬、我に返って空を見上げると、抜けるように晴れた弥生の青空が世界を包み込んでいた。お天道さんに見下されている気分になって、急に体内から熱が引いてゆく感覚を覚えた。将は涙で濡れた頬を両手でパンパンとはたいてから、自分のデスクへと戻っていった。

午後の仕事を終えて、会社からほど近い四天王寺のマンションに帰ってからも、昼間のどこか昔と似たような感覚のことが気になっていた。

シャワーを浴びてから部屋着に着替え、濡れた頭をタオルで擦《こす》りながら冷蔵庫から出した缶ビールに口をつけようとしたところで、ふいに懐かしい小学生の頃の記憶がよみがえってきた。

そうやった！　あんときもこんなことがあったやないか。なんちゅうことや、あれから二〇年も経つのに、僕はなんも変わってへんということか？　情けなくなってきた。あかんわ、こんなとこで晩酌しとっても、ちいとも気分が晴れへん！

缶ビールもそのままに、着替えたばかりの部屋着を脱ぎ捨てると、床に転がっていたスウェットを着込んで、鍵と財布を手に急いでマンションの部屋を飛び出した。

エレベーターで階下に降りると、入居者用の駐輪場に停めておいた自転車のチェーンロックを外す。東京に住んでいた頃、電車通勤でなまってしまった筋力を鍛え直すために運動用として買ったもので、当時まだ発売したばかりの国産ロードバイクだ。四天王寺まで持って帰ってきたものの、会社が目と鼻の先にあるマンションからでは乗る機会もなくなっていた。久々にサドルに跨《また》がると奮い立つ感覚を覚えて、勢いよくペダルを踏み込んだ。

身体が勝手にいつか走った道のりへと漕ぎだしていた。

寺田町駅から河堀口《こぼれぐち》駅へと至る道を走り、阪和線沿いにしばらく南下する。初めは苦しかった息遣いもだんだんと勘が戻ってきたのか、ペダルを踏み込む間合いと一定のリズムで同調してゆく。桃ヶ池公園の池のほとりで、色づいた桃の花が常夜灯に浮かび上がる光景を横目に見てから、大阪狭山《さやま》線に架かる下高野橋《しもこうやばし》を渡って大和川を越えてゆくと、吹き抜ける川風が額やスウェットの下にかいた汗を冷やして熱を奪い、心地よい涼しさを感じる。西除川《にしよけがわ》の川沿いの遊歩道を抜けて布忍《ぬのせ》神社を右手に折れてしばらくペダルを漕ぎ続け、目的の場所に着いた頃には、四天王寺のマンションを出てから一時間は過ぎていた。鼓動も早く、息も荒いが、気分はここまで走り抜いた達成感と高揚感で満たされていた。

ロードバイクを止めたその場所には、昔と変わらぬままの光景が残っていた。四〇〇坪ほどある土地に和風建築の平屋建ての家屋が建っている。

「変わらんな、ここは……。なんや、時間が巻き戻ったようや」

門柱の表札には、「松倉」の名前が刻まれている。しかし、すでにこの家の主人《あるじ》はいない。

そこは、四年前まで祖父の六郎と祖母が暮らしていた家であった。

晩年は二人とも入院生活だったので、不在の状態が長らく続いていた。六郎は生涯、借地暮らしを通したため、この土地も借地であったが、不在の主人に代わって充太郎が地代を払い続けているという。屋敷が残っているところを見ると、おそらくは今も地代を払い続けているのだろう。

自転車でこの距離を走ったのは、小学生以来だ。

意味などないが、そうしなければ、明日を迎えることができない。そんな衝動に駆られた。懐かしいこの場所に立てたことで、将の気持ちにようやく踏ん切りがついたのだった。

しゃあないわ。青年会議所でも、厚生年金会館でもどこでも行ったろうやないか。あの頃の自分も、きっとそんな気持ちを抱いとったはずや。

あの夏、将は確かにこの場所にいた。何より、祖父の六郎とあれほど濃密な時間を過ごしたのは、あとにも先にも、あの夏の一度きりだった――。

四

昭和四七（一九七二）年七月――。

「なあ、お母さん、お願いやから買うてえな」

将は朝食を食べるのもそこそこに、台所に立つ母のかずえに懇願する。

「あかん。はよ、ご飯食べえな。お姉ちゃんは朝練でもう学校行ったで」

かずえは素っ気ない返事を返して、自分と姉の食べ終わった食器を洗っている。

「なんでや、姉ちゃんは新しい自転車買うたやろ」

「だから、お姉ちゃんのお下がりでええやんか」

二番目の子の宿命とでもいおうか、姉の富貴子《ふきこ》が昨年、中学進学を機に自転車を新調してもらい、ついこのあいだ乗っていた自転車が壊れてしまった将は、必然的にあぶれていた富貴子のお下がりを受け継ぐことになってしまった。

「僕もう小六やで。あんなピンクの自転車、恥ずかしくてよう乗れんわ」

「ピンクだろうと肌色だろうと走ればいっしょや」

「いっしょやないがな、僕が欲しいのはな、エレクトロボーイちゅうやつや！」

「なんやの、そのマンガみたいな名前」

洗い物の片手間にかずえが問い返すと、将が意気揚々と説明する。

「後ろに電子ウィンカーがついとってな、右とか左に曲がるときにピッカピッカピッカピッカ光るんや。音も鳴るし、ギアチェンジもできるんやで」

「そんなん車にもついとるがな。大きくなったら免許取って乗りや」

「そういうことやない。お母さんも一昨年《おととし》、大阪万博行ったやん。今はハイテックの時代なんやで。クラスでも持っとらんのは僕ぐらいのもんや。恥かくのはお母さんやで」

「ホンマか、それはあかんな」と、かずえがおおげさなもの言いで、台所のかたわらにある電話機のそばに置いてあった将の学級名簿を取り出した。「どの子が持っとるんや。わたしが確かめるわ」

「え、電話すんのかいな?」

朝食の焼きシャケに箸をつけていた将の手が止まった。

「誰と誰や。早よ言い」

「ええよ、こんな朝早くから迷惑や」

「言わんなら、一人ひとり電話して聞こか」

受話器を取り上げて、ダイヤルに指を掛けたかずえの手を「わ、分かった、分かった! もうええわ!」と、箸を放り出した将が慌てて押さえると、かずえがしたり顔でこちらを見下ろしていた。

「ほれ見い。見え透いた嘘ついて。それより、はよ食べて、お父さん起こしてきてや。そろそろお迎えの車が来る時間や。遅れるとまたわたしが大目玉や」

充太郎は仕事の付き合いと称しては、毎晩のように飲み歩いており、昨夜も午前さまだったらしく、まだ寝ているようだ。

「嫌や。エレクトロボーイ買うてくれへんなら、いかん!」

「ああ、そお。じゃあ、お母さんも、あんたのご飯作ったり洗濯したりするたびにお金もらうで。ぎょうさんお金貯まるわな、自分のためにエレクトロなんとか買おうかしら」

「なんでそうなんねん!」

ぼやきながらも朝食をかき込み、充太郎が寝ている寝室に向かおうとしたところで、かずえに「新聞、持ってってあげてな」と声をかけられて、将は食卓にあった新聞を手に部屋を出た。

かずえが充太郎を早く起こそうとするのには理由《わけ》がある。充太郎の母、つまり将にとってのおばあちゃんから、かずえにお叱りの電話が入るのだ。かずえはもともと松倉金物の仕入部に勤めており、そこで充太郎と知り合ったという。祖父の六郎さんが会社をつくった頃は、おばあちゃんも商いを手伝っていたそうだから、おばあちゃんの言葉は職場の先輩の言葉でもあったのだ。「充太郎さんにもっと身を入れて働くよう、あんたが支えんでどないするんです。昼行灯にしたらあきませんで」と、おばあちゃんはかずえに注意する。「自分で働いてるほうが気が楽やわ」と、かずえがぼやくのを将は聞くともなく聞いていた。お母さんも大変やけど、毎朝、お父さんを起こさなあかん僕かて、とんだとばっちりやと思った。

二階に上がって、いつものように充太郎の寝室に入ると、高いびきが聞こえてくる。二つ並んだ布団の片側に、今は充太郎一人が眠っている。枕元には、目覚まし時計もあるのだが、どうせ止めてしまうのでアラームは切ってある。

「お父さん、朝やで。早よう起きんと、お迎えの車来るで」

声をかけてもいびきをかいたままだ。「ええかげん、起きいや」と掛けていたタオルケットを剥ぎ取ってみたが、まるで起きる気配もない。

将のなかでふと、いたずら心が湧き起こってきた。「起きないそっちが悪いんや」と手にした新聞紙をくるくる丸めて筒状にすると、一方の筒先を充太郎の耳元に近づけてもう一方の筒先を自分の口元に近づける。

耳元で「火事だー!!」と叫んでやるつもりで、大きく息を吸い込んだ。ところが、充太郎がこちらに寝返りを打ったので目算が外れた。筒先が充太郎の鼻先に触れると、充太郎の手が筒先をつかんでぐいと引き寄せた。つんのめりかけたところで、筒を放した将はなんとか踏みとどまったが、充太郎が取り上げた筒を返す刀で将の頭上に振り下ろして、見事な面を決めたのだ。若い頃から剣道を習っているだけあって身体が覚えているのだろう。

「痛ったあ～っ!」

と思わず声をあげて、将は布団の横にうずくまった。

新聞紙とはいえ、思いきり叩かれて、じんじんする頭を押さえながら、充太郎の様子をうかがうと筒を手に握ったまま、相変わらず高いびきをかいている。

「まだ寝るんかい！」

半ば憤りを覚えながら、将は枕元にある目覚まし時計のアラームの針を今の時間に合わせてからスイッチをオンにした。ジリリリリリリリッ！といううけたたましいベルの音を立てて目覚まし時計が鳴り始めた。

それでも目を覚まそうとしない充太郎に呆れて、

「もう知らんわ！」

と叫び、将は頭を押さえながら寝室をあとにした。

ダイニングキッチンに戻ると、洗い物を終えたかずえが、テーブルでコーヒーを飲みながら、朝の連続テレビ小説「藍より青く」を観ているところだった。

「起こせたんか？」とたずねるかずえに「知らん。学校行く！」と捨て台詞を吐いた将は、椅子に置いていたランドセルを背負うと、そそくさと出ていった。

「ちゃんと起こしてくれな、またおばあちゃんに叱られるやん」

仕方なく寝室に向かう母のぼやきを背に聞きながら、将は玄関から駆け出していった。


将の家は、堺市金岡町中百舌鳥《なかもず》にあるメゾネットタイプの公団住宅の一棟にあった。松原にある実家に両親と暮らしていた充太郎は、かずえと結婚してここに移り住んだのだ。

会社では取締役待遇の充太郎だが、六郎からは「決して、贅沢な暮らしはせえへんように」と釘を刺されていたようだ。給料もごく平均的な役員といっしょ。そのくせ、毎晩のように酒の付き合いがあるものだから、飲み代も高くつき、ますます家に入れる生活費は減るばかり。「贅沢せえへんなら、身の丈に合った付き合いしてください」と、たまに夕飯をいっしょに食べるとき、かずえに嫌味を言われると、充太郎は「いつも、やりくりご苦労さん。おばはん、頼りにしてまっせ」などとおどけてみせる。映画『夫婦善哉《めおとぜんざい》』で、森繁久彌《もりしげひさや》演じるぼんぼんの柳吉が淡島千景《あわしまちかげ》演じる年下の恋女房、蝶子《ちょうこ》をわざとそう呼ぶ真似である。その度に、かずえは「わたしは蝶子やありまへん」とむくれてみせる。かずえは息子の将から見ても細面《ほそおもて》でなかなかの器量よしだし、子どもを二人産んでも昔のままのスタイルを保っているようだ。相手を選ぶなら、もっとほかにもいただろうに、いったい、あれのどこが良かったんやろう、と将は疑問に感じることがある。だいたい、仕事と酒の付き合いでほとんど家にもいないのだから、将や姉の富貴子《ふきこ》とふれあう時間も少ない。大阪万博だって、かぞえが一人で連れて行ってくれたのだ。一一歳になるこの歳まで、将には振り返るほどの父親との思い出もなかった。

七月初旬、青々と葉をつけた街路樹が影を落とす遊歩道をそんなことを考えながら歩いていると、「おはようさん！」と同じクラスの木下拓実《たくみ》が団地棟のほうからこちらにやって来た。やけにのっぽで将と並ぶと中学生にしか見えないが、身体が大きいわりには、虫も殺せない穏やかな性格で、どういうわけか、いつも寝ぐせで髪が立っている。

「おう、今日も立っとるな、妖怪アンテナ」

妖怪が出てくると、髪の毛がアンテナみたいに逆立つ『ゲゲゲの鬼太郎』に引っ掛けた冗談である。

「立っとる、立っとる、好調、好調！」

と拓実は将のツッコミにもおおらかに返す。

団地の角を折れて、一般道へと続く道に差し掛かったところで、拓実が「ほらな、おったやろ！」とうれしそうに声をあげた。

一般道へ続く道を見張るかのように、五〇歳は過ぎているのではないだろうか、薄汚れた作業着姿のおっちゃんがペンキ用の二〇リットルのペール缶を腰掛け代わりに、煙草をくゆらせている。一〇〇回くらい踏みつけたボロ雑巾のような髪と無精髭に覆われた毛むくじゃらの顔のなかから、ぎょろりとした目玉とみそっ歯だらけのヤニで汚れた歯がのぞいている。

「出たな、妖怪、関所オヤジ！」

将の声に反応したのか、ぼけっと空を見上げていたオヤジがこちらに気づいて、ニタァと笑ってみせた。ペール缶を遊歩道の真ん中に置くと、その前にでんと立ちはだかって爪垢だらけの掌《てのひら》をひょいと突き出した。

「少年たち、おはようさん。通行料一〇円、出しや」

「毎朝、毎朝、懲りひんなあ」と拓実が苦笑してみせる。

「一〇円出さな、どかへんで」

「アホか、おっちゃんにやるくらいならチロルチョコ買うがな」

チロルチョコは、駄菓子屋に一〇円で売っているチョコレート菓子のことだ。小腹の空いた子どものの強い味方である。

通り抜けようとする将と拓実の前を、右に行ったり左に行ったりと邪魔をする。将と拓実は左右に分かれて、関所オヤジがどっちを止めようか迷っているあいだに、将がペール缶を蹴り倒して、関所オヤジに向かって勢いよく転がした。

「何すんねん、わしの大事なチェアちゃんに!」

関所オヤジが慌ててペール缶を受け止めているうちに、二人はオヤジの横をすり抜けてゆく。

「こらー!」と声を張り上げている関所オヤジを尻目に、将と拓実は一般道めがけて駆け去っていった。二人にとっては日常茶飯事の一幕である。

「よっしゃ、今日も勝ったわ。なんか、ええことありそうやな!」

だが、将のそんな期待は見事に外れた。

五

その日の学級活動の時間、将はクラスの席替えのことで、四月から担任についた増渕《ますぶち》と対立することになった。

増渕はもともと関西の出身だが、東京で教員になって、一年前に大阪に転任してきたのだ。まだ二〇代で、クラス担任になったのは初めてであった。なにごともテストの成績を重視するという考え方で、成績の良かったものに日直を免除したり、給食のおかわりを優先したりした。将自身はけして悪い成績ではなかったが、増渕のやり方にどうにも納得がいかず、今日の席替えでとうとう堪忍袋の緒が切れたのだ。

「成績順で席選ばせるなんて、差別やないですか!」

将の言葉に、クラス中が静まり返った。これまで増渕にそんな意見を言うものはいなかったからだ。

「差別じゃない。民主主義だよ」

「どこがですか?」

「きみ、徒競走で一等獲ったらメダルもらうでしょ。

それと同じだよ。僕はみんなに同じことを教えてる。きみらがまじめにやれば権利は平等にあるんだ」

「先生の教え方に問題はないんですか？」

「だったら、きみらに差が出たのは僕のせいか？ きみらのやる気は関係ないのかい？」増渕の矛先はほかの生徒たちに向けられた。「みんなはどう思うのかな？ みんなの意見も順番に聞いてみようか」

増渕がそう言うと、生徒たちが一斉に下を向いてしまった。

将の目が拓実の姿を追ったが、拓実は一瞬、将と目が合うと気まずそうに俯《うつむ》いてしまった。結局、誰もなんにも言おうとはしなかった。

「なんで、なんにも言わんのや！ こんなんおかしいと思わんのか！」

声を張り上げる将を、増渕がたしなめる。

「そうがなり立てないで。市ヶ谷で演説をぶった三島由紀夫みたいだね。生憎《あいにく》、僕は大江健三郎派なんだけど」

作家の三島由紀夫が自衛隊市ヶ谷駐屯地の東部方面総監室に乱入し、割腹自決を遂げたのが一昨年——昭和四五（一九七〇）年の一一月のこと。その三島に才能を高く評価されながら彼の行動を批判したのが、新進気鋭の作家、大江健三郎である。増渕は気の利いた冗談のつもりだったらしいが、小学生の将にはまるで通じない。

「三島とか大江とか、誰やらよう分かりまへん」

「まあ、いいや。誰か、松倉くんと同じ意見の人はいませんか？」

黙りこくるクラスメイトたちのなかで、一人だけ浮いてしまった将は、腹が立つやら恥ずかしいやらで、いてもたってもいられず、ついに教室を飛び出してしまった。

学校からの帰り道、将は悔しくて、悔しくて、「けったくそ！」と叫びながら歩いていた。なんで、誰も味方してくれへんのや。あんなん絶対、おかしいわ！と、目を真っ赤に腫らしたまま玄関を開けると、待っていたかのようにかずえが奥から顔を出した。将は慌てて涙を手でこすった。

「学校から電話あったで。脱走したんやて。えらい勇ましいな、『大脱走』のスチーブ・マックイーンみたいや」

「僕、明日から学校行かへんから」と、将は二階にある子ども部屋に駆け込んでいった。

「思いどおりにならんと、すぐベソかきやる」

そう言って、かずえは呆れたように肩をすくめた。

晩ご飯の時間まで、将は子ども部屋に閉じ籠ったままだった。富貴子が軽音楽部の部活動を終えて帰ってきて、「将ちゃん、ご飯やで」と声をかけてくれた。

食卓には、いつもどおり充太郎の姿はなかった。

その代わりに、かずえがこう言った。

「お父さんに電話したら、学校行きたくないなら、行かんでええて。どうせあと一〇日かそこらで一学期も終わりやし、ちょっと早い夏休みみたいなもんやろて」

「……そうなんや。ならそうするわ」

将は無気力に呟き、ご飯茶碗の上にお皿に添えてあったキャベツを山盛り乗せてソースをかけると、その上におかずのメンチカツを乗せて、さらにソースをぐるりとかけた。メンチカツ丼の出来上がりである。

「わたしは先生の言いはることも一理あると思うで」

黙って聞いていた富貴子がメンチカツに箸を運びながら言う。

「差別やなんて言ってられるのは、小学生のうちだけ。中学になればもう受験戦争の始まりや。今のうちに、競争意識を身につけさせとくんもええんとちゃう？」

「よう言うわ、姉ちゃんは塾も行かんと部活ばっかやないか」

「わたしはこう見えて、勉強できるほうやから」と富貴子は自慢げに胸を張る。

「ない胸、あんまり張らんとき」

よけいな一言を口走って、富貴子に肘で脇腹を小突かれた。

「いたっ、どうせ玉の輿にでも乗ればええと思っとるんやろ」

「バカにせんといて、今はキャリアウーマンの時代やで」

「……まだ、続きがあるんやけどな。お父さんの言葉」メンチカツを一口サイズに、箸で器用に切り分けながら、かずえが言う。

「え、何?」

「ただし、家《うち》でゴロゴロしとるのは許さん。明日から六郎さんの家に行けって」

充太郎と祖父の六郎とは、会社での社員と社長という関係がある。そのせいか、充太郎は普段から六郎のことを「お父さん」とは呼ばず、「六郎さん」と呼ぶので、将も自然とそう呼ぶようになっていた。

「六郎さんて、僕よう知らんで。一年にいっぺん、頭なでに来るだけやないか」

「よう知らんでも、あんたのおじいさんや」

「そらそうやけど、六郎さんの家に届け物にでも行くん?」

「そうじゃなくて、住み込むってことや。丁稚奉公《でっちぼうこう》やな」

「デッチボウコウ――、なんやの、それ?」

「ホームステイみたいなもんやわ」

さやえんどうの味噌汁を啜《すす》りながら富貴子が言ったが、

「全然ちゃうやん、ホームステイとは」と、かずえがあっさり否定した。「あんな、丁稚奉公ちゅうのは、一〇歳くらいの子どもが商いしてる店に住み込んで、使い走りやら、雑用をこなすことや」

「要するに、働けっちゅうこと?」

「平たくいえば、そういうこと。できるか、あんた?」

「……ええよ、分かった。やったるがな!」

そう言うと将は、メンチカツ丼をガツガツとかき込んだ。

翌朝、将はいつもより早く起きて着替えを済ませると、住み込みのための荷物をリュックサックに詰めてから、朝ご飯を食べ、洗面所に向かった。充太郎はといえば、昨夜も午前さままで帰宅して、いつもながら高いびきをかいて眠っている。洗面所では先に朝ご飯を済ませた富貴子が、ここ最近のお気に入りの歌を口ずさみながら、ドライヤーで巻き毛を作っていた。

「♪忘れられないの　あの人が好きよ
　青いシャツ着てさ　海を見てたわ」

山高帽にステッキをトレードマークにした、女性一人と男性四人のボーカルグループ、ピンキーとキラーズのデビュー曲『恋の季節』である。

「♪私ははだしで　小さな貝の舟
　浮かべて泣いたの　わけもないのに」

歯を磨いていると、気づけば自分もついつい鼻歌で口ずさんでいた。

歯磨きを終え、リュックサックを提げて玄関に向かうと、心配げな様子のかずえが顔を出した。

「お父さんが決めてしもうたから仕方ないけど、ホンマは行かせたくないねん」

「さすがはお母さん、優しいこと言うわ」

やはり、持つべきものは母親の愛やと、ちょっとじーんときてしまった。

「ちゃうわ。あんたがみっともないことしたら、おばあちゃんに怒られるのはわたしなんやで。ええね、くれぐれもおばあちゃんに怒られんといてな」

なんや、そっちの心配かいな、と将はがっかりして自宅を出発した。

六

将の家がある中百舌鳥《なかもず》から、松原市北新町《きたしんまち》にある六郎の家までは、自転車ならおよそ三〇分ほどの距離だ。富貴子のお下がりの自転車を使えという、かずえの提案を「ピンクの自転車には死んでも乗らん！」とはねのけた将は、自宅を早めに出て電車で移動することにした。

最寄りの白鷺《しらさぎ》駅から南海高野線に乗って、三国ヶ丘で国鉄阪和線に乗り継いで天王寺へ、天王寺からさらに近鉄南大阪線に乗り継ぎ、六郎の家の最寄り駅である布忍《ぬのせ》で降りるという、一時間以上かかるえらい回り道である。道すがら将は、前に六郎と会ったときのことを思い返していた。

＊

今年の春先のこと――。

六郎が毎年決まって訪れるのは、新学期が始まった平日の夕方であった。普段なら、学校から帰ってきた将は、すぐ同じ団地の拓実やほかの友だちと遊びに出てしまうのだが、六郎が来る日は前もってかずえに連絡があるので、家のそばにいるよう言われていた。この日も暇を持てあましていた将は、団地のすぐ裏手の草むらでシマヘビの子どもを捕まえて、くるりとその身体を結《ゆ》わえては解けたそばからまた結わくという珍妙な遊びに興じていた。

「将ちゃん、どこにおるんや、おじいさまがいらっしゃったでえ」

かずえの声がして、将は慌てて草むらから駆け出していった。

将の家がある棟の前に、黒塗りの国産車が一台、いつものように停まっていた。後部座席のドアが開いて、背広姿の小柄な老人が降り立った。祖父の六郎である。だいぶ髪の生え際が後退し、額が広くなっているが、掛けている老眼鏡を外した風貌は充太郎に似ている。しかし、充太郎よりは生真面目さが顔に張り付いているようだ。

車のそばに駆け寄ったかずえが、「ご無沙汰しております」と挨拶してから、「ほら、おじいさまにごあいさつ」と、将に声をかけたところで、ぎゃっと短い悲鳴をあげた。

その声に驚いたのか、一瞬、六郎も身を強張《こわば》らせたのが、将にも分かった。

「あんた、ヘビっ！」

かずえが驚くのも無理はない。将は格好の遊び相手のシマヘビを逃すのがもったいなくて、首からぶら下げたまま戻ってきたのだ。

「捨ててきなさい、ヘビなんか！」と叱るかずえを

「まあまあ、かずえさん、ええて」と六郎が制すると、気を取り直して将のそばに近づいてきた。

「松倉家は武門の家柄です。なにごとも辛抱して、しっかり勉強するんやで」

そう言うと六郎は、将の首で身悶えするヘビに目をやり、一瞬、躊躇《ちゅうちょ》したが、それが習わしであるように、将の頭に手を乗せるとくりくりとなでた。

「ありがとうございます」と、将は短く礼を言ったが、正直、六郎の話した言葉の意味はよく分からな

かった。

「それじゃあ。かずえさんもよろしゅう頼みます」

六郎はかずえに声をかけると、また車の後部座席に乗り込んでゆく。

「ほら、おじぎ」

かずえに注意されて、将はかずえとおじぎして六郎の車を見送った。

車が行ってしまってから、頭を上げた将がかずえに聞いた。

「なあ、六郎さんは、なんで、うちに上がらんの？」

「つまらんこと聞かんでええの。それより、へビっ！」

と、かずえに一蹴されてしまった。

「よう分からんなあ」と、将は首にぶら下げていたシマヘビの子をまたくるりと結わえて地べたに転がした。

いうなれば、この短い儀式だけが、松倉家を繋《つな》ぐ唯一の絆であった。

＊

六郎の家の呼び鈴を押すと、「お待ちしておりました」と引き戸を開けて顔を見せたのは、かずえから聞かされていた、先に住み込んでいる奉公人だった。

年の頃は二〇代前半のもみあげの長い男で、一見、強面だが、まるい顔にくりっと大きな眼《まなこ》とつぶれた鼻が、動物図鑑で見たシロテナガザルそっくりである。もっとも、手も足も長くはないので、寸足らずのシロテナガザルといった趣だ。普段着の上に紺地の印半纏《しるしばんてん》を羽織っており、両襟には「松倉六郎商店」の文字が染め抜かれている。

「どうぞ、旦《だん》さんがお待ちです」と、将が脱ぎ捨てたスニーカーを丁寧に、つま先を外向きにそろえ直すと、奥の廊下へと将を案内してくれた。

前を歩くシロテナガザルの半纏の背には、六の上にかぎかっこの「だけが乗った記号が染め抜かれている。「六」は六郎さんの六なのだろうなと、その背中を追いながら、将は考えていた。

廊下を進むと、左手に中庭を望む縁側に抜けた。

刈り込んだ芝草によく手入れのされた松の木が二本、見事な枝ぶりを誇っている。中央には土留めの自然石で囲まれた池があり、鯉がいるのか、花しょうぶや睡蓮《すいれん》を浮かべた水面がぴちゃりと弾けた。

廊下の右手には障子戸を閉めた部屋があった。おそらくそこが客間なのだろう。男は部屋の前に膝を落とすと、障子戸の中へ声をかけた。

「旦さん、将さんがお越しになりました」

「そうか。どうぞ、お入り」

障子の向こうから、六郎の声が聞こえた。

シロテナガザルが障子戸を開けると、すでに背広を着て出勤の身支度を済ませた六郎が座卓の向こうに座っていた。

「ご苦労やったな、植岡くん。きみも支度がありますやろ。下がっててええで」

六郎が言うと、「植岡くん」と呼ばれたシロテナガザルは、将を室内へ入るよう促して、辞儀をしてから障子戸を閉めて去っていった。

「ホンマに来たんですか」

六郎はちょっと予想外といった面持ちである。うれしいというよりは、むしろ困っているふうにみえた。充太郎から聞いた話とは、少し違う気がした。

「あの、さっきのシロテナガザルさんが着とった――」

「誰やて?」と聞き返されて、将はうっかり心の声が外に出てしまったと後悔したが、六郎も思い当たったようで「ああ、植岡くんのことですか」と、生真面目そうな相貌《そうぼう》に初めて柔和な笑みを浮かべた。

「植岡さんが着とったの、時代劇とかで見たことあります」

「あれは印半纏いいましてな、背中に店の屋号が入ってますのや。今風にいうと会社のシンボルマークかな」

「六にかぎかっこの上が乗ってる、アレですか?」

「かぎかっこやのうて、『カネ』と読みますんや。もともとは曲尺《かねじゃく》を表す漢字からきてます。曲尺って分かりますか?」

首を横に振る将に、さもありなんというように六郎は頷いた。

「かぎかっこみたいな形をした木材の寸法を測る工具と金物屋の『金』にかけてます。せやから、昔の金物屋さんはだいたい『カネ』を屋号に入れとったんです」

「丁稚になると、みんなあの半纏を着るんですか」

将が聞くと、六郎が苦笑した。

「着なくてもよろしい。松倉六郎商店ちゅうのはうちの前の屋号でしてな。植岡くんにあげたら、気に入って着てはるだけです」

「そうですか」

「ところで、将くんはうちがなんの商いか知ってますか？」

「金物を売ってはるんですよね」

「金物にもいろいろありますわな。うちはな、時代に応じて、暮らしに必要な金物を扱うてきました。今は建築金物です」

「けんちくかなもの？」

「鍋、釜、包丁という台所で使うもんも金物ですけど、家をこさえるのにも金物がいりますね。ネジ、釘、蝶番《ちょうつがい》、ドアノブ、戸車《とぐるま》、カーテンレール。そういうの全部を建築金物といいますのや」

「知らなかったです」

「まあ、知っといたほうがええですわな」

「それで、丁稚は何をすればいいんですか？」

「充太郎もおおげさなこと言わはるわ。丁稚なんて今は呼びません。植岡くんもれっきとしたうちの社員です。ただ、わたしもおばあちゃんも歳で、何かと不自由でしてな。住み込みで身の回りのことをやってもろとるんです」

それから、六郎は将を品定めでもするように見ると、

「しかし、細っこい身体をしてはるなあ。今いくつになりましたんや？」

「一一歳です」

「そうか……。わたしが丁稚奉公に上がったのもその頃でした」六郎は束の間、往時に想いを馳せるように虚空《こくう》を見つめると、「いい経験かもしれませんな。今日から植岡くんの下について、いろいろ教わりなさい」と言った。

将は植岡と同室で寝起きすることになった。六郎から植岡の居候部屋を教わると、おじぎして客間を出ようとした。

「ああ、それからな」と六郎が将を呼び止め、神妙

な面持ちでこうつけ加えた。「きみ、ヘビをおもちゃにしとったが、昔からヘビは神さまの神使《おつかい》いいますんや。祟られんよう気いつけなさいや」

「……はい、気をつけます」

廊下に出ると、ようやくホッとしたようにひと息ついた。

言われたとおり、廊下を進んで植岡の居候部屋の前にやって来ると、「お邪魔します」と襖《ふすま》の向こうに声をかけた。

「どうぞ」と、中から植岡の声が返ってくる。

襖を開けると、植岡は出勤のためか印半纏は脱いでおり、すでに背広に着替えていた。

「今日からお世話になります。松倉将といいます」

「旦さんから聞いとります。植岡といいます。こっからは丁稚見習いとして扱いますよってに、よろしゅう」植岡はぺこりと将にお辞儀をして、顔を上げたときにはもう厳しいまなざしに一変していた。

「まず玄関を上がったら、自分の履き物ぐらい自分でそろえて、つま先は外へ向ける。常識だす！」

「はいっ！」

植岡の語気の強さに、思わず将は背筋をぴんと伸ばした。

「わてはこれから出勤ですけど、食事やら、洗濯やらは、通いの家政婦さんがやってくれはるさかい、将どんは留守を預かるあいだ、ここに書いてある四から十のことをやっとってください」と、植岡はえらい早口でまくしたてながら、背広の内ポケットからメモ書きを取り出すと、将に手渡した。

「一から三までは朝のうちにわてが済ましたからええです」

「――どん？」

「これからのあんさんの呼び方だす」

受け取ったメモに、将がざっと目を通す。

一、玄関の履きそうじと水まき
二、新聞を旦さんへ
三、靴みがき
四、廊下の雑巾がけ
五、窓拭き
六、庭の雑草むしり

七、鯉のえさやり
八、便所そうじ
九、風呂場そうじ
十、ねずみ捕りの確認と始末

「これに、三日にいっぺん、布団の虫干しがあります」

メモの裏には、それぞれに必要な物が置いてある場所も、こと細かく書かれている。顔に似合わず、植岡は几帳面な性格らしい。

「あのぉ、この十番のねずみ捕りの確認と始末ちゅうのは――?」

「書いてあるとおりです。最近、ねずみが多くてかないませんねん。天井裏にねずみ捕りが置いてあるさかい。ねずみがかかっとるか見て、捕まっとったら処分してくれまへんか」

「処分て?」

「裏の勝手口に置いてある水瓶に浸けて殺すんです」

「えー!!」

「えー、やありまへん。留守を預かるちゅうのはそういうことです」

「それはちょっと――」

「ちょっと、なんだす?」

「殺生《せっしょう》やないかと」

「甘えたら、あきまへん!」

「はいっ!」

将の背筋が、またまたぴんとなる。

「それから、旦さんのご出勤はごりょんさんがお見送りしますから、将どんはお見送りせんでええです」

それだけ言い置くと、植岡は六郎に挨拶をしてから出勤していった。植岡が行ってしまってから、将はようやくリュックサックを置いて、畳の上に腰を下ろした。

それから、ふと思った。

「ごりょんさんて、誰――?」

七

「しっかりやってますな。感心、感心」

将が汗だくで廊下の雑巾がけをしていると、六郎が廊下を玄関に向かって歩いてきた。となりには、六郎の鞄をたずさえた夏らしい絽《ろ》の着物姿の祖母が付き添っている。

なんや、「ごりょんさん」て、おばあちゃんのことかいなと、将はどんな人が出てくるのかと期待してしまった自分が馬鹿だったと思った。

「おはようございます。おばあちゃん」と将があいさつすると、祖母は「おはよう、将ちゃん」と言ってから、呆れたように「何が悲しうて、孫に雑巾がけさせせなならんのか。充太郎も何を考えてはるんやろ」と、ぼやきをもらした。

「ええやないですか。わたしもあんたも若い時分は奉公先でやってきたことですやろ」

六郎は祖母といっしょに玄関のほうへ向かいながら、「見送らんでええよってにな」と、将に声をかけていった。

「いってらっしゃい」

将は廊下で二人を見送ってから、また雑巾がけの続きに専念した。

結局、この日は植岡から渡されたメモにある廊下の雑巾がけと窓拭きだけでも、午前中一杯を費やした。そのあいだに、家政婦さんが祖母の分といっしょに昼食を用意してくれていた。祖母と家政婦さんと三人で居間の食卓で食べたが、祖母に「学校の勉強はちゃんとやってはりますか？」と聞かれたくらいで、「はい、ぼちぼちです」と将が答えると、あとは会話もなく食事は終わった。午後は、麦わら帽子を借りて庭の雑草をむしって、Ｔシャツや半ズボンから出た手足は日に焼けてヒリヒリするうえに、蚊にあちこち刺されまくって痛いわ痒いわで難渋した。それから、鯉の餌やり、便所そうじ、風呂そうじを済ませると、いよいよ、ねずみ捕りになった。この家には屋根裏部屋があり、荷物などが収納されていて、そこから天井板を持ち上げると、天井裏が覗き込めた。暗がりに懐中電灯を差し向けると、梁《はり》と梁の間にカゴ式のねずみ捕りが置いてあった。天井裏に身を乗り出して恐る恐る覗くと、幸いカゴの中には何も捕獲されておらず、ホッと胸をなでおろした。ようやくすべての作業を終えて植岡との共同部屋に戻った頃には、もう陽が暮れかけていた。

「ひー、学校行っとるより一〇〇倍しんどいわ」と畳の上に仰向けに身を投げ出したのも束の間、ほどなく六郎が社用車で帰宅して、おっつけ植岡も帰ってきた。

「おつかれさまでした」と将がねぎらうと、植岡は履いていた靴下をひょいと上げて見せた。植岡は真っ白な靴下を履いており、足の裏が薄汚れている。

「さっき帰ってきてから、履き替えた靴下ですわ。床がまだ汚れとる。雑巾がけは腰入れてしっかりやらんと」

そのための白い靴下だったのか、と植岡の細かさを思い知らされた。仕事はまだ残っていた。これから風呂のお湯はりと六郎さんの部屋の布団敷きと蚊帳張りを教える、と植岡は言う。ごりょんさんの部屋は家政婦さんがやってくれるのでかまわないと言われて、ついでに気になっていたことを植岡に聞いてみた。

「あの……、ごりょんさんっておばあちゃんの名前ですか?」

将の質問に、植岡は半ば呆れたように説明してくれた。

「ごりょんさんとは、旦那さまの奥さまのこと。御《ご》寮人《りょうにん》さまという言葉が詰まった呼び名で、昔の船場（商人《あきんど》の町）言葉だす。ちなみに、ごりょんさんのお名前はせいさまです。しっかりしとくんなはれ。ぼんはぼんでも、ぼんくらでは困りますよってにな」

そう釘を刺されて、はい、と将は首を垂れた。

植岡の指導のもと、いっしょに作業を終えて、六郎とせいのあとに風呂に入って夜の七時を回った頃、ようやく夕ご飯の時間になった。植岡の話によると、夕飯の支度は家政婦さんが下ごしらえを済ませ、最後に味の塩梅《あんばい》を決めるのはせいの務めらしい。長年、六郎の食事を用意してきた彼女にしか六郎の好みの味は分からないらしいのだ。食卓には、六郎を上座に、せい、植岡、将がそろった。

献立は、さわらの西京漬が一切れ、お香の物、お麩の味噌汁、以上である。

「いただきます」と、六郎の挨拶で食事が始まると、将はあっという間にご飯をたいらげてしまった。「おかわり」と、ご飯茶碗を差し出そうとする手を植岡の手がぴしゃりと打って、将に小声で囁いた。

「ありまへん。食事は一汁一菜《いちじゅういっさい》。しきたりだす」

「えー!!」と将があまりにも大きな声を出したので、六郎とせいが振り向いた。植岡の厳しい視線を感じながら、「おいしかったです」とお茶を濁した。

結局、将は腹いっぱいになることなく、夕ご飯を終えた。

夜九時――テレビを観る気力もなく部屋に戻ると、倒れ込むように布団に身を投げ出した。

「明日は日課の一番目から付き合うてもらいますよってに、五時起きでよろしゅう頼んますで」と告げて、植岡はピース缶を手に縁側まで一服しに出ていった。ぐるるるるぅと腹が鳴って、これが夏休みが終わるまで続くんかいな、と気持ちが萎えてきたが、疲労のせいで一瞬のうちに睡魔に襲われ、植岡が戻ったのも知らずに熟睡していた。

次の日からも同じような〝丁稚奉公〟生活が続いた。日課の労働は次第に身体が慣れてきて、雑巾がけのときのバケツの水が冷たいことと、ねずみ捕り以外はさほど苦にならなくなったものの、やはりつらいのは食事である。育ち盛りの将にはあまりに物足りない。せめて何か小腹を満たすものはないかと探っていたところ、仕事柄、六郎の家にはよくお中元が届くことが分かった。なかでも菓子類には年老いた夫婦はほとんど手をつけず、台所の戸棚にしまっておく。それに目をつけた将はこっそり箱を開けて、おかきやせんべいをつまみ食いしてしのいでいた。ところが、ある日の夕ご飯の席で、

「最近、ねずみが『水屋《みずや》』の中のもん、ようかじるんや。しっかり退治せんとな」

と、せいが口にして、ちらりと将を見た。「水屋」とは本来、水を扱う台所を称したが、のちに食器戸棚のことをそう呼ぶようになったと、あとで植岡にお小言をもらうついでに教えてもらった。つまみ食いがせいにバレていたと分かると、うすら寒い心地がした。

学校の教科書やドリルも持ってきていたが、正直、開く気力はなかった。

そんな生活が一週間ほど続いたある日。午後になって、一台の軽トラックが六郎の家の前に停まった。家政婦さんが自転車屋さんが来たと将を呼びに来て、玄関に出ると、ちょうど軽トラックから自転車が降ろされたところだった。それを見た将は思わず声をあげた。

「うわっ、ホンマかいな、エレクトロボーイやんっ！」

軽トラックに乗ってきた自転車屋の店員が、将に受け取りのサインを書かせると、「松倉充太郎様からです」と、胸ポケットから出した封筒を手渡してから、トラックに乗り込んで走り去っていった。

将は目の前にある念願の〝お宝〟をまじまじと眺めた。

正式名称は、エレクトロボーイZ――五段階変速レバー付きのサイクリングタイプのボディに、大人の憧れの「スーパーカー」ブームに倣《なら》って、リトラクタブルヘッドライト、俗にいう「スーパーカーライト」を搭載。フロントとバックにはウィンカーランプがあり、特にリアウィンカーは「電子フラッシャー」と呼ばれ、ランプが流れるように点滅するデコトラなみの派手な電飾が施されている。リアサイドには折りたたみ式の荷物カゴもある。

夢にまで見たあのエレクトロボーイが今、目の前にある。ウィンカーのスイッチを入れると、キュンキュンキュンキュン！という電子音がランプの明滅に合わせて響き渡った。僕が欲しがってたのを聞いてたんやな。ええとこあるやないか、お父さんも。

興奮した気分のまま自転車屋から受け取った封筒を開けてみた。中にはメモが入っており、充太郎の字でこう書かれていた。

――デッチボウコウは慣れましたか。明日から出社しなさい。自転車は通勤用です。

通勤用と書いてあるが、松原市にある六郎の家から四天王寺の松倉金物本社までは、自転車で一時間以上かかる道のりだ。なんや、電車賃をケチるための交通手段かいな、と父を見直してちょっと損をした気分になった。

それでも、まあええわ、と将はすぐに気を取り直して、

「明日から頼むで、相棒！」

と、エレクトロボーイのサドルを愛犬でも愛《め》でるようになでた。

八

翌日から将は、植岡に書いてもらった地図を頼りに、エレクトロボーイに乗って通勤した。前日に家政婦さんが作っておいてくれたお弁当を持って——といっても、中身は晩ご飯のおかずの残りで、たいてい白飯に梅干しに焼き魚と決まっている——、会社の始業時間の九時に間に合うよう、余裕を持って七時に六郎の家を出た。

松原の家から西除川《にしよけ》の川沿いの遊歩道を、布忍《ぬのせ》神社を左手に見ながら走ってゆく。用もないのに、エレクトロボーイのスーパーカーライトをピカピカ、電子フラッシャーをキュンキュン鳴り響かせて、将はご機嫌な気分でペダルを漕いでゆく。府道二六号線に抜けると、大和川に架かる下高野橋を渡って桃ヶ池公園を左手に見ながら阪和線沿いに寺田町駅方面へと進む。上町台地の勾配を登ってゆくと、やがて四天王寺にある松倉金物株式会社の五階建て社屋が見えてきた。

到着した頃には、汗だくになった。守衛室のとなりにある風呂場で、びしょ濡れのTシャツをリュックサックに入れてきた別のTシャツに着替えてから、ようやく将の仕事が始まる。

将の仕事は、四天王寺の本社と貿易部が独立した島之内営業所との間の注文伝票やサンプル商品の運搬であった。自転車なら二〇分ほどの距離だ。

以前は本社や仕入部や総務部や倉庫も、島之内から歩いて一〇分ほどの谷町界隈にあったのだが、新社屋への移転と同時に統合されて、今は貿易部だけが社外に残されている状態だ。新社屋には貿易部を収容するだけのスペースは十分あるのだが、植岡の話によると、貿易部の部長である充太郎が抵抗して島之内に残ったのだという。なぜかと問う将に、植岡は言った。

「旦さんのお膝元では、何かとやりづらいこともおますのやろ。将どんかて、年中うちで親父さんの目が光っとったら、羽も伸ばせんのやないですか」

父親としてしか知らない充太郎も、祖父にとっては子どもに過ぎないのだという、当たり前のことを将はあらためて思った。

貿易部がある島之内営業所に向かうとき、将はあえて旧本社前を通る道を選んで走った。このあたりは、昔ながらの切妻造《きりづまづくり》の町家が軒を連ねている。大阪大空襲を奇跡的に免れた地で、タイムスリップしたような感覚に襲われる。その一角の角地にある、黒板壁に切妻屋根の中二階建ての町家が、創業大正一〇年の本社跡だ。古い町家の景色を横目に見ながら、松屋町筋《まっちゃまちすじ》へと抜ける急坂を下って、さらに南下して島之内営業所へ。エレクトロボーイのギアチェンジを駆使しながら、風のように疾走するこの瞬間が、将にとっては至福の時であった。

島之内営業所に行くと、充太郎はそっけない素振りで将に目配せをするくらいで、あとはすべて部下が対応してくれた。貿易部からよく頼まれた商品は、ドアハンドルやドアのフロアヒンジ（ドアの荷重を支え、ドアが閉まる速度を調節する装置）、電動カーテンレールや自動ドアである。将がサンプルで運んだのは、主にドアハンドルやフロアヒンジだった。貿易部からの注文で本社一階の倉庫から在庫を運んでゆくのだ。

ある日、貿易部に向かおうとしていると、三階にある経理部の山辺という社員が降りてきて、呼び止められた。髪をぺったりとポマードでなでつけた黒縁眼鏡の神経質そうなおじさんだ。

「充太郎常務のぼんでっしゃろ。すんませんが、これお父さんに届けてくれはりますか」

そう言うと山辺は、クリップで留めた領収書の束を手にした封筒に入れてから将に渡した。

「お父さんに伝えてくれはりますか。この領収書は経費では落ちまへんと」

よく分からないまま、封筒を充太郎に届けると、

「またかいな」と充太郎はぼやきながら、領収書の中身をあらためてから、足元のゴミ箱に捨ててしまった。

子どもながらに、会社というのは面倒くさいところだなと思った。

島之内営業所をあとにすると、ふたたびエレクト

ロボーイに跨り、松屋町筋を今度は一直線に南下してゆく。寺が密集する地域を抜けて、大阪天王寺七《なな》坂《さか》と呼ばれる、心臓破りの坂の一つを必死で漕いで上る。

本社に戻ると、ちょうど昼ご飯どきで、将は持参した弁当を食べる。

将にとっては、半分はサイクリング気分の日々だった。

六郎は、毎朝九時半には社用車で本社に出勤する。将が不思議に思ったのは、四階に社長室があるにもかかわらず、六郎はいつも二階中央のいちばん奥にあるデスクに腰掛け、ほぼ一日中、そこで仕事をこなしていることだ。知っているお客さんが顔をみせると、自ら挨拶に立って「わざわざ、ご足労いただきまして、おおきに」と丁寧に声をかけるのだ。「店先に立って商いをしていた頃の習い性というやっちゃな」と、充太郎が言っていた。

朝方の社内は社員たちの出入りや業者の出入りも頻繁で、とにかく慌ただしい。植岡も営業で飛びまわっており、将を気に留める余裕もない。巷《ちまた》では、昭和四五（一九七〇）年から始まった住宅金融公庫の制度を活用した「公庫融資付き分譲マンション」が大量に建設されて、高所得者向けだったマンションが大衆化する一方、都心から郊外にかけてマンモス団地の大規模開発が進められ、新設住宅も一〇〇万戸を超えてなお増え続けていた。建築需要の増加は、建築金物需要の増加でもあった。

ある日、将はオフィスの窓辺にたたずんで休息していた六郎と目が合うと、手招きされた。社内でも特別に話しかけることもないのに、どうしたんやろうと思い、近づいてゆくと、六郎が「ちょっと、見てみ」と将に窓の外を見るよう促した。そこからはちょうど、会社の正面にある駐車場が一望できて、［六《かね》マーク］の営業車や運送トラック、取引業者の車が出入りを繰り返す様子を手に取るように眺めることができる。

六郎は背広の内ポケットから銀色の小さなケースを取り出すと、シャカシャカという小気味良い音を立ててから、蓋を開けて小さな銀のまるい粒を数粒つまみ出した——仁丹だ。六郎はそれを口に入れるとぽりぽりとかじりながら話し始めた。

「毎朝、この光景を眺めるのが好きでしてな。会社というのは生き物です。人や物の流れは血の流れとおんなじで、この流れが止まらんかぎり、会社が元気に生きとるということなんですわ」

それだけ言うと、六郎はただ黙って、にこにこと窓の外を眺め続けていた。将もしばらく、駐車場の様子をいっしょに眺めていた。


七月も後半に差し掛かろうかという、ある週末。

植岡は自身が担当する、九州地区の新しい取引先とのちょっとしたゴタゴタを解決するため、現地に出張することになった。そのあいだ、家のことは将に託された。その日は、せいもたまたま地元の婦人会の仲間たちと京都の南座《みなみざ》に歌舞伎を観にいくことになっていた。週末は家政婦さんが朝ご飯と昼ご飯をいっしょに作って帰り、また夕ご飯に合わせてやって来るので、珍しく六郎と二人きりで過ごすことになった。

朝食を済ませた将が、廊下の雑巾がけをしていると、いつもとは逆に、六郎がせいを見送るため玄関に向かって廊下を歩いてきた。「四時頃には戻ります」と言うせいに、「ゆっくりしてきなさい」と六郎が応じる。

「そういえば、このところ納戸《なんど》の戸が開きづろうなりましてな。植岡はんが戻ったら、修繕お願いしといてくれはりますか」

「ああ。たぶん、戸車《とぐるま》が痛んどるんでしょう」

そんな会話を交わしながら、将にはいつものごとく、「そのままでかまいません。わたしが見送りますさかい」と言い置いて、二人で玄関へと続く廊下の角を折れていった。

せいが出かけてしまうと、六郎は将に「植岡くんがおらへんのやから、少しは羽を伸ばしてもかまいませんで」と言い、自室へと戻っていった。将は、庭の草むしりまで終えると、ひと息ついて台所の冷蔵庫からキンキンに冷えた麦茶を取り出し、コップになみなみと注いでから一気に飲み干した。

「やっぱ労働のあとは、キンキンに冷えた麦茶にかぎるわ！」

それから植岡との共同部屋に戻って、漫画週刊誌を読んでいるうちにいつの間にかうとうと居眠りをしていた。

「ちょっとええですか」

引き戸の外から六郎の声がしたときには、部屋の文机《ふづくえ》に置かれた置き時計が昼近くになっていた。「はい」と、将が戸を開けると、麻の作務衣《さむえ》に首から手ぬぐいを掛けて、軍手をした六郎が立っていた。

「納戸の戸車を取り替えるんですけど、手ぇ貸してもらえますか」

「え、植岡さんに頼むんやなかったんですか?」

将が問うと、六郎は至極真面目な顔つきでこう答えた。

「そのくらいのことはわたしでもできまっせ」

ひょっとして、せいさんにええとこ見せたいんとちゃうかな、と将は思った。

納戸は、中庭に面した縁側から屋内へと続く渡り廊下の突き当たりのいちばん奥にある。六郎は納戸の一枚戸を敷居から持ち上げて浮かせると、将といっしょに縁側の廊下に運んでいき、窓を開放しておいた縁側に縦に寝かせた状態で置いた。縁側にはつけ替えに必要な道具と、新しい戸車が二つ用意してあった。

戸の底辺には、左右一つずつ取りつけられた戸車がある。六郎は戸が動かぬよう将に押さえさせると、戸車を固定している前後一本ずつの釘を釘抜きで引き抜いていった。二本の釘が抜けたところで、戸車の土台部と戸の間にできた隙間にマイナスドライバーの先端を差し入れると、ぐいとテコの要領で持ち上げた。戸車がすぽりと抜けて、空洞になった溝のなかに詰まっていた埃の塊《かたまり》が落ちてきた。外した戸車をあらためて見ると、車輪の部分がすっかりすり減ってしまっていた。

「こんなにゴミが詰まっとるし、車輪もツルツルや。住んどる人間がこんだけ齢《よわい》を重ねてたら、そんだけ埃も溜まるし、戸車もすり減りますわな」

六郎は用意しておいた割り箸の隙間にちり紙を挟んで、箸にくるくる巻きつけると即席の埃取りを作って、溝の中に詰まっている埃を掻き出してゆく。

その様子を将は興味深く見つめていた。

つま楊枝と木工用ボンドを手にした六郎が、ゆるんだ釘穴にボンドを流し入れると、そこにつま楊枝を差し込んだ。穴から突き出した余分な楊枝を折ると、釘穴がきれいにふさがった。

埋め木と呼ばれるこの作業で、補修した箇所にあらためて釘を打ち込むのだという。

「新しい戸車を取ってくれますか？」

六郎に言われて、将が新品の戸車を手渡した。六郎は戸車を将の目の前にかかげて見せると、「これも建築金物でっせ」と言った。受け取った戸車を埃を掻き出した溝にはめ、乾いた補修箇所に釘で固定した。しっかり釘を打ち込んだところで車輪を指で回すと、くるくるっと快調な勢いで回転した。

「建築金物のええところは、人間の身体《からだ》と違うて取り替えがきくっちゅうことですな」

六郎は、窓から差し込む日差しを受けて、玉のように浮かんだ額の汗を首に巻いた手ぬぐいでぐいと拭った。「ずっと屈《かが》んどったら、腰にきますわ」と、六郎が反り返るように背筋を伸ばしてみせる。

「腰でも揉みましょか」と言う将に、「もう一つ取り替え終わったら頼みますわ」と六郎が返事する。

「作業するのに角度が悪いな。つけ替える戸車のほうが窓側になるよう、戸をひっくり返してくれまへんか」

「はい」

六郎は将と二人、戸を持ち上げると、裏返そうとした。ところが、ふらりとよろけた六郎が体勢を崩し、廊下の柱に頭を打ちつけてしまったのだ。六郎の手が離れた途端、戸を一人で支えきれなくなった将が手を放し、将と六郎の間を隔てるようにばたん！と激しい音を立てて戸が倒れ込んだ。

将は戸を飛び越えると、倒れている六郎のそばに駆け寄った。

「六郎さん、六郎さんっ！」

何度か呼びかけるが、返事がない。

不安になって、鼻先に耳を近づけると、ちゃんと息はしていた。

「大丈夫や、大丈夫っ！」

将は自分に言い聞かせるようにそう言うと、柱にもたげていた六郎の頭を抱えるようにして廊下に横たえた。いったん客間に駆け込んで、座布団を一枚持ってくると六郎の頭の下に敷いた。

それから、廊下を走って玄関先にある電話に飛びつくと、ダイヤルが戻るあいだももどかしく、逸《はや》る気持ちを抑えながら救急車の呼び出し番号を回した。

ほどなく到着した救急車に将も同乗して、六郎は近くの大病院に搬送された。

六郎がレントゲンや脳波の検査を受けているあいだに、将の知らせを受けた充太郎とかずえが駆けつけてきた。

検査の結果、六郎の骨や脳波に異常は認められず、大事には至らずに済んだ。目立った症状といえば、柱で打ったときにできたすり傷とたんこぶぐらいで、頭に包帯を巻かれてはいるが、意識はしっかりしている。何が原因で倒れたのか、と六郎の担当医に充太郎が聞くと、加齢による平衡感覚の衰えであろうということで、高齢者にはよくあることらしい。ふらつきそのものは重大な疾患ではないが、そのせいで事故に繋《つな》がる恐れもあるので、用心に越したことはない、とのことであった。

夕方、自宅に帰ってきたせいに、充太郎とかずえが状況を伝えた。

せいは硬い表情で聞いていたが、六郎が今日一日だけ入院すれば明日には帰宅できると聞くと、安堵の息をもらした。将から、六郎が自分で戸車をつけ替えようとしているうちの怪我だったと聞かされると、「せやから、植岡はんに頼むよう言うたのに」と、深いため息をついた。充太郎の判断で、植岡には週明けに出張から戻るまで知らせるほどのこともなかろうという話になり、将がそばについていることになった。

次の日、充太郎とともに病院まで六郎を迎えにいくと、思いのほか六郎は元気そうで、用意していった背広にそそくさと着替えると、自らタクシーに乗り込んでいった。

九

「あきまへんで！」

と充太郎が六郎の言葉を言下《げんか》に否定した。

「仕事なら、誰か代わりのもんにやらせます」

「代わりのもんやあきまへん。わたしが行かな済まん用事なんや」

「だったら、なおのことですがな。病み上がりで出張なんかできるわけないですやろ。絶対、あきまへん！」

「これはわたしのことや。おまえにとやかく意見される筋合いはありまへん！」

　自宅に戻った六郎は、まだ寝ているようにと言う充太郎の意見を押し切って、居間の座椅子に腰掛けてこの押し問答を続けていた。いつもは穏やかな六郎が珍しく声を荒げた様子に、充太郎も強く言いすぎたかと、いったんは矛を収めた。

　六郎のかたわらにはせいがおり、充太郎のかたわらには将がいて、二人とも六郎と充太郎のやりとりを静観していた。いつもなら充太郎に厳しく意見するせいが黙っているということは、充太郎に同感だということであろう。

「今度のことでよう分かりました。わたしもそろそろ人生の店じまいを考えなあかん歳や。そのうちそのうちと思とって、会わなあかん人や、ほったらかしになっとったことが山ほどありますよってに、まだ間に合ううちに、わたしにしかできんことを片づけときたいのです」

　一転して、しみじみと語りかける六郎に、充太郎も頭ごなしに否定するのは賢明ではないと判断したのか、落ちつきを取り戻した口調で答える。

「六郎さんのお気持ちはよう分かりました。せやけど、あなたには社長としての責任があります。もしものことがあれば、会社はどないするんです」

「迷惑はかけまへんて。そんな遠くには行かん。西日本だけです」

　退《ひ》く気のない六郎の口ぶりに、充太郎がかたわらに座るせいの顔色をうかがった。せいは仕方がないというように、一つため息をもらしてみせた。

「どうしてもと言うなら……」と、充太郎が歩み寄りの姿勢を見せる。「将をいっしょに連れていってください」

「はあ？」と、六郎と将が、思わず同時に声をあげた。

「もしものときのお目付役ですがな」

「小学生なんぞ連れとったら、足手まといなだけでっせ」

反論する六郎に、充太郎はこともなげに切り返す。

「そうとは言えまへん。一昨日かて、将がおらなんだらどうなっとったことか」

充太郎のその言葉に、将はちょっと誇らしい気分になった。

「そやかて、おまえ……」と言いよどむ六郎に、「それが条件です。家族としても、取締役としても、この一点だけは譲れませんな」と充太郎も断固とした姿勢を見せた。

「そんなアホな」と、ぼやく六郎に、充太郎は「気が変わったら連絡ください」と言い残して、引き上げていった。

充太郎が帰ったあと、腕を組んで黙ったまま座っている六郎に、恐る恐る将が声をかけた。

「六郎さん、僕はいっしょに行ってもええですけど……」

「ちゃいますがな」と六郎が口を開いた。「充太郎はわたしに諦めろと言いたいのや。わたしがきみを連れて出張なんか行くわけないって分かってますのや」

お父さんの魂胆も知らんと、誇らしく思った自分がアホみたいやないか、と将は悔しい思いをした。

「行きましょう、いっしょに」

「あきまへん」

「行きたないんですか？」

「行きたいがな」

「行けばええやないですか」

「あきまへんて」

「行きましょうや」

「あかん言うてますやろ！」

これじゃ、さっきまでとあべこべやないかと、将はだんだん腹が立ってきた。

「行くて言うたり、行かんて言うたり、なんで大人は勝手なんやっ！」

将の剣幕に、六郎とそのかたわらに座るせいが一瞬、たじろいだ。

将は勢いよく立ち上がって、客間から渡り廊下へと出ると、廊下の壁に横向けにした状態で立て掛けてあった納戸の戸を抱え､廊下に横たえた。そして、客間の入り口に置いたままになっていた工具箱と戸車を廊下に運んだ。

「何してますのや」と、六郎が怪訝そうに問う。

「やり残した戸車をつけ替えるんです」

「そのままにしときなさい。植岡くんに頼みますさかい」

「僕がやります」

「なんでや」

「ちゃんとつけ替えられたら、いっしょに連れてってください」

言いながら、将は戸の底辺に軽く膝を乗せて動かないように固定すると、工具箱の中から取り出した釘抜きで、すり減ったほうの戸車の釘を外しにかかる。

「しませんで、そんな約束」

六郎がそう言うと、今まで黙っていたせいが口を開いた。

「ええんやないですか」

「え？」と、思わず六郎が聞き返す。

「つけ替えてもらえば、ええやないですか」

「わたしは頼んでませんで」

その言葉に､「おや？」とせいが疑問の声をあげる。

「わたしかて、あなたには頼みませんでしたけど」

六郎は、せいの一言に二の句を継げなくなって、黙りこくった。

将は黙々と作業を続けていく。すべて六郎がやっていた作業の見よう見まねだ。しかし、六郎よりはるかに手こずって、ようやく戸車を外すことができた。割り箸で即席の埃取りを作って、戸車を外した溝の中に詰まっている埃を掻き出してゆく。最後にふうっと息を吹きかけて溝をすっかりきれいにすると、つま楊枝で埋め木をしてから新品の戸車を溝にはめて、釘を差し込む。しっかり打ち込んだところで車輪を指先で勢いよく回すと、くるくるっと快調な音を立てて回った。

「よし！」と、仕上がりを確かめたところで、将は自分の部屋にタオルを一枚取りにいった。そのタオルを戸の底辺側と廊下の床板の間に敷くと、反対側に回って、戸の上辺側を抱え上げて床を滑らせて移動させてゆく。このままタオルに乗せた戸を廊下の奥の納戸の前まで運ぼうという寸法だ。

戸を運びながら六郎の様子をうかがうと、こちらには目もくれず、手元のお茶を啜《すす》っている。

納戸の前に着いたところで、寝かせた状態の戸を起こしてゆき、少し浮かした状態で、鴨居《かもい》と敷居の間に差し入れてゆく。しかし、小学生の力ではなかなかうまくいかない。戸の重量を支えながら、時折、よたよたとよろめきながら、なんとか戸を浮かせて敷居の溝に落とし込もうとする。

もう少しや、もう少しやのに、うまくはまらへん。

額から流れ落ちてくる汗を拭う暇もなく、将は懸命に戸を持ち上げている。

「あー、うまくいかへんな。けったくそ」

――ふいにその手元が軽くなった。

「病み上がりを歩かしなはんな」

将の背後には、戸に手を添えた六郎が立っていた。

「しっかり支えときなさい。こうしますのや」

六郎は、将が支えた戸を少し斜めに倒すと、鴨居と敷居の間にいともたやすくはめ込んでみせた。はめ込まれた戸を横に滑らせると、なめらかに開いてゆく。

「よう滑るようになった」

戸の動きを確かめてから、六郎が将を振り返って言った。

「まったく、先が思いやられますで……」

一拍置いて、六郎の言葉の意味を察した将は、満面の笑みを浮かべてみせた。

十

出張の支度をするため、エレクトロボーイで自宅に戻った将は、充太郎にそのことを報告した。

「ホンマに行くんかいな」

予想外の展開に、充太郎は一瞬、虚を衝かれた様子であったが、「ええか、何かあったらすぐ電話せえよ。迎えをやるさかい」と将に注意を促した。

やっぱり、六郎さんの言ったとおりやと、将は可笑《おか》しくなった。充太郎に報告しに帰ると言った将を送り出すとき、六郎は「充太郎のやつ、きっと困った顔をしますで」と話していたのだ。

部屋に戻って、意気揚々と荷物をまとめていると、かずえが「木下くんが来てるよ」と声をかけてきた。

玄関口に出ると、団地仲間の木下拓実が手提《てさ》げの紙袋を持って立っていた。

相変わらず、髪の毛に寝ぐせがついたままだ。

「おう、今日も立っとるな」

将の冗談にも、「ああ」と、どこか反応がぎこちない。

「どうしたんや?」と将が問うと、拓実が手提げの紙袋を将に差し出した。

「これ、夏休みの宿題や」

「ああ、そうか、もう夏休みに入ったんやったな」

しばらく休んでいたので忘れていたが、今週から小学校も夏休みであった。

拓実は、将に宿題を届けに来てくれたのだ。

将が「ありがとうな」と紙袋を受け取ると、拓実は気まずそうな笑顔を浮かべてみせた。

「あのときはごめんな、将」

「あのときて――?」

「学級活動の時間や。ホンマはな、僕も将の意見に賛成や」

どうやら、学級活動のときの増渕との一件のようだ。あのとき、増渕に意見があるものはいないかと聞かれて、拓実は将の視線から目を逸らしたことを気にしているらしい。

「あんとき、言わんでごめん。僕、勉強でけへんから、あんな優先順位、ホンマは悔しいわ!」

「もうええよ」と将は笑って答えた。「でも、今日会えてよかったで。僕、明日から出張やねん」

「シュッチョウ? なんやそれ」

少し元気を取り戻した拓実が将に聞く。

「それがな、あんまりよう分からんのや」

「へえ、分からんのか。なんや、ワクワクするな」

「そうやな、ワクワクするわ」

「……帰ってきたら、また会おうな」

「あたり前田のクラッカーや!」

と、流行《はや》りのCMのギャグで返した。なんだか妙に照れくさくなってきて、将はもう一度、拓実の寝ぐせを指して「立っとるな」と言うと、今度は拓実も「立っとる、立っとる」と返してきた。

「ほなな！」

と拓実が手を振った。

「ほなな！」

と将も手を振り返した。

拓実がいつもの笑顔を浮かべてから、遊歩道を駆け去っていった。

九州への出張から戻った植岡は、そのあいだに六郎が倒れて将が救急車を呼んだことや、戸車をつけ替えたことを知ると「それはご苦労さんでした」とねぎらいの言葉をかけながらも、どこか面白くなさそうな様子であった。

そのうえ、将が六郎と出張に行くと知ると、「わては留守番ですか」とちょっと寂しそうな表情を浮かべた。

「旦さんのこと、くれぐれもよろしゅう頼みますで」

将に頭を下げてみせる植岡に、申し訳ない気持ち半分、植岡さんはきっと六郎さんのことがホンマに好きなんや、と微笑ましくも思った。

旅立ちの朝——というには、まだ日も昇らぬ朝ぼらけの時間。

うっすらと室内に差し込むほの明かりに、将が目を覚ますと何やらごそごそと小さな音が天井から聞こえてきた。

まさかと思った将は、まだ眠ったままの植岡に気づかれぬよう、そっと寝床から出ると、廊下から屋根裏部屋へと通じるはしご階段を登っていった。

天井裏に懐中電灯を差し向けると、もぞもぞと動く物体が確認できた——ねずみだ。ねずみはしっぽを挟まれた状態で、ちゅうちゅうとか細く苦しそうな声を発していた。将は、ねずみをねずみ捕りのカゴごと抱えると、屋根裏部屋から出て、裏口のドアからサンダルを履いて外へ出た。

裏口の脇には、植岡が言っていた水瓶が置いてある。

将は水瓶をやり過ごすと、そのまま敷地内を進んで裏木戸を抜けた。

六郎の家の真裏には、細い路地が続いていた。

ねずみ捕りを地面に置くと、指に力をかけて強力なバネを持ち上げ、ねずみを解放してやった。

「旅立ちの朝に、殺生はごめんや。今度は捕まるなよ」

ねずみは傷めたしっぽを萎縮させながらも、全速力で六郎邸の裏路地を駆け去っていった。ねずみの姿が路地を抜けて見えなくなるまで将はずっと見届けていた。

明々とした日差しが盛夏の温もりをたずさえて、将の顔を照らし始めていた。

こうして、将の本当の夏休みが始まった――。

第二章　げんこ

一

午前八時。支度を済ませた将が六郎邸の門前で待っていると、せいに見送られて、いつもどおりに背広を着込んだ六郎が出てきた。

「くれぐれもご無理はなさいませんように」と言うせいに頷くと、迎えに来た社用車で将を伴って家をあとにした。梅田駅前で車を降りて、そこから阪急電鉄京都線に乗り込む。

　夏休みシーズンの車内は家族連れで混み合っていた。たまたま一つ飛びに空いた席を、気を利かせてくれた若者がずれてくれて、将と六郎は横並びに座ることができた。「おおきに」と、六郎が笑顔で若者に礼を言う。ついでに若者は六郎が提げていたボストンバッグを荷台に載せてくれようとしたが、「膝に抱えるので大丈夫です。お気遣いいいただいて、おおきに」と、六郎は丁重に断って、バッグを膝の上に抱えた。将もリュックを膝の上に抱えて座った。六郎のボストンバッグは、本革で長年使い込まれたせいか、表面は深みのある焦げ茶色を帯びている。チャックの引き手が両側から閉まるタイプで、引き手には革製のベロが、カンと呼ばれる、まるい金輪で繋《つな》がっており、両側のカンを潜らせて、真ちゅう製の南京錠が掛けられていた。大人の掌《てのひら》より少し小さめの南京錠も年季の入ったもので、鈍い輝きを放っている。それを見て、用心深い人やな、と将は思った。

　六郎はボストンバッグの上に手を置くと、左手首に巻いた腕時計の竜頭《りゅうず》を巻き始めた。革製のベルトのこちらもよく使い込まれた外国製のものらしい。将が見ていると、竜頭は文字盤の二時の位置と四時の位置と二つあって、六郎は二時の位置の竜頭をぐりぐりと回している。将の視線に気づいて、六郎が口を開く。

「目覚ましですわ。これがないと電車乗るのも安心できまへん」

巻き終えた竜頭を引き上げて、もう一度回し始めると、今度は文字盤の下にある三角印が文字盤上を回り始めた。どうやらアラーム用のゼンマイのようだ。起きる目安の時刻に合わせると、六郎は回し終えた竜頭を押し込んだ。

「わたし、居眠りするタチでしてな。商いで電車に乗っとった頃は、よう寝過ごしたもんです。せやけど、若い頃はこんな船来もんの時計なんぞ持ってませんでしたよってに、この南京錠はその頃の習い性というわけですわ」と六郎は鞄につけた南京錠を持ち上げてみせる。

「そうか、泥棒よけっちゅうことですか！」と将が合点がいったように言うと、六郎が頷いてみせた。

「昔、居眠りしとるときに、集金鞄を盗まれたことがありましてな。それからは鞄に南京錠を掛けるようにしたんです。盗むほうも、これ見たら思いとどまるかもしれんさかいな」

よく見ると、南京錠にはアルファベットの刻印があった。

——BUS。

「ブ……ス？」

ローマ字読みで将が読むと、

「ブスやありまへん、英語でバスと読むんです」

と六郎が訂正した。

「うちでこさえてる商品の銘柄ですわ」

「なんで、バスっていうんです？」

「言うても、分からんでしょ。そのうちな」

「そうですか」と、将もそれ以上深く聞こうとは思わなかった。

六郎は内ポケットから仁丹ケースを取り出して、自分の掌《てのひら》に数粒落とすと、口に放り込んでいつものようにぽりぽりとかじった。

将は黙って車窓の景色に目を向けた。

ガタンゴトンと電車の振動で揺られているうちに、案の定、将のとなりで六郎がゆらゆらと船を漕ぎ始めた。ホンマや、あっという間に寝てもうたがなと、将は感心したようにその様子を眺めた。

梅田から三〇分ほどは家並みや田畑が広がる平坦な風景が続いたが、長岡天神駅を過ぎると進行方向左手の車窓に、北摂《ほくせつ》山系に連なるポンポン山が、晴天の青空にこんもりと映えて見えた。その先、北西方向に愛宕山《あたごやま》の山影が見えてくると、電車は目的地近くまで来ていた。ちょうどそのとき、ジジジジジジジジ、というゼンマイ仕掛け特有のアブラゼミの鳴き声のようなアラーム音が鳴って、六郎がパッと目を覚ました。「やかましゅうて、すみまへん」と周囲に気遣いながら、アラームを切った。

車内アナウンスが、まもなく駅に到着することを告げた。

そこが、将と六郎が降りる目的の桂駅だ。

改札を抜けて駅を出ると、客待ちで停車しているタクシーを拾って、六郎が目的地を伝える。これから向かう場所で何をするのか、将はまったく聞かされていない。

「退屈かもしれませんが、ついてきてしまったからには、おとなしゅうしとってください」

車中で、将は六郎にそう言い含められていた。

六郎と将がタクシーで五分ほど走ると、「半井金《なからい》物」と書かれた看板の掛かった店の前に到着した。三階建ての建物の一階部分が全面引き戸になって商品が陳列されている、昔ながらの金物屋といったたたずまいの店だ。店の前には、工務店の軽トラックやライトバンが停まっていた。「着きましたで」と、勘定を済ませた六郎が将に降りるよう促した。

六郎について中に足を踏み入れると、店内には用途に応じて大小さまざまな建築金物が棚ごとに分けられて並べられている。一階だけでもその物量は圧倒的だが、上の階へと通じる階段もあり、そちらにも商品が並んでいるようだ。

接客中の従業員の声が聞こえるなか、一階の棚の間を奥へ進んでゆくと、ニッカポッカを穿いた中年男が棚を物色しながら歩いている。そのあとに続いて、六〇歳過ぎであろう、事務服を着た恰幅《かっぷく》のいい白髪頭の老店員が伝票とボールペンを手に歩いてゆく。

「現場は二階建ての木造アパートやから、アレとアレが必要やな」

ニッカポッカの男が言うと、「かしこまりました。アレはおいくつずつご用意しましょうか」と、店員が大きな声で応じる。

驚くべきことに、二人の会話はほとんどが「アレ」で成立していた。

六郎は棚の影から邪魔にならないようにそんなやりとりを眺めていたが、こちらを向いた老店員と目が合って、会釈を交わした。

「アレしか言うとらんのに、よう通じますね」

将が六郎に問うと、六郎は至極当然といったふうに、「お得意さんとのやりとりは、どこもあんなもんです」と答える。

「いちいちアレてなんですか？　なんて聞いとったら商いは務まりまへんよってに、わたしら問屋かて、注文取るときに、店主さんにアレが欲しい言われたら、在庫の数見てピンとこなあきまへんねんで」

そういうもんなんか、とあらためて将は客と老店員のやりとりに目を向けた。

ニッカポッカの男はひとしきり店内を物色すると、用が済んだようで、「明日、現場のほうにアレ届けてくれるか」と言い残して、店の前に停めてあった工務店の軽トラックで走り去っていった。

「へい、毎度、おおきに、おおきに！」

大きな声で見送った店員が、六郎を振り返ると、破顔して近づいてきた。

「いやあ、ようおこしやした、松六はん！」

半井金物の社長、半井雄蔵《なからいゆうぞう》はガッと差し出した大きな手で、六郎の手を力強く握り締めながら声を張りあげた。

「お忙しいときにすんまへんな、半井はん」と、六郎も半井の手をしっかりと握り返しながら応じた。

「何言うとるんです。わが社の大大恩人のご来訪やないですか。本来なら、お迎えに行かなあかんとこを、わざわざご足労いただいて、おおきに、おおきに！」

大事なことを二度言うのは、京都のお公家言葉の特徴である。それから半井は、六郎のかたわらに立っていた将に視線を向けた。

「おやおや、こちらがお噂の三代目ですな！」

「すんまへん、こぶつきで来てもうて。孫の将です」と、六郎が恐縮したように、将の頭を後ろからぺこりと押すので、「こんにちは」と将があいさつをすると、「わたしのお目付役やて、息子に押しつけられましてな。お気遣いせんといてください」と六郎が言い添えた。

「いやいや、大歓迎ですわ！　ささ、お二人とも裏の自宅へ！」

半井が将の後ろにまわって肩に手を置くと、ぐんぐん奥へと押し進めていく。

店の奥にある事務所を通り抜けながら、ひっきりなしにかかってくる電話の応対や事務仕事に追われている数人の従業員に「松倉金物さんの六郎社長と三代目さんや」と声をかけると、皆口々に「いらっしゃいませ」「お世話になっております」と声をあげた。事務所を抜けると、店の裏手はガレージのような造りで、三階までの高さの観音開きの大扉が開放状態になっており、数台の搬送トラックが荷造りをしていた。

三階に分けて在庫商品を種類別に置いた棚が並んでおり、棚と棚の間を従業員たちが忙しそうに行き交《か》っている。時折、事務所から走ってくる店員が「これ、追加注文な！　急いでや！」と棚のそばにいる店員にメモを渡してまた駆け去ってゆく。

「忙《せわ》しのうて、すんまへんな。角栄さんの『列島改造論』のおかげで、建築業界は大忙しですやろ。うちもおこぼれに与《あずか》っとるんですわ」

半井の言葉どおり、土建業出身の田中角栄が首相になる前に提言した『日本列島改造論』は、全国の建設業界に恩恵をもたらし、この七月の田中内閣の成立とともにさらに拍車をかけていた。「活気があってええことやないですか」と六郎は微笑みながら、将とともに半井のあとに続いた。

二

半井の自宅では、ちょうど食事の支度をしていたのだろう、着物姿にエプロンをつけた半井の妻、初江《はつえ》が「お久しゅうございます」と出迎えてくれた。半井と歳はそう変わらないだろうが、外見は正反対で、細身で小柄な女性である。

「どこかで一席と思うとったんですけど、松六はんがうちの女房のおばんざいでとおっしゃるさかい、お言葉に甘えて腕を振るわせていただいとります」

「どんなごちそうより、奥さんのおばんざいが最高のおもてなしですよ」

　半井と六郎が話しているあいだに、将が玄関で自分の靴を外向きにそろえていると、見ていた初江が「お行儀のええことで。ようでけたお孫さんどすな」と褒めてくれて、将はちょっとうれしくなった。

「まずは、竹雄くんにご挨拶さしてもろて、よろしいですか」

　家に上がった六郎がすぐさま切り出すと、それまで笑顔だった半井の瞳が一気に涙でにじんで、「ほんに、ほんに、おおきに、おおきに。あの子もきっと喜んどります」と深く頭を下げた。

　いったいどないしたんや？　と将が戸惑っているうちに、半井は六郎と将を居間の奥にある襖《ふすま》を開けて、中へと案内してくれた。そこは仏間であった。

　仏壇の前には、遺影が飾られている。老齢の男性と女性の写真に加えて、まだ二〇代であろう若者の写真も飾られている。六郎が背広の内ポケットから持参した数珠《じゅず》を取り出した。

　半井が灯してくれたろうそくで、六郎がお線香に火を灯してお供えしてから、鈴《りん》を鳴らして合掌する。


お参りを終えた六郎に促されて、将も同じようにお参りする。

「もう一年になりますか――」

　故人を偲《しの》んで六郎が言うと、半井が若者の写真を見つめながら口を開いた。

「生きとったら、今年でちょうど三〇です。まさかお仏壇《ぶったん》に両親とわが子の写真を並べるなんて……」

半井の言葉に、将にも合点がいった。仏壇に並ぶ写真は、半井の父母と、半井の息子、竹雄の写真であった。「わしのほうがニトロ飲んで心臓の病気と長う付き合《お》うとるのに、なんであの子が心臓発作なんやと。ほんに神さんを恨みますわ……」

　写真の若者は、半井に似た目鼻立ちだが、細面《ほそおもて》の優しい顔だちの好青年である。

「わたしら年寄りが見送るなんて、順番があべこべですわな」

　六郎も沈痛な面持ちで答える。

「せめてもの救いは、配送中に誰も巻き込まんかったことどす」

「それも、竹雄くんの器量ですやろ」

竹雄の人柄を振り返る六郎の言葉に、鼻をすする音が聞こえた。将が仏間の戸口を振り返ってみると、いつのまにか初江が立っており、着物の袖で目頭を押さえていた。半井も、初江も、心の傷はまだ少しも癒えてはいないようであった。それでも、初江は気丈に振る舞い、「お昼ご飯のお支度できましたえ」と、六郎たちに声をかけてくれた。

「腹が減ってはなんとやらですわ。用件はそのあとで。どうせ、娘夫婦が来るのも夕方でっさかい」

六郎がここに来たのには、やはり目的があるようだ。その娘さん夫婦と関係があるのだろうか、と将は少し気になったが、それよりも空きっ腹の虫のほうがうずうずしていた。

客間の座卓には、初江が腕によりをかけたおばんざいが、目にも涼やかな透明な器に盛られて並べられていた。

新鮮な鱧《はも》の落としに、鱧の胡瓜《きゅうり》和え、賀茂なす、京とまと、かぼちゃ、オクラ、といった色とりどりの夏野菜の煮びたしに、万願寺とうがらしの蒸し焼き、九条ネギと油揚げのお味噌汁に白飯だ。

座卓を囲んで、六郎と将、半井が座り、初江が配膳に立ち働いている。

「鱧がおいしい季節なんで、湯がいて落としと胡瓜和えにしとります。京野菜は、どれもうちの畑で採れたもんを使うとります。どうぞ召し上がっておくれやす」

初江の説明に、六郎が嬉々として膳の上の品々を眺めた。

「昔、わたしが営業でお邪魔しとった頃は、ようご相伴《しょうばん》に与りました。あんときはまだ、お父さんもお母さんもご健在でしたね」

「うちも、半井のお母さんから、いろいろ教わったんどっせ」

初江も、懐かしそうに話す。

「せやけど、ぼんにはちょっと大人の味やないかな」

半井に自分の気持ちを言い当てられて、将はぎくりとした。確かに、並べられたおばんざいを見ても、食べ盛りの将は六郎のようにはときめかない。

「そんなことやと思うて、ちゃんと用意してありまっせ」

　半井がそう言うと、初江が台所にとって返していく。しばらくすると、ハンバーグとつけ合わせの京野菜のグリルを盛りつけた皿を持って戻ってきた。

「うわぁ！」

　と、今度は将が感嘆の声をあげた。

「うちの女房は、こういうのも得意なんどす」

「半井はん、ホンマに気い使わんといてくださいさかい」

「いや、ハンバーグは竹雄の大好物でしたさかい、どうぞおあがりください」

「……そうでっか。じゃあ、遠慮なく。いただきなさい」

　六郎が言うと、おあずけ状態で待っていた将が、「いただきます」と手を合わせてから、ハンバーグに箸をつけた。肉汁が浸み出した肉を口に運ぶと、ほわっとした甘みが口の中に広がっていく。母のかずえが作ってくれるハンバーグもおいしいが、それとは全然違う肉の旨みを味わう感じであった。将の表情に笑みがこぼれると、見ていた初江が心底、うれしそうに笑った。

「良かったわあ。もう作ることもない思うとったさかい」

　初江の背中に、半井がいたわるように手を添えていた。仲の良い夫婦なんだな、と将は思った。

「じゃあ、わたしもいただきます」

　六郎が手を合わせてから料理に箸をつけると、半井と初江も食事を始めた。将は、このところずっと六郎の家での少食に我慢していたせいか、食事の手をほとんど止めずに食べ続け、あっという間にご飯茶碗を空にしてしまった。座卓のかたわらにお櫃《ひつ》を置いた初江が、「おかわり、いかがどす？」と声をかけてくれたが、反射的に空のご飯茶碗を突き出した手を、ぐっとこらえてすぐに引っ込めた。

「どないしはったん？　ご飯もぎょうさん炊いてあるし、遠慮せんとおかわりしとくれやす」

　初江がそう言うと、将が六郎の様子をうかがう。六郎は将の食べっぷりに、少々面食らった様子であったが、「せっかくやし、いただきなさい」と将に告げた。

　将が引っ込めたご飯茶碗をふたたび差し出すと、

初江が笑顔で受け取ってお櫃のご飯をよそってくれた。

おかわりしたご飯でハンバーグをたいらげた将は、器に盛られたおばんざいにも箸を伸ばした。久々にカロリーの高い食べ物を口にしたあとのおばんざいは、新鮮な味わいを将の口中にもたらした。

「あ、おいしいわ、これっ！」と、これまた箸が進む。

「よう食べますなあ」

もともと少食の六郎は自分の箸を進める手を止めて、将の食いっぷりをしばし眺めていた。

そんな様子を半井が、微笑ましそうに見つめていた。

「ええどすな、お孫さんがおって。うちは竹雄が結婚せんかったし、娘夫婦も子どもがまだですのや。松六はんがけなるい（羨ましい）どす」

半井はそう言うが、将にしてみれば六郎と二人で過ごすのも初めての経験で、まだ緊張が大きい。六郎にしても、将とどう接したらいいのか、まだよく分からないのではないか。うちはちょっと特別や、と将は思った。

三

食事を終えた六郎と将は、娘夫婦が来るまでまだ時間があるという半井に、「よかったら森林浴がてら、うちの竹林《たけばやし》に行ってみますか」と誘われた。食事の後片づけをしてから娘夫婦の到着を待つという初江に見送られて、六郎と将は半井の運転する車で竹林に向かった。

半井の自宅から車で一〇分ほど走ると、竹林とたけのこの産地として有名な大枝《おおえ》塚原町《つかはらちょう》に入る。半井が所有する竹林もその一画にあった。竹林のとなりには、半井が京野菜を栽培している畑もあった。車を降りた六郎と将に、この季節は蚊が多いから、と半井が持参した紅い蚊取り線香を二人の腰にぶら下げてくれる。

竹林に足を踏み入れた将は、それまでのまとわりつくような暑気が吹き払われて、心地よい風に全身を包み込まれてゆく感覚を覚えた。木漏れ日のなか、サラサラとそよぐ笹の葉が、さざなみのような音を立てている。半井のあとに続いて、サクサクと下草を踏みしだいて歩いてゆくと、林の合間に木造建ての倉庫が見えてきた。

「懐かしいですな。半井さんが金物屋を始められてからは来ることものうなってましたが、まだ残してはったんですな」と六郎が言う。

「壊してしまおうとも思うたんですが、竹雄がそのままでええ言いよったので。よかったら見ていかはりますか」

「ええ、ぜひ」

半井は倉庫のほうに近づいていった。懐から取り出した鍵で倉庫の引き戸に掛けられている南京錠を外して引き戸を開けると、中には竹の匂いが満ちていた。

庫内には、竹の切断に使うらしい卓上電気丸ノコ盤が一台とグラインダーが置かれているだけで、あとはもぬけの殻といった状態だ。土間の隅には半分に断ち割られた竹が数本、束ねられた状態で置かれており、その奥には障子で仕切られた小上がりがあった。

「ここで何か作ってはったんですか？」

そう問う将に、半井が答えた。

「うちは昔、竹レールの製造業やったんどす。引き戸のレールは、たいていは鉄や真ちゅうで作りますけどな、戦時中は軍人さんが鉄砲や大砲の弾をこさえるのに、鉄製品をみんな持ってってしもて。そこで、うちの先代が竹を使うて代用品をこさえたんどす」

「うちの店でも、お宅の商品をぎょうさん分けてもらいましたな」

「親父と二人、竹レールを積んだ荷車引いて、大阪の松六はんの店までよう運びましたわ」

「先代には、ホンマにお世話になりました」

「そやけど、戦争が終わったら、もうあきまへん。もともと竹レールは劣化が早いうえに気温で変形するし、鉄が供給されてしもたらお払い箱でっさかい」

「そうでしたな……」

「そのときに、親父を助けてくれたのが、松六はんですがな」と、半井が将に聞かせるように語りかけてくる。「世間がもう竹はいらんてなったときに、松六はんが『ほんなら、金物屋でもやったらどないですか？』と言うてくださって、店の立ち上げから仕入れから、みんな面倒みてくれはった。おかげさんで、今日までやってこられました」

「何を言いますのや、持ちつ持たれつですがな」照れくさいのか、六郎が話題を変えるように切り出した。

「そういえば、竹雄くんはここで何を――？」

「竹細工の工房として使うとったんどす」

そう言うと、半井が奥の小上がりに向かって、閉めてあった障子戸を開けてみせた。中には、作業用の座卓があって、竹かごが編みかけのままの状態で置かれており、そばには彫刻刀や小刀がある。足下には、何本かの竹ひごや竹の削りかすが散らばっており、先ほどまで作業をしていた途中のような状態であった。後ろの壁には棚があり、竹細工のかごや鞄や小物入れ、茶筅《ちゃせん》や湯呑み、竹とんぼや水鉄砲といった、さまざまな作品が並べられている。

「これ全部、竹雄くんがこしらえはったんですか」

半井は頷くと、小上がりに上がった。

「時々、土産物屋に置かしてもろたりして、評判も良かったようでっせ」と、座卓の上の編みかけのかごを手にした。「作りかけのかご残して……、また戻ってくるような気ぃして、片づけられまへんのや」

「そうでっしゃろな」

「発作のせいで事故起こして、最後の言葉は『はよ現場に届けんと』でした。あれはホンマは職人になりたかったんどす。せやのに、やりとうもない仕事でへとへとになって、挙句の果てに命を落として、あれの人生なんやったんやろと。もっと自由にさしてやっとったら、と考えてしまいましてな」

半井は作りかけのかごを抱擁するように持ちながら、静かに言葉を継いだ。

「そんなわけで、跡取りも亡くして、わしもニトロ飲んどるさかい、いつまでもつか分かりまへん。松六はんには、ほんにお世話んなりましたが、ここらが引き際かと思いましてな」

六郎はすでに聞いていたのだろう、さして驚くふうでもない。

「お手紙もろて、考え直さへんか説得するつもりでしたが、うまく言葉が思いつきまへん」

「すんまへん」と、半井がかごを置いて深々と頭を下げた。

将にもようやく、六郎がここに来た目的が分かってきた。「お店、やめちゃうんですか？」と将が聞くと、小上がりを降りてきた半井が、将の頭をグリグリとなでながらこう言った。

「そや。ごめんな、ぼんの代までお付き合いでけんで」

「そやけど、商売がうまくいっとるときでなくても——」と、六郎が食い下がる。

「いや、うまくいっとるときやからこそですがな。うちの従業員の身の振り方も考えてやらなあかんから、向こう二年くらいで畳もう思うてます」

「娘さんは——、荀子《じゅんこ》はんは、なんと言うてはるんでっか？」

「まだ話してまへん。どうせなら、今日、仲人さんのおられる前でと思いましてな」

「仲人って誰です？」と聞き返した将に、「わたしです」と六郎が答えた。

「え、六郎さんが仲人なんですか？」

「そや。お稚児《ちご》ちゃんの頃から知ってますからな、荀子ちゃんのことは」

「あれの亭主もサラリーマンですし、心配かけとうありまへんから」

「変わりませんな、お気持ちは——？」

あらためてそう問う六郎に、半井は静かに頷いてみせた。

「親父が金物屋に転身したのが、六〇近くになってからでした。こうして自分が同じくらいの歳になってみると、親父はよう決断しはったと思うようになりました。今度はわてが決断する番どす……」

「仕方ありまへんな。最後までしっかりお付き合いさしてもらいます」

そんな光景を見届けながら、将は子どもには入れない大人の領域を垣間見たような気がした。

四

六郎と将が半井の自宅に戻って、夕方五時を過ぎた頃、娘の荀子が夫とともにやって来た。夫の相田繁《しげる》は、菓子メーカーの営業マンだが、六郎が来るという知らせを受けて、外まわりから直帰して荀子といっしょにやって来たのだ。

「ごぶさたしております。六郎おじさま。お元気そうでうれしいわ」と荀子が言うと、六郎には珍しく相好を崩して「おおきにな。たけのこちゃんもすくすくと育ちはって何よりです」と答える。

荀子の「荀」の字にちなんで、六郎は幼い頃から彼女をそう呼んでいた。細面で切れ長の目という、純和風な顔立ちをした長身の美人である。

「たけのこちゃんは、堪忍しとくれやす。もうそんな歳でもあらしまへん」

荀子が照れくさそうに笑った。

「松倉社長さん、ごぶさたしております、相田です」と荀子の夫の繁も挨拶すると、六郎が「相変わらず、ええ身体してはりますな。人間、元気がいちばん。次に感謝と辛抱」と笑顔で答える。繁が、「元気だけが取り柄なもので、あとの二つは精進します」と笑った。繁は、荀子と同じ大学の同級生で、童顔だが学生時代にラグビーで国体出場経験もあるという、たくましい体格の男だ。

将は祖父と荀子夫妻とのやりとりに、わが家よりも近しい空気を感じて、軽い嫉妬を覚えた。

荀子夫妻が竹雄の仏前への挨拶を済ませると、手土産に持参した羊羹《ようかん》をお茶うけに、みんなで客間の座卓を囲んだ。ひとしきり、互いの近況を語り合ったところで、荀子が切り出した。

「で、お父さん、六郎おじさまとお孫さんがいてはるときに、大事な話てなんですか」

半井は六郎と目顔で確かめ合ってから、こう言った。

「松六はんは、うちが金物屋立ち上げたときの大恩人や。せやから、この話には立ち会《お》うてもらいたくて、わざわざお足運びいただいたんや。……実はな、竹雄のこともあったさかいに、ずっと考えとったんやが、向こう二年を目処に店を閉めよか思うんや」

荀子と繁は、何かしらの覚悟があったようで、こちらも顔を見合って示し合わせたうえで、荀子が話し始めた。

「そのことやけどな、お父さん、うっとこからもお父さんに話があんねん」

荀子が繁に水を向けると、繁が崩していた足を正座し直してから、あらたまって半井にこう告げた。

「お義父《とう》さん、このお店を僕に継がせていただくことはできまへんでしょうか」

繁の言葉に、半井が面食らったように目をしばたいた。六郎は、黙してことのなりゆきを見守っていた。

「きみは、何を言うとるのや」

「突然ですんまへん。せやけど、思いつきで言ってるんとちゃいます。竹雄さんが亡くなったことで、いずれお父さんから、お店をどうするかいうお話があるんちゃうか、と僕らも話しとったんです。荀子にも僕の気持ちを伝えて、二人でよくよく話し合って出した結論です」

「お父さん、うちからもお願い」と荀子が口添えする。

「せやかて、今の仕事はどうするのや。きみ、お菓子のセールスマンやろ」

半井の質問に、繁は躊躇なく答える。

「セールスマンの代わりはいくらでもいてます。せやけど、半井金物は代わりがいてまへん」

半井は、手元の湯呑み茶碗に視線を落として、しばし押し黙ってしまった。

六郎は半井の気持ちを慮《おもんぱか》っていた。本心では店を閉めたくないのは半井とて同じはずだ。しかし、いったん整理した自分の気持ちに揺り戻しをかけられたことで、明らかに動揺しているようにみえた。長い沈黙のように思えたが、実際は一分もなかったであろう。半井が口を開いた。

「きみは、わしに同情しとるのか。そう言えば、わしが喜ぶと思うたか」

「そんなんやありまへん、本心です」

半井の反応に、繁が語気強く言い返した。

「ほしたら、なおのことや。この店を継ぐゆうのは、そない簡単なことやないで。昨日まで菓子売っとったきみに、うちのお得意さんの相手が務まると思うか？　一本気で気難しくて、言葉の通じん相手とは口もきかへん。職人ちゅうのはそういうもんや」

「分かっとります。せやから、今からできるかぎり、有給と週末を使って、お義父さんといっしょに働こう思います」

「お父さん、繁くんの気持ち分かってあげて」と荀子も父に懇願する。

それでもはっきりとした返事をしない半井を見て、「考えてみたらどうでっしゃろな、半井はん」と、ようやく六郎が間に入った。

「この店にはお得意さんもぎょうさんいてはるし、ここがのうなったらきっと困らはるはずや。それに、従業員はみんな活き活きと働いてはる。半井はんが、一人ひとりをしっかり育ててきた成果や。繁くんが育つのを待てるだけの屋台骨が、この店にはあるんとちゃいますか」

なおも口をつぐんでいる半井に、荀子が業を煮やしたように言い募る。

「ええかげんにしてえな、お父さん。繁さんではそない不足？　金物屋さんてそないえらい商売なの⁉」

「そやないで、荀子ちゃん」と、半井の代わりに答えたのは、六郎であった。

「お父さんが迷てはるのは、この店の格式や体面やありまへん。繁くんの進退や。店を継ぐことで、彼にいらん十字架背負わすんやないかと、それを思うてはるんです」

半井がまっすぐに六郎を見て、深い息を吐いた。

否定しないところをみると、図星なのだろう。

半井の気持ちを知った繁が、そやったんですか、と自省した口ぶりで呟いた。それから、彼はこう続けた。

「僕、時折、竹雄さんと飲むことがあったんです。竹雄さん、しょっちゅう言うてはりました。店に出たての頃は、『アレ』しか言わんお得意さんが、ほんにつらかった。そやけど、毎日相手をしとるうちに、『アレ』が何か、だんだんと分かるようになってきた。気づけば、簡単なことや。この人がどんな家を、誰のためにつくるのかを考えれば、『アレ』の意味も自《おの》ずとみえてくる。それからは、お得意さんの向こうに、家に住む人の笑顔が見えるようになったんやて」

「あいつがそないことを――」

半井が、虚を衝かれたように繁を見返した。

「この仕事をしながら、余暇で竹細工をこさえる。どっちもわしの人生や。金物屋と竹林があるおかげで、わしは今、好きなことができとる――、て」

今さらながらに息子の本心に触れて、言葉をなくしている半井に、六郎が声をかける。

「半井はん、せがれの好きにさしてやりたいんやなかったんですか。繁くんかて、あんたのせがれでっせ」

「松六はん」

そう言う半井の背中に、初江がそっと手を添えた。

「お父さん、甘えたらどうですえ、繁くんの気持ちに」

くるりと一同に背中を向けた半井が、ズッと音を立てて鼻をすすった。

「うちには、三万種類の建築金物がある。従業員もみんな頭に叩き込んでくれとる。彼らをまとめる人間が知らんでは通らんで」

「分かっとります」と、繁が答えた。

「何ヶ月かかってでも覚えてもらうで」

半井が繁にそう言うと、繁は「はい！」と快活に答えた。

振り返った半井の目が真っ赤に腫れていた。そんな半井の様子に、元来、気のいい人なのだろう、と将はそれまで張り詰めていた緊張の糸がほぐれていく心地がした。

「ほな、これからはあんさんがうちのお得意さんですな」

六郎が繁にそう言うと、半井がわり込んできた。

「ちょい待ち、松六はん。それはまだまだ早いどすえ。わしは引退するなんぞ一言も言うとりまへんがな」

「確かにそうでしたわ！」

半泣きの半井が、六郎と顔を見合わせて笑い合った。


せっかく家族がそろったことやし、六郎と将にも夕食をいっしょにと誘う半井に、六郎は「おおきに。でも、わたしも歳ですよってに、今日はこのへんでお暇《いとま》さしてもらいますわ」と丁重に断った。それに、と六郎が将を振り返ってから「うちの孫には大人の話が長過ぎました。そろそろ限界ですわ」と笑ってみせた。

正直、将も六郎がそう言ってくれて、ほっとした。

最後にどうしても、という荀子の希望で、半井家といっしょに店の前で記念写真を撮ることになった。半井家の一同と六郎と将が並んで立っている姿を、三脚に立てたカメラのファインダーに収めた荀子が、「撮りますえ！」と、自動シャッターのスイッチを押してから急いで駆け戻ってくると、繁の横に収まって彼と腕を組んだ。

シャッターが下りるのを待っているあいだ、「この間《ま》が苦手なんや」と六郎が呟いた。将が六郎の顔を一瞥すると、魂でも抜かれているのかと思うほど、こわばった表情を浮かべていて、可笑しくなった。

そのとき——、

ぶあっくしゃぃぃ‼

という盛大なくしゃみが炸裂したのだ。

くしゃみの犯人は、繁であった。誰からともなく大爆笑となった瞬間、シャッターがパシャリと下りる音がした。

半井が笑っていた。初江が笑っていた。繁も笑っていた。半井家が心底、笑ったのは久しぶりのことであった。そして、六郎も笑っていた。将も笑っていた。「すんまへんな」と頭を掻《か》いている繁の横で、「笑顔はええけど、笑いすぎや。ほんに繁くんは間が悪いわ！」と荀子も笑いながら、もう一度、自動シャッターのスイッチを押しに戻る。「さ、今度こそ！」と、荀子が駆け戻ってきて、あらためて繁の横に収まるとシャッターが下りる音がした。

将は、難しいことはよく分からなかった。だけど、すべてをまるく収めた六郎のことが、ちょっとカッコよく思えた。

呼んでもらったタクシーで帰り際、将は半井に「そんなわけで、三代目にもお世話になりますわ。ぼん、気張らなあきまへんで！」と、車窓越しに頭をぐりぐりとなでられた。

五

六郎と将を乗せたタクシーは半井家を離れて、今夜の宿へと向かっていた。道中の宿の手配は、自宅を出る前に六郎の希望を聞いた植岡がすべて済ませてくれていた。「お伴でけへん代わりに、旅の段取りはきっちりさせてもらいます」と、植岡は名残惜しそうに、宿泊先の住所と電話番号を六郎に渡してくれた。

「今日の宿は、錦市場《にしきいちば》の近くに植岡くんが安いとこ探してくれましてな」と、植岡の書きつけを見ながら六郎が言う。タクシーが四条駅界隈に差し掛かるとかなりのにぎわいを見せていた。「そやった、今はちょうど祇園さんのお祭の時期でしたわ」

「誰です、祇園さんて？」

「人やのうて、神さんです。八岐大蛇《やまたのおろち》退治で有名な素戔嗚尊《すさのおのみこと》を祀っとる八坂神社のことですわ」それから、ふと思いついたように六郎が言った。「せっかくやし、ちょっと歩きましょうか」

烏丸高辻の交差点に着くと、六郎は将とともにタクシーを降りた。

日暮れどき、まとわりつくような湿度の高い暑さのなかを、将は六郎について歩いてゆく。通り沿いの店や家の門口には、い草で巻いた笹の葉を束ねた「粽《ちまき》」という疫病払いのお守りが飾られている。祇園祭の起源は平安の頃、あいつぐ天災や疫病に苦しめられた京の人々が、怨霊のしわざと考えてお祓いしたのが始まりだという。「粽」は、来年の祇園祭まで家々に飾られるのだと、六郎が教えてくれた。

二人の横をハッピに半股引《はんだこ》姿の子どもたちや、舞妓さんの一群がこっぽりを鳴らしながら歩いてゆく。「祇園さんのお祭は一《ひ》と月《つき》続く長いもんでしてな、今日はちょうど花傘巡行《はながさじゅんこう》ゆうて、子ども神輿や舞妓はんを乗せた曳《ひ》き車が町を練り歩きましたのや。終わってもまだ熱気が残っとるようですな」

行き交う人たちの溌剌《はつらつ》とした声を聴きながら、六郎は通り沿いにある和菓子屋に立ち寄ると、売り子からあんころもちを四つ買い求めた。包んでもらったあんころもちを受け取ると、なに食わぬ顔でまた歩き出す。

六郎は四条通りを越えて北へ進み、烏丸三条方面に向かう途中でふたたび足を止めた。

「ここや、ここや」

六郎が通りの右手に目を向けると、商店などの間に挟まるように、そこだけぽっかりと鳥居が立っている。鳥居には七五三縄《しめなわ》が結ばれて、その奥には石囲いの井戸があり、ちょうど水を汲んでいる年配の夫婦らしき男女の姿があった。

「この井戸は、御手洗井《みたらいい》ゆうて、昔から名水が湧き出るといわれてますのやで。貴重な水源やよってに、祇園祭のあいだしか開放しまへんのや」夫婦らしき男女のあとに並びながら、六郎が将にそう語る。「ここの水を飲みながら、あんころもちを食べるとな、無病息災が叶うといわれますのや」

ほどなく順番が来て、六郎は手にしていたあんころもちの包みを開いた。

竹筒から流れ落ちる水を備えつけの柄杓《ひしゃく》で汲むと、あんころもちの包みを「ほれ」と、将に差し出した。将はあんころもちを手にすると、六郎が柄杓で汲んだ水を片手で受けて口に運んでからあんころもちを頬ばった。

「どうですか」

と六郎が聞いてくる。

「……甘いです」

井戸の水はひんやりと冷たく身体に沁み込んでいったが、特別な味がしたわけでもない。口の中にはあんこの甘さが広がっているだけだから、そうとしか答えられない。

「とっても甘いです」と将がもう一度、念を押すように答えた。

「そら、そうですわ。あんころもちなんやさかい」

六郎は、つまらなそうな反応をしてから、自分も井戸水を汲んで口に含んでからあんころもちを頬ばると、こう言った。

「……まあ、縁起もんですよってにな」

六郎の感想もそれだけだ。自分かて、甘いとしか感じなかったんやないか、と将は勘ぐっていた。

「もう一つ食べなさい」

六郎がもう一つつまんで口にすると、将が残る一つのあんころもちを口にした。

そのとき、ふいに将は、誰かの視線を横顔に感じて振り向いた。

――しかし、そこには順番を待つ人影すらない。

振り向いた今も、まだ誰かに見られている感覚があり、股間がキュッと縮みあがる思いがして、両手で押さえていた。

「どないしはったん?」と、怪訝そうに六郎が問うと、将は首を傾げながら、「なんや、誰かに見られてる気ぃがして」と六郎に告げた。

「そら、神さんや」六郎が言った。「だぁれもおらんのに、見られてると思うたときは、たいていは神さんですわ」

「神さま、ですか」

「そや。悪さしとると、素戔嗚尊《すさのおのみこと》はんにしばかれますで」

神妙な顔つきで言う六郎に、ほな、僕は八岐大蛇《やまたのおろち》かいな、とまたまた股間がギュッと縮こまってしまった。

「さ、そろそろ宿に向かいましょか」

六郎はもう歩きだしており、将も慌ててあとに続いた。

＊

「ううぅ、さぶぅ」

平成五（一九九三）年一月――、足下からしんしんと這い上がってくる冷気に、将は歯をガチガチと鳴らしながら、足踏みをしていた。

日本青年会議所恒例の京都会議は、毎年一月の第三土曜日、日曜日に行われる。全国に七〇〇以上ある青年会議所が京都に集まり、一年の始まりにあたって会頭からの運動方針の発表とともに、社会奉仕や国際交流にたずさわる各種委員会が活動を始めるタイミングでもある。

会議が終わると、夜は各地青年会議所ごとに、祇園をはじめ、それぞれの花街やホテルの宴会場で懇親会が開かれる。大阪青年会議所は例年、この花街で懇親会を開くのが習わしとなっている。

取締役会議での山辺との一悶着《ひともんちゃく》があり、将は青年会議所に入会することになった。入会一年目の将に与えられた役割は、同じ年に入会した新人四人とともに、会場となるお茶屋の玄関口で、下足番を務めることであった。

ひっきりなしに訪れる会員から、靴とコートをお預かりし、会費を徴収し、領収書をお渡ししてから、宴会場にご案内する。およそ二〇〇人の来場者を五人でさばかねばならない。それでも、新人の将たちは宴会の末席にすら上がることはできないのだ。入りたての頃、ある先輩がこう言った。「会社におれば、社長のぼんぼんかもしれんが、ここにはぼんぼんしかおらへん。上下の差は入会してからの年数や。たとえ年下でも、会員歴が一年でも長いもんは敬《うやま》わんとあかん」まるで体育会系の部活動やないか、と内心でぼやきつつ、会社にいたときの自分がいかにぬくぬくと過ごせていたのかを思い知らされた。

しかし、将は今もマツ六のれっきとした社員である。「朝くらいは、会社に顔を出して挨拶しとかなあかんで」という充太郎のお達しで昨日もいつもどおりに出社すると、廊下で充太郎と鉢合わせした。

「どうや、青年会議所のほうは？」

「至らぬところをしっかり勉強さしてもろうてます」

もちろん、嫌味のつもりであった。

「まあ、あんじょう頑張りや。〝だんだんよく鳴る法華の太鼓〟ゆうてな」

「なんですか、それは――？」

「分からんか？　物事がだんだんと『よくなる』ことを太鼓の音になぞらえたシャレや。なにごとも辛抱や」

気づけば、充太郎は旅行鞄を手にしている。どちらかへ出張ですか？　と聞くと、「ちょっと沖縄営業所に行ってくるわ」と、何食わぬ顔で答える。

充太郎は、一年に二、三度は沖縄に出張し、必ず二週間ほど滞在してくるのだ。社長がわざわざ支社に出向かねばならない用事なんて、それほどない。「よう行かはりますな。ひょっとして、お妾《めかけ》さんでもおるんとちゃいますか」と茶化す将に、「分かるか？　そらもう、ベッピンやで」と、軽口で切り返すとそのまま行ってしまった。

昨日の会話を思い返しながら、こっちは祇園の寒空の下で下足番をやっとるときに、自分は沖縄でのんびりバカンス気分かい、と父のことが癪《しゃく》にさわった。

午後六時になって懇親会が始まると、将たちの仕事もようやく、一区切りがついた。休憩に入った将は、宴のにぎわいを廊下越しに聴きながら厠《かわや》に向かった。

「おつかれさん」と声がかかって、となりの便器に人影が立った。将より三年先輩の会員で、岩田という鋼材加工メーカーの子息であった。

「おつかれさまです」と、将の背筋がしゃきっと伸びて、おしっこもぴたっと止まる。

条件反射というやつだ。ある日のこと、先輩たちに同行して喫茶店に立ち寄ることがあった。新人の将はただそこにいるだけで会話に入る隙もない。相槌代わりに頷きながら、何気なく組んだ足をとなりにいた岩田の手が思いきりはたいてきた。「うっわ、痛ったあ！」と呻いていると、「痛ったぁ、やないわ。先輩の前で何、足組んどんねん！」とどやされた。三〇歳を過ぎて、人にはたかれたりしようなど、思ってもみなかった。とにかく厳しく礼儀作法を叩き込まれてゆくのだ。そんなわけで、岩田を前にすると、身体が勝手に反応する。

「しょんべんくらい普通にしてええて」と、となりの便器に立った岩田が苦笑する。「まあ、辛抱やな。トップになれば上座で芸者をはべらせて、そらもう新撰組の芹沢鴨《かも》さんのような趣《おもむき》や」

「そやけど、鴨は暗殺されてしまいますがな」

と冗談で返した。

そこへ、「縁起でもないこと言わんといてや」と声がして、入ってきたのは、メタルフレームの眼鏡を掛けた、すらりと細身で長身の男である。将の七つ年上の理事長でサントリーの重役である、鳥井信吾であった。

「うわっ、鳥井理事長、えらいすんません！」

青年会議所に入るまでは、経済界の先輩としか思っていなかったが、ここでの厳しい経験を経ると、理事長という存在が気安く話せる相手ではないという感覚が植えつけられていく。

「頼むで、近藤勇《いさみ》にならんといてくれよ。わしまだ死にとうないわ」と、信吾が岩田のとなりの便器に立ちながら笑って応じる。

信吾自身は、偉ぶるところのない穏やかな性格であった。

「そういえば、うちの親父があんたんとこの親父さんには、昔、大きな貸しがあると言うとったで」信吾の父は、充太郎が青年会議所に入会していた当時の理事長で、サントリーの鳥井道夫である。

「ああ、はい。その節は父がたいへんお世話になりました」と、思い当たる節のある将は直立不動でそう答えた。

「それってなんのことや?」と問う信吾に、「そのうち、お時間のあるときにゆっくり」と答えると「もったいぶるなや、近藤局長」とつっこまれた。

懇親会は、午後九時過ぎに散会した。

いつのまにか外には、小雪がちらつき始めていた。

二次会に流れてゆく先輩会員たちを見送ってから、小雪の舞うなか、祇園四条の駅に向かって歩いていると、将の横に黒塗りの国産車が横づけされて後部座席の窓が開いた。

「松六はんところのお孫はんやろ」と声をかけてきたのは、先ほどの懇親会にも顔をみせていたなにわ繊維の会長であった。将がつけていた名札を見て覚えていたようだ。おそらくは九〇歳を過ぎているであろう、高齢だがかくしゃくとした老人で、お茶屋の玄関で靴を脱ぐときに同行した社員が介添えをしようとする手を「いらん」と払いのけたのはいいが、上がり框《かまち》でよろけたところを、そばにいた将がとっさに支えたのだ。気恥ずかしかったのか、会長はそのまま上がっていってしまった。

「さっきは、えろうおおきにな」と、会長は車の窓越しに、あらためて将に礼を告げた。

「とんでもないことでございます。会長さんこそ、お寒い中、ご足労いただきまして、ありがとうございました」将は丁重に頭を下げた。

「あんたとこのおじいさんのことはよう知ってるで。おじいさんはな、若いうちに丁稚奉公でさんざん苦労しはったさかい立派な商売人になったんや。わしらの時代はみんなそやった。あんたも今のうちに苦労しいや」

そう言うと、会長は窓から手を出して、将に使い捨て携帯カイロを渡してくれた。

「おおきに、ありがとうございます」

将は携帯カイロを受け取ると、走り去る車にあらためてお辞儀しながら、少年時代に六郎と祇園を訪れた日のことに思いを馳せていた。

そういえば、と思い立った将は、今もらったばかりの携帯カイロの外袋を破ってから加熱させると、寄り道することにした。

向かった先は、御手洗井《みたらいい》だ。あの頃はまだ、祇園界隈に高い建物などなかったのに、今ではビルとビルの狭間にひっそりとある御手洗井に、時代の趨勢を感じた。

祇園祭のシーズンでもなく、鳥居の前は木戸が閉ざされて門《かんぬき》が掛けられており、誰も立ち止まるものもない。当たり前かと立ち去りかけたとき、閉ざされた井戸の前に立っている人影が見えた。こんな時間に誰が忍び込んだのだろうと、目を凝らしてみて、まさかと、わが目を疑った。

それは、幼い頃の自分と六郎によく似ていた。

幽霊だろうか？　いやいや、俺は生きとるやないか！　と思わず、自分にツッコミをいれてみる。そのとき、井戸の前の自分らしき少年と目が合った。

何度かまばたきをすると、二人の姿はもう消えていて、そこにはただ閉ざされた木戸とその奥の井戸が見えるだけだった。

「神さんが見てる……」

あのとき、六郎さんが言った言葉が、将の口をついて出た。あれ？　と将は不思議な感覚に陥った。あのとき俺が感じた視線は、ひょっとして今の俺自身とちゃうやろか――。

時間の落とし穴にでも足を滑らせたかのような、奇妙な浮遊感に包まれたが、怖くはなかった。むしろ、心がほっこり暖かくなった気がした。

「ほな、僕が神さまやったんかいな」と微苦笑する将は、もう少し歩いて帰ろうかと、コートの襟を立てて祇園の夜道にまた足を踏み出した。

六

明治四四（一九一一）年一〇月――、六郎はまだ一二歳であった。

「ほな、お母はん、いて参じます」

六郎は明るい笑顔で母にそう告げた。

お昼前、買い物客でにぎわう心斎橋筋の往来で、母は目に涙を浮かべて、六郎の小さないがぐり頭に手を置くと、やさしくなでながらこう言った。

「松倉家は武門の家柄ですからね。どうぞご主人大切に、立派な商人になっておくれ。どうぞ間違ったことをしたり、曲がった心を持って、人さまに後ろ指さされるようなものにはならんように」

武家育ちの品のいい母であったが、秋の装いにしてはほころびのある単衣《ひとえ》の小袖姿を見ると、六郎の胸はたまらなく痛んだ。

母の名は、かえでという。かえでの夫で、六郎の父である松倉政致《せいち》は、加賀藩前田家に仕える武士であった。明治維新によって大政奉還がなされると、一度は金沢税務署の官吏になったものの、前田家時代の傍輩《ほうばい》が始めた事業の保証人になったことで、父祖伝来の土地家屋のいっさいを失った。八人兄妹の長兄と次兄は自立し、三男と四男は旧制中学を出て読み書きそろばんができたこともあり、金沢の叔父と東京の父の知人の家に養子に出された。五男と、六郎の次に生まれた七番目の子は長女であったが、幼くして他界した。父、政致は職を求めて東京に居を移し、残る家族もそれにつき従った。ところが、昨年、政致が病で身罷《みまか》り、かえでは年老いた義母と最後に生まれたまだ三つの七男を連れて、次兄の住む大阪へと移り住んだ。苦しい家計のなか、せめて自分だけでも一人立ちさせねばと、六郎は心に誓っていた。

チンチン、という警笛音を鳴らしながら、木造二両の市電が走り、石造りに八本のガス灯を備えた心斎橋の北詰めに、「仁丹」や「キリンビール」や「牡蠣料理」の看板が立ち並ぶ市街地を、和装、洋装の人々が大勢行き交っている。

山高帽に上等な仕立ての背広を着た男と長羽織に袷の小袖姿の夫人が幼い男の子と女の子の二人を連れて、大丸の買い物袋を提げて歩く風景が、薄い着物にちびた下駄を履く六郎には、別世界の人の営みに思えた。

六郎は、心斎橋筋にある小間物屋に丁稚奉公に入ろうとしていた。母はなぜおまえばかりがこんな苦労をと嘆いたが、ついこのあいだまで夕刊を売り歩いていた苦労を思えばなんのことはない。

五厘《りん》で買って一銭で売る夕刊を真夜中まで売り歩いても、せいぜい売れて三〇部、わずか一五銭の儲けにしかならない。それに比べて丁稚奉公は、衣食住が保証されるうえに盆と正月の二回は、手土産を持って実家へも帰らせてもらえるし、毎年、お仕着せも支給される。己の才覚次第では、手代《てだい》に昇格して給金ももらえるようになるし、番頭になれば暖簾分けだってあるのだ。

僕の将来、明るいもんや、と六郎は内心で嘯《うそぶ》いた。

――否、嘘だ。

そう思おうとしていた。それだけのことである。

一二歳といえば、世間でいえばまだ尋常小学校六年生である。本音を言えば、六郎とて学校に通って勉学に励みたい。しかし、母の苦労を思えば、言えようはずもなかった。

近くでカルメ焼きの屋台が出ているのか、焦げ砂糖の甘く香ばしい匂いが漂ってきて、六郎の鼻をくすぐると、きゅうと腹が鳴るのを、母に聞こえぬよう、えへんと咳払いをしてごまかした。

「頂いた着物、大事に着ますので、小さいお兄さんにもお礼を伝えてください」

六郎は、抱きかかえた風呂敷包をぐっと胸に押し当てる。商社に勤める次兄の篤二郎《とくじろう》が縞の着物と紺の角帯《かくおび》を買ってくれたのだ。しかし、その篤二郎とてけして裕福な身の上ではない。いくら母がお針子の内職をして稼ごうとも、祖母と幼い七男の面倒を見る篤二郎への経済的負担は免れない。そんな苦しいなかから、六郎への餞別として高価な着物を買ってくれたのだ。六郎は胸が詰まる思いであった。

「盆と正月には帰りますので、母上もどうかそれまでお元気で」

六郎は、最後に母の手を握った。

その手を母もぎゅっと握りしめると、六郎は精いっぱいの笑顔を見せてから、ゆっくり母の手を離すと、これから彼がお世話になる小間物屋の中へ駆けていった。

その背中を、「どうか、みんなにかわいがってもらってね」と、離れ難い母の声が追いかけてきた。

振り返れば泣き出してしまいそうで、六郎はもう母を見返すことはなかった。

＊

「♪忘れられないの
あの人が好きよ

青いシャツ着てさ
海を見てたわ」

微《かす》かに聞こえる歌声に重なるように、ジジジジジジジ、と六郎の腕からアブラゼミの鳴き声が響いてくる。

「おはようございます」という声に振り向くと、となりに孫の将の顔があった。

六郎と将は旅のさなかにいた。

「おはようさん」と、六郎は将に答えてから、「お騒がせして、えらいすんません」と、周囲の乗客に詫びながら、アラームを切った。

どうやら、幼い頃の夢を見ていたらしい、遠い昔の記憶とはいえ、思い返すだけでもつらい気持ちになるもんやと、六郎はじっとり汗ばんだ掌《てのひら》を握ったり開いたりしてみた。

「もうすぐ紀伊長島《きいながしま》です」と、将が告げた。

「そうですか。尾鷲《おわせ》まであと一時間くらいか」

今朝早く京都駅を発った六郎と将は、東海道本線で草津《くさつ》に向かい、そこから草津線に乗り換えて柘植《つげ》へ。柘植から関西線で亀山まで向かうと、さらに紀《き》勢《せい》線に乗り継いだ。目的地の三重県尾鷲までは、三時間強の道のりである。亀山駅のホームで買った駅弁を将と二人で食べ終えると、「少し寝とくわ」と腕時計のアラームをかけて一眠りしていたのだ。

「痕《あと》ついてます」と、将が六郎の顔を指さした。

うん？と六郎が怪訝な顔で問い返すと、将が答える。「南京錠。くっきり顔に形が残ってます」

どうやら、六郎は膝に抱きかかえた鞄に顔を乗せて寝ていたらしい。ぶら下げた南京錠が頬に押しつけられて、その痕が残ったのだ。

「そのうち消えますやろ。ところで、さっき唄うてましたな」

六郎が問うと、「すんません、やかましかったですか？」と将が謝った。

「そらええが、あの歌はなんですか？」

「ああ、ピンキラです」

「きんぴら？　お惣菜屋さんの宣伝ソングですか」

六郎のとんちんかんな問いかけに、将はちょっと優越感に浸って説明する。

「ちゃいます。ピンキーとキラーズ。今、人気のグループ歌手で、『恋の季節』いう大ヒット曲です」

「なんや、尻がこそばゆうなりそな唄ですな」

「姉ちゃんがいつも歌うてて、覚えてしまいました」

三重に入った列車は、大内山を縫うように貫く緑に囲まれた山あいのトンネルをいくつも抜けて、東紀州の玄関口である紀伊長島駅に停車した。

「どこへ帰るんですか?」と、将がいきなり聞いてきた。

「なんのことですか?」

「盆と正月には帰りますって」

「言うてましたか」

「さっき、寝言で……なんか寂しそうでした」

「……そうですか」

声にまで出していたのか、と六郎は少々気恥ずかしさを覚えつつも、「夢を見てましたんや、丁稚奉公に出された頃の」と正直に答えた。「家族に会えるのは、年に二度だけでしたからな」

ほどなく列車は紀伊長島駅を発車した。赤羽川《あかばがわ》に架かる赤羽川橋梁を渡り、長島トンネルをくぐると、左手車窓に江ノ浦の入江が開けてくる。しかし、すぐにまた線路は緑が彩《いろど》る山あいへと入り、しばらく進むとふたたび太平洋側からの陽光が射す。海水浴客でにぎわう古里《ふるさと》海岸の浜辺が左手の車窓から見えた。

「六郎さんはどこに丁稚奉公したんですか?」

「あちこちです。本物の丁稚のことなんぞ、想像もつきませんやろうけど、後学のために話しといてもええかもしれませんな」

「どうせ、尾鷲まで時間がありますし」

「わたしの話は場つなぎでっか」と六郎がぼやくと、将がしまったという顔で舌を出す。それでも、六郎は夢の続きでも見るかのように語り始める。

「最初は小間物屋、きみと同じ年頃でした。当時のわたしにはそこしかあらへんから、がむしゃらに働きました。旦《だん》さんの受けも良くてな。ところが、妬んだ先輩にいじめられて、旦さんが別の奉公先を世話してくれたんです。その次は帽子屋。ここでは御《ご》寮《りょん》さんにようかわいがってもらいました。旦さんは〝しぶちん〟でしたが――」

しぶちんの意味が分からないのか、首をかしげる将に六郎が教えてやる。

「倹約家のことです。大阪商人はたいがいがそうでした。女中も雇わず、毎朝、わたしが御寮さんと朝ご飯の支度をしてました。近所の芋問屋から、ただ同然で買うたくず芋で、芋がゆばっか炊いてましたなあ」

三野瀬《みのせ》を過ぎた列車は、ふたたび緑豊かな山間を進む。何度も入っては抜けてゆくトンネルがつくり出す光の明滅が、将にはまるで映画のフィルムの間欠運動のように見えて、六郎が記憶の中のスクリーンを見つめながら語っているように思えた。

「次が仕立て屋。ここはだいぶ経営が火の車やったようで、月末になると、問屋から預かったラシャ生地を夜遅くわたしが荷車に積んで、質入れに行かされてました。高い利子で借りた金で生地の支払いをしとったんです。そのくせ、御寮さんはええ服ばかり買うて着飾ってはるし、ここはあかん、と自分で見切りをつけましたんや。……履物問屋におった時期もあったな。その頃、脚気《かっけ》に罹《かか》りましてな。顔が青ぶくれ、足は指で押すと穴が空くくらいへっこんだ」

聞いていた将が、うへぇ、と顔をしかめた。

「なんせ毎日、古沢庵に茶漬けをかき込むような食生活でしたよってに、わたしだけやなくて、みんな栄養失調でした。しばらく養生さしてもろてから、お暇をもろて、最後に『いとへんの町』にたどり着きました。それが一六の頃です」

「いとへんの町って——?」

「船場《せんば》のことです。そんときの船場には繊維を取り扱う問屋がぎょうさんありましたんや。繊維ちゅう字には糸がつきますやろ。せやから、いとへんと呼んだんです。せやけど、わたしがご奉公したのは金物屋でした」

「六郎さんは、なんで金物屋になろうと思うたんですか?」

「わたしなりの目利きです。建築金物には、商品の流行り廃りがほとんどない。長く在庫を抱えとけるし、埃まみれでも品物さえあれば、お客さんは文句を言わず買うてくださる。このお商売を天職と決めたことは、今でも間違うてなかったと思てます」

六郎の力強いもの言いには、彼が歩んできた一歩一歩の自信と歴史が重ねられているようであった。

「これから行く尾鷲には、わたしの丁稚仲間がおりましてな。文字どおり、同じ釜の飯を食べた傍輩《ほうばい》ですわ」そう言ってから六郎は、将には通じないと思ったのか、「傍輩ゆうのは、同級生のことです」と言い直した。

「クラスメイトのことですね」

「そうです。学校行かんかった代わりに、わたしは船場で人生を学ばしてもろたんです」

相賀《あいが》の駅を過ぎてなだらかな田園地帯と民家を過ぎると、紀伊山地に連なり熊野古道伊勢路を擁する馬越《まごせ》峠に差し掛かる。峠を縦貫するトンネルに入り、長い暗闇を抜けると、まばゆい陽射しとともに視界が一気に開けて、その向こうはもう尾鷲の町であった。

七

六郎が碁盤に黒石を打つと、「あ！」と、宮原修《みやはらしゅう》三《ぞう》が禿げ上がった己の額をぴしゃりと叩いてみせた。「しもた、ダメヅマリかい」

「ふふふ、もう一勝負いきますか」

六郎がいたずらっ子のような笑みで修三に呼びかけると、「当たり前じゃい」と修三が碁盤の上の白黒混交の碁石をじゃらっと崩した。

先ほどから二人は、修三の部屋の縁側に碁盤を置いて対局していた。

尾鷲は、漁港のある港町である。宮原家は、この町で長年金物屋を営んでいたが、店じまいしたあともそこを住居にしていた。一〇分も歩けば熊野灘に面した尾鷲湾に行きつくこの家にも、潮の匂いをはらんだ海風が届いてくる。

「ちなみに、今のでわたしが四五勝四三敗です」

六郎の言葉に、「ホンマか？」と修三が疑いのまなざしを向けると、ホンマです、と六郎は背広の懐から取り出した手帳を開いてみせる。

「ほれ、ちゃんと記録してますがな。この前の対局は、一二年前でした」

「覚えとーよ、うちが金物屋を閉めた年やからにゃあ」

修三の言葉に、六郎の表情が少し曇った。

「そやったな。すみまへんな、あれから無沙汰してもうて」

「水くせーこつ言いない。会わんくても生きてりゃええ。そういう仲やり」

「……そうでんな」

「いつのまにか、孫まで増やしよって」

「孫は、わたしが増やしたわけやありまへんがな」

と六郎が苦笑する。

修三も笑ったが、かなり顔色が悪い。歳は六郎とそう変わらないはずだ。きちんと髭もあたり、身ぎれいにしているが、頬はこけ、羽織の下の浴衣もだぶつき、鎖骨が浮き出て見える。旧友との再会に、気丈に振る舞ってはいるが、容体は優れないようだ。

六郎が修三の身体を気遣って、「縁側で大丈夫ですか?」と聞くと、修三は笑った。

「かまん。ここおったら、ほっこりするんにゃ」

「なら、ええですな」

修三が碁笥《ごけ》に戻した白石をわしづかみにして、「ニギリ」という、先手を決める儀式を始める。一方が無造作につかみ取った白石の数をもう一方が偶数か奇数か当てる。当たれば先手（黒石）、外せばニギったほうの先手となる。囲碁では、先手を取ったほうが有利になる。

修三がじゃらりと碁盤の上に白石を置いて手で伏せると、六郎が碁笥から黒石を取って碁盤に置いた。黒石一つなら奇数、二つなら偶数だ。逡巡したのちに、六郎は黒石を二つ置いた。修三が碁盤に置いた白石の数を確かめると、一六枚――偶数であった。

「今度は俺が先手やな」

修三は黒石の入った碁笥を袂《たもと》に引き寄せると、嬉々とした表情を浮かべた。


「それじゃあ、六郎さんは囲碁をやるために、わざわざここまで来たんですか?」

宮原福栄《ふくえ》の差し出したあやとりの毛糸に、不器用に指を差し入れながら、将が聞いた。将は福栄と二人、宮原家の客間にいた。

「そういうことやね」と福栄がふわりと笑った。

小柄な身体に涼やかな薄物の着物姿の夫人である。白髪染めを使わない真っ白な頭髪は、光の加減で美しい銀髪にも見える。一見、夫の修三よりも年上に見えるが、その面立ちは少女のあどけなさを残しており、肌にもまだハリがある。笑うと頬に浮かぶえくぼも愛らしさをにじませている。将から見ても、かわいらしいおばあちゃんといった風情だ。

「でも、友だちて、そないなもんやないの。他愛ないことでも夢中になって付き合うてくれる。ぼんにもおるんやないか、そういうお友だちが」

福栄の言葉に、将は寝ぐせを立てたクラスメイトの拓実の顔を思い浮かべていた。

将が毛糸に差し入れた指を福栄が直してやると、毛糸が見事な吊り橋に仕上がった。「な、でけた」と、福栄が笑う。

「で、この真ん中の糸をこう持ち上げると……東京タワーやい」

福栄が中央の毛糸をつまみ上げると、吊り橋が塔のような形に早変わりした。

「へえ」と将は感心したものの、さほどうれしくはなかった。あやとりなんて、女の子の遊びや。六郎さんを待っているあいだ、ずっとこれが続くんやろかと、ちょっと不安になった。

「六郎さんと修三さんは、丁稚の頃からの友だちなんですよね」

「そうや。わては妹分みたいなもんやったよってに、二人にくっついて、よう三人で遊んだり、悪さしたわい」

「そしたら、福栄さんは、女の丁稚さん？」

将はこれ幸いと、あやとりの手を下ろして話題を変える。

「丁稚やのうて、女衆《おなごっ》さんやわい。そやけど、わては女衆さんでもあらへん。六はんも、修はんも、わてとこのお店で働いとったのや」

「へえ、じゃあ、お嬢さまなんや」

「そうや。船場ことばでは、いとさん、いうねんで」

福栄はちょっと自慢げに胸を張ってみせる。「ホンマはとうさんいうて、愛しいとうさんが詰まって、いとさん。大きうなると、ただのとうさんになるんや」

「女やのに、とうさん……？　ややこしいですね」

「わては好きな言葉や。一六までしかおらへんかったけど、今も抜けへん」

「船場って、いとへんの町ですよね」

将は、電車で六郎に聞いた知識を披露してみた。

「よお知ってはるな。船場は四方を川に囲まれた町やよってに、北に土佐堀川、南に長堀川、東と西には、東横堀川と西横堀川。その川の内側にいろんなお商売の問屋さんがひしめいて、まるで陸に浮かぶ商人《あきんど》の島やった」福栄が往時を懐かしむように、目を輝かせながら話す。「心斎橋やら、高麗橋やら、三九《さんじゅうきゅう》も橋があって、その橋の下を巡航船やら、渡し船やら、石炭船やら、牡蠣船が潜ってく。働く人も買いつけにくる人もみぃんな、橋や船で川を渡ったもんや。そういえば、三人で難波橋の浜で蟹捕りしたな。わてが着物どろどろにして、六はんと修はんが、お母はんにキツう叱られとったわ」

「災難やわ、二人とも」と、将が思わず本音をもらす。

「ホンマやな。おてんば娘のせいでえらい災難や」と福栄が笑った。「二人にようせがんで、一六《いちろく》の夜店にも連れてってもろたな」

「一六の夜店？」

「船場にある御霊神社《ごりょうはん》の縁日で、毎月一と六のつく日に、いろんな夜店が立つのや。御霊神社ちゅうんは、大阪商人にとってはお商売の神さんみたいな神社なんや。縁日の夜んなったら、夜店に灯るタングステン電球やら、石油ランプやら、アセチレンガスのまぶしい明かりが、通り一面に光の川をこさえてな。夏場には回り灯篭《どうろう》の影絵が道ゆく人の顔や着物にお伽《とぎ》の世界を映して、夢のようやった。三人で、あん巻きやら、いり豆やら、冷やしあめやら食べながら、御霊神社の境内で文楽のお芝居を観て。ああ、なんや帰りたなってきたわ」

福栄の表情からふいに笑顔が消えて、「帰っても、あの頃の船場はもうあらへんけどな」と、寂しげに呟いた。

将には、福栄の姿が帰る家をなくした迷子の少女のようにみえた。

「飽きたやろ、あやとり」と福栄が聞いた。

図星であった。将が返答に窮していると、福栄が将の指先から毛糸を外して、その手をつかんだ。

「わてもや。ホンマはよう好かん。ついてき、もっとおもろいことしよか！」

福栄に引っ張られて、将は客間を出た。

「最近にゃあ、よく昔のこつ思い出すんにゃ」

六郎が碁盤を睨みながら、次の一手を思案しつつ、

「どんなことです？」と問い返す。

「やっぱか、西野尾金物店の丁稚時代のこつやぃ。商売のいろはを学ぶまでは帰ってこんでええて親父にきつく言い渡されて船場に出されたからにゃあ」

「あの頃の修やんは血走ってましたよってに」と苦笑混じりに六郎が石を置く。

「はよ一人前になったろうて、いきっとった。毎朝、回ってくる投宿日報をちゃっちゃと読んで、買いつけに来とる泊まり客をいの一番で捕まえに走った」

修三が碁笥の中の黒石をじゃらりと揉みながら思案する。

六郎や修三が丁稚の頃は、問屋が自ら地方に出張して注文を聞いてまわり、集金するというようなことはほとんどなかった。毎朝、店には投宿日報という簡単な新聞が配達される。その新聞には、各地の商店から買いつけにやって来た投宿客の名前がすべて載っていた。それを見て、手分けして自分の店と関係のある客を迎えにいくのだ。出遅れたら、いい注文はみんな同業者に持っていかれ、あとで番頭に大目玉を食らうことになる。客の前で競り合うこともある。裏蓋のあるそろばんで同業者に見えないように主要商品の値段を客に示す。客は少しでも安い店で買いたいから、いちばん安い値段を示した店に最初に足を運ぶのだ。船場では、毎日のように熾烈な客引き合戦が展開されていた。

「でもな」と、修三が一手打ちながら言った。「正直いうたら、よその店に客取られるより、俺は六やんに負けたなかったんやぃ。なんせ同い年で自分より先輩やったもんにゃ」

「顔に書いてありましたがな、おまえなんぞに負けてたまるかて」

「また六やんがうまいこつやっからにゃあ。番頭はんみたいに角帯の腰に煙草入れを挟んで、煙管《きせる》でぷうっと煙を吐いてみせるから、お客さんもすっかり古参の店員と信じてまうんさ」

「あれは苦肉の策でんがな。同業の客引きはだいたい手代《てだい》か番頭はんでしたやろ。あっちは羽織着とるのに、わたしら丁稚は羽織を着たらあかん。見かけ

で負けてまっさかい、高い煙草入れを無理して買うて、吸えん煙草を吸うてましたんや」

そう言うと、六郎が白石を置いて「アタリ」と呟いた。次の一手で相手の黒石を囲んで取るという宣言だ。

「なんや、そうやったんかい」と修三は碁盤を睨みながら、意外そうな声をあげた。

「言いまへんでしたっけ？　わたしかて必死やったんです」

「せやけど、あんときはおまえに助けてもろたんじゃにゃあ……」修三は六郎の一手を封じず、別の場所に黒石を置きながら言う。「無理な客引きが祟って、俺が同業者のごっついのに、どつき回されたこつあったろ」

「ありましたな、そんなことも」六郎が思い出し笑いをしながら、白石を置いて、囲んだ修三の黒石を取ってゆく。修三は焦ることなく、さらなる一手を打った。

「あんとき、駆けてきよった六やんが、脱いだ下駄両手に応戦してくれて。あんなクソ度胸がすわっとるやつとは知らんかった」

「小さい頃から親父さんの職替えであっちゃこっちゃ引っ越しましてな。慣れへん土地でよういじめられましたよってに、喧嘩は好きやないが、身を守る術は身につきましたんや」

六郎が逡巡したのちに石を打つと、修三が「おや？」という表情を浮かべてから、自分の黒石を置いた。

「あんときの六やんは鞍馬天狗にみえた。格好よかったわ」

「ははは、最後は二人とも、こてんぱんにやられてしまいましたがな」

「せやけど、六やんがおったんで、どつかれるんが半分で済んだんじゃゃげ」

「傷だらけで帰って、二人して番頭さんにえらい叱られましたな」

話しながらも六郎の手が止まり、碁盤を睨みながら思案に耽《ふけ》る。

「二人とも囲碁が好きなん分かったんも、そん頃やったにゃあ」

「そやった。こんな立派な碁石も碁盤もなくて、河原の石っころを集めて黒く塗って。紙の碁盤で寝る前によう勝負しましたな」

白石を手に迷っていた六郎が、しくじったというように顔をしかめる。そして、「……あかん、まいった」と呟いた。このまま対局を続けても自分の負けは目に見えていた。

「ちょう待ちぃ」と修三が厳しい声をあげた。「さっき打つとこを変えよったな？　手心加えたんとちゃうんかい」

「なんですのん？」

「同情したんじゃろ、俺に」

「同情――？」

「もうじき死ぬから、勝たせといたろうて」

「はあ？」と六郎も不満げな声をあげた。「思うかいな、そないなこと」

「ホンマか？」修三がなおも詰め寄ると、六郎も「怒りますで」と語気強く返す。

修三は六郎の真剣なまなざしをしばらく見つめ返してから、

「ほんなら、俺の勝ちやな」

と、あらためて問い質した。

「せやから、そうやと言てますやろ」

「……なら、ええ。これでわしが四四勝、六やんが四五勝、接戦やな」

「それより、関西弁になってますがな、修やん」

「……ホンマや」

六郎の言葉に修三が気づいて、途端に笑い出した。六郎もつられて笑いだした。ひとしきり笑い合ったあと、六郎が切り出した。

「いつからですか？」

「うん。来週には入院やい。モルヒネで痛み抑える治療に入るんさ」

「そうですか」

「膵臓は痛みがきついからにゃあ。モルヒネが効いてきたら、何も分からなくなるから、その前に会えて良かったのー」

六郎は黙って頷いた。旧友はすでに、自らの死に覚悟を決めて向き合っている。今さら、憐れみやなぐさめの言葉は無用であろうと思った。

「今夜は泊まってくんなり？」

「そうさしてもらうつもりです」

「なら、ゆっくり勝負できるにゃあ」

「遠慮はしまへんで」と、六郎が碁盤の上の碁石をじゃらりと崩した。

八

福栄に手を引かれて連れて行かれたのは、宮原家のとなりに並んだ、今は物置として使われている家屋であった。正面を塀で囲った高塀造りになっており、裏口から入るようになっていた。屋内には、わずかに残った金物のほかに、将が見たこともない道具類が壁や床で埃をかぶっていた。

「宮原家は、金物屋を始める前に鍛冶屋をやっとってな、ここが作業場やったんさ」と福栄が話してくれた。将が見たこともない道具類は、地金や鋼を熱するための火床や、火床に風を送るフイゴ、ハシや槌といった鉄を挟んだり、叩いたりする道具であった。

「このあたりは漁師はんや樵《きこり》はんが多くて、その道具を作っとったそうなんやけど、時代とともにだんだん廃れてって、そんで金物屋に鞍替えするのに、修はんがうちとこのお店に見習いに来たんや」

福栄は金物類を物色しながら、そんな話を将にしてくれた。

「あった、あった、これやこれ！」

と福栄が出してきたのは、小さな木箱であった。

福栄が開けた木箱の中を将が覗き込んだ。

そこには釘のようなものが入っていたが、いつも将が目にする釘とはちょっと違う。普通の釘なら頭がまるく平らで、軸はまるく尖っているはずだが、木箱の中のそれは、頭がつぶれてくの字に折れ曲がり、軸は四角く尖っている。

「これな、和釘《わくぎ》っちゅうんよ」

怪訝そうに見つめる将に、福栄が教えてくれた。

「一本一本が手作りで加熱、鍛錬されとるから長持ちする。昔の家はだいたいこの和釘でこさえてたし、お寺や神社は、今でもこの釘を使うてるんさ。これもな、修はんのお父はんがこさえたのや」

福栄が和釘を取り出して、「お父はん、使わしてもらうな」と手を合わせてから、将に手渡した。それから自分も和釘を一本手にすると、「これで遊ぼうか」と言った。

　怪訝な表情を浮かべる将を手招きして物置を出ると、となりの母屋とは反対側の物置と塀との間にある小庭に向かった。

　そこで、福栄は「釘さし」という遊びを教えてくれた。

　やり方は簡単だ。地面に釘で二〇センチくらいの直線を引き、その両端を互いの基点とする。じゃんけんで先攻を決めて、自分が持った釘を地面に投げて突き刺す。刺さった地点と自分の基点とを直線で結んでいき、それを交互に続ける。ただし、両者は相手の線の上に線を引くことはできない。両者とも相手の線を封じるように線を引き、もしも、相手が線を引けなくなったら負けとなる。

　今度は、将にも楽しめる遊びであった。将は嬉々として、手にした和釘を地面に投げて線を引く。ところが、福栄はあやとり以上の才能を発揮して、着物の袖をたくし上げて、「それっ！」と釘を投げては、絶妙な地点に直線を引き、将の進路を次々と封じていった。

「あれ？　あかん、また負けや！」

　線を引くところがなくなった将が、悔しそうに声をあげた。

　いつのまにか、地面には直線で構成されたぐるぐる巻きの円がいくつか出来上がっていた。

「三連敗や。福栄さん、めちゃくちゃ強いなあ」

「そら、年季がちゃうで。六はんと修はんに教えてもろたんや。わての実家にも釘がぎょうさんあったさかいな」

「おもろいです、これ！」

　将の喜ぶ顔を見て、福栄はちょっと気まずそうな顔をして、

「六はんには、ナイショやで。怒られるさかいな、大事な孫になんて危ない遊びさしますんやって」

　と将に忠告する。

　しかし将は、

「そんなこと言わんのちゃうかな、六郎さんは」

　と答えた。

「なんでや。あんたのおじいちゃんやないか」

「そやけど、まだあんまりよう知らんから」

「どういう意味や？」

「一年にいっぺん、うちに頭なでに来るときくらいしか会わへんし、こんなに長くいっしょにおるのは、生まれて初めてやから」

「……そうなんか。てっきり、かわいがられとるんかと思ったわ」

福栄はちょっと意外そうに言った。

「正直、おじいちゃんて言われても、実感なくて」

将は初めて本音を呟いた。

「ほんなら、六はんもそうかもしれへんな」

「六郎さんも……？」

将が聞き返す。

「どうふれあってええんか、分からんのとちゃうか」

「分からんて、どういうことですか？」

「六はんかて、一二の頃から家族と離れて暮らしとったやろ。長いことといっしょにおらんと忘れるわ、家族の感触っちゅうのを」

「忘れちゃうもんですか」

福栄が将の肩を抱き寄せて、ひょいといっしょにしゃがみ込んだ。

「あんな、将くん、家族ってあるもんやあれへん。なるもんや」

「なるもん……？」

「わてもここに嫁いで来て、最初は戸惑っとった。修はんのお義父さんもお義母さんもええ人やったけど、所詮は赤の他人やよってに、船場に帰りとうて、買い物に行ったまんま家出したこともあったんやで」

「帰っちゃったんですか、本当に」

「それがな、あんみつ屋で甘いもん食べたらややこしなって戻ってきたんよ。もう少しいてみよかって。もう少しが、一〇年、二〇年、三〇年——。しんどいこともあったけど、いっしょに泣いたり笑ったり、気づいたら家族になっとったんさ」

将は黙って福栄の話を聞いていたが、どこか狐につままれたような顔をしている。福栄は、小学生にはちょっと難しかったかと自嘲した。

「そのうち、きっと分かるわ。将くんと六はんも、気づいたら家族になっとるよ」

そう言うと、福栄は将といっしょによいこらしょっと立ち上がり、

「さ、おじいたちの囲碁が終わらんうちに、わてらも楽しもか」

と袖をたくし上げて、和釘を構えた。

「はい、今度は負けへんでー！」と、将も和釘を構えた。

六郎と将がそれぞれ風呂を済ませて旅の疲れを癒しているあいだに、福栄が夕食の支度をしてくれた。あとから風呂を済ませた修三も交えて、福栄の作ってくれた料理を囲んで夕飯を食べた。

献立は、アジの開きに地魚を使った三重の郷土料理——手こね寿司とつみれ汁、それに福栄が朝のうちに市場で仕入れた魚を刺身にして出してくれた。修三も同じものを食べていたが、あまり箸が進まないようだ。その代わり、久々の旧友との再会に浮かれたようで、六郎に地酒を振る舞いながらも、自らも手酌でお猪口《ちょこ》に酒を注いでゆく。

「飲み過ぎは身体に障りますで」と六郎は注意したが、「せっかく六やんが来たんや、今日は特別やい。それに、酒は百薬の長という」と笑い飛ばして、修三はお猪口に口をつける。福栄の顔をうかがえば、付き合ってあげて、というように目顔で語っているのが分かり、六郎はそれ以上は何も言わず、修三と酒杯を酌み交わした。将には、福栄が買っておいてくれたコーラを注いだ。修三は、ほろ酔い気分で福栄の料理の話や、今日の対局の話に、ひとしきり花を咲かせると、食事を終えてくつろいでいた将を手招きした。

「将くん、こっちこまい。お年玉やるわい」

「お年玉ですか？　今、夏休みですけど」と将が怪訝な表情で問い返す。

「それは気が早過ぎでっせ」と六郎がつっこむと、

「ええんにゃ。うちは子どもがいーひんから、来たときが正月と決めてるんさ」

と言って、修三は着物の懐中からポチ袋を取り出した。

「もろたってえな」と福栄も将に声をかける。

将は座卓の前から立ち上がると、修三に近づいてポチ袋を受け取っておじぎをした。

「ありがとうございます」

座椅子にもたれ掛かったまま、修三がまじまじと将の顔を見つめた。

「よう見ると、六やんより男前やにゃあ、きみは」

そう言う修三に、わたしを引き合いに出すことないでっしゃろ、と六郎が苦笑してみせる。酒杯を手に二人は笑い合っていたが、将はこの場から逃げ出したい思いだった。修三の死期が近いことは、六郎も福栄も将には伝えていない。しかし、修三の全身から漂う死の気配を子どもながらに感じたのであろう。

将は、もらったポチ袋を着替えを済ませていたパジャマのポケットにしまうと、六郎に向き直って告げた。

「僕、宿題やらんなあかんから、先に部屋に戻ってええですか」

六郎も、そやな、そうしときと、同意してくれたので、将は修三と福栄におやすみなさいとあいさつすると、客間に引き上げていった。

客間には、すでに福栄が布団を敷いてくれていて、そのかたわらには、将の勉強のために用意してくれた文机《ふづくえ》が置かれていた。修三からもらったポチ袋を開けてみると、伊藤博文の一〇〇〇円札が三枚も入っていた。ポチ袋をリュックにしまって、代わりに取り出した宿題ドリルを開いたが、先ほどの修三の様子を思い出すと、気になってなかなか捗らない。なんとか頑張って算数と国語の問題を終えたところで、リュックから『あしたのジョー』の最新刊を取り出して、布団に寝転がって読み始めた。宿題もそっちのけで漫画に熱中して、そのまま寝入ってしまっていた。

居間では、食事を終えた六郎と修三が縁側でうちわを手にくつろいでいた。

福栄が、水の入ったコップと何種類かの薬を載せた盆を持ってやって来た。「お薬、しっかり飲んでな。片づけもんも終わったさかい、お風呂いただいてきますわ」と修三に声をかけると、「福ちゃん、いつもご苦労さん。ありがとうな」と修三もねぎらいの言葉をかけて福栄を送り出した。

福栄が居間から去ると、六郎が修三に言った。

「修やんのとこは、相変わらず初々しくてよろしいなあ」

「うちは子どもがいーひんからにゃあ。お互いにいたわる気持ちをなくしたらやっていかれんで」

修三は盆の上の薬を口に含むと、コップの水で一気に流し込んだ。よほど苦いのか、眉間にぎゅっと皺を寄せた。

「愛情がなければ、長くは続きまへんよ。福ちゃんは幸せや」

「そばけたこつ言いない」と六郎の言葉を修三が否定した。「俺はにゃ、六やん。福ちゃんを尾鷲くんだりまで嫁に来さして、ホンマにきづつないんさ」

「修やんのせいやないでっしゃろ。もとはといえば、西野尾の旦《だん》さんが勧めた縁談や」

「そうやい。福ちゃんは、俺が実家の土地売って貸した借金の肩代わりじゃい」

「旦さんが市会議員に立候補しはったせいで、店が傾いてましたからな」

大正の初め頃、被選挙権は納税要件を満たした男子だけに与えられていた。街頭演説や講演会もない時代、候補者は有権者宅を一軒、一軒、頭を下げてまわり、違法すれすれの接待もした。そのため、莫大な選挙費用がかかったのだ。

「旦さんは、同郷の岡山出身で代議士になった犬養毅に憧れてたんや。六やんも、よく旦さんの選挙運動の鞄持ちをさせられとったやろ」

「わたしらが辞めたあと、店も潰れてもうたし、福ちゃんは修やんのもとに嫁いで良かったんやないんですかな」

「……本気でそう言っとるんか？」

修三のまなざしが厳しくなった。

「当たり前ですがな」

「ホンマに朴念仁《ぼくねんじん》やな、六やんは。あの子は、昔っからおまえのこつが好きやったんやい」

「な、何を言いますのや」

修三の唐突な言葉に、六郎は面食らったような表情を浮かべた。

「分からんのか？　三人でおるときも、六はん、六はんって、おまえのあとばっかついて歩いっとったやろ」

修三の言葉が、また関西弁になっていた。

「それは、わたしのほうが修やんよりも長《なご》う知っとったからや」

「そう思うとるのは、六やんだけや。俺が尾鷲に帰ってから、六やんかて店を構えたやろ。もしも、六やんが福ちゃんを嫁にしたい言うとったら、あの子は喜んでおまえんところに行ったで。そしたら、子どももできんと、俺の両親の介護したり、俺の看病なんかせんでも済んだのや」

「修やん……、そんなこと思うとったんか」

「思うとった。俺はずうっと、六やんに借りがある気ぃがしてたんや」

「あほなこと言うたらあきまへん。わたしはあんたと違うて、裸一貫で店を構えましたんや。西野尾の旦さんの顔で、あっちこっちに金を借りて、借りて、借りまくって、ようやく持てた店です。あんときのわたしに、福ちゃんを幸せにする甲斐性なんかありまへんわい！」

六郎が語気強くまくしたてたので、修三は少し気を削がれたようだ。六郎は、修三を諭すように言葉を継いだ。

「修やん、人生に〝もしも〟はありまへんで。もしもは、今よりすてきに見えるかもしれん。せやけど、それはどこにもない夢やからよってに。そうかて、夢は寝て見るもんです。起きて見る夢は野望や。絶対つかみ取ったるという信念や。あんたはこの尾鷲で店を構えて、福ちゃんと生きる人生をつかみ取らはった。福ちゃんも、あなたを信じてついてきた。それでええのや」

いつになく熱弁する六郎に、分かったがな、もうええ、と修三は呟いた。気持ちもいくぶんか和らいだようだ。

「死ぬんは怖ない。心残りは、福ちゃん一人残していくこっちゃにゃあ」

「なんぞあれば、いつでも駆けつけます」

六郎の言葉に、修三が何度も頷いてみせた。

「六やん、もう一勝負やるか」

「かまいませんで」

「せや！　せっかくやもんで、俺らしくやろうで」

怪訝そうに修三を見返す六郎に、修三が部屋のほうへ身体を向けて立ち上がろうとするが、腰に痛みが走って思うように立ち上がれなかった。

「無理したらあきまへん。わたしがやりますで」

と六郎が修三を制して、立ち上がった。

「すまんが､床の間の地袋の引き戸を開けてくれい」

六郎が部屋に入って、床の間に近づいた。すぐそばに、壊れてしまったのか、文字盤のガラスにヒビが入った柱時計が寝かせてあった。夕飯のときから気になっていたが、今はそちらに気を取られているときではない。床の間の下にある、地袋の引き戸を開けてみた。

「そこに巾着袋があるやり。重いから気をつけてつってきてや」

六郎が引き戸を覗き込むと、大事なものを収めてあるらしい木箱などの横に、色あせた巾着袋があった。引っ張り出してみると､かなりの重みがあって、じゃらじゃらと音がする。

「えらい重いな。何が入ってますのや、これ」

巾着袋を両手で抱えた六郎が縁側に戻ってくると、それを床に置いた。

「開けてみ」

にやにやしながら促す修三の言葉に釣られて、六郎が巾着袋の紐を解いて中を見た。

六郎の表情に笑みが浮かんだ。

「こんな古いもん、よお取ってましたな」

六郎が巾着袋の中身を床にぶちまけると、それは石ころの山と折り畳んだ紙きれだった。石ころの半分ほどは、墨で黒く塗られている。六郎と修三が丁稚の頃に使っていた即席の碁石と碁盤であった。

「使うつもりじゃなかったが、やっぱか俺らはこっちのほうが性に合うと思わんかい」

「そうでんな。昔に戻った気分で、いっちょやってみましょか」

六郎と修三は、石ころの碁石を紙の碁盤に並べると、嬉々として対局を始めた。

九

「六はん、待ってぇ！」

そう呼び止める少女の声を耳にして、将は振り返った。

夜店に掛けられた、タングステンの裸電球や石油ランプやアセチレンランプの明かりが、暗闇の中に川の流れをつくっている。その川の中を薄物や浴衣姿の人たちが泳いでゆく。さざえのつぼ焼きや、関東煮、いり豆、あん巻き、なんばきび（とうもろこし）など、店主たちの威勢のいい啖呵売《たんかばい》が聞こえるなか、下駄や雪駄やこっぽりを鳴らしながら、行き交う人々の笑い声がする。

ここが福栄さんの言っていた一六の夜店なんかと、ぼんやり考えていると、少女の声が人波の向こうから追いかけてきた。

人垣をかき分けるように抜け出してきたのは、金魚をあしらった浴衣姿の一二、三歳の少女であった。息急き切って走ってくる少女の面立ちには、娘時代の福栄を思わせるものがあった。

「いとさん、こっちだす。早う、おいでなさい！」

今度は反対側から声がして、将が振り向くと、そこには一五、六歳のめくら縞の着物に角帯《かくおび》を締めてハンチングをかぶった少年が立っていた。その顔をよく見れば、六郎の面影がうかがえる。

なぜ、自分がここにいるのか、将には分からないが、おそらくここは、かつて六郎や福栄が過ごした、船場であろう。

「あっ」と、少女が短い声を発して、前のめりにつんのめった。

倒れかけた少女の身体を、駆け寄った少年が抱き留めた。

少女は少年の胸に顔を埋める格好で踏みとどまった。

「気ぃつけてくださいや、いとさん」

「……おおきに。修はんは？」

「先に御霊神社《ごりょうはん》行って、座る場所取っとくて。早せえんと、文楽が始まってしまいますで」

「そやな、楽しみやな」

そう言って笑う少女の頬にえくぼが浮かぶ。その表情を間近に見た少年は、照れくさくなったのか、少女の身体を自分の身体から少し遠ざけた。

「あかん」と、少女が悲しげな声をあげた。

「え？」

と戸惑う少年に少女が言う。

「鼻緒、切れてしもうた」と、少女は少年の肩に手を置きながら、片足立ちになって、鼻緒の切れた右足の下駄を脱いで、ぶらりと持ち上げてみせた。

「……しゃあないですな。ちょっとこっちに寄りまひょ」

少年は、自分の肩に手を置いたままの少女の身体を支えながら、すぐそばの細い辻に入った。ここなら、通行客も少ない。少年は少女から下駄を受け取ると、角帯に手挟《たばさ》んでいた手ぬぐいを抜き取った。

「前つぼが切れたんですわ。じきに直しますよってに、ちょっとそこの壁にでも寄り掛かって待っとってください」

言いながら、手ぬぐいの端を歯で噛むと、一気に引き裂いて、細い短冊状の切れ端を作った。

「嫌や、おろしたての浴衣が汚れてしまうがな」

むくれてみせる少女に、少年は仕方がないという表情を浮かべて、くるりと背を向けると、しゃがみ込んだ。

「そいじゃ、わたしの背中にもたれて、待っとってください」

「ええのか」

「ええも悪いもないやないですか」

「ほしたら」と、少女が少年の背中にお尻を乗せるようにしてもたれ掛かった。

そのあいだに、少年は切り裂いた手ぬぐいの切れ端を切れた前つぼ代わりに結わえて、下駄に通してゆく。

少女のほうは、いい気なもので、鼻歌気分で何かの文句を語りだした。

「〽この世のなごり　夜もなごり　死にに行く身をたとふれば　あだしが原の道の霜――」

節をつけて語る少女の言葉に、鼻緒の修理をする片手間で少年が節をつけて言葉を継いだ。

「〽一足づゝに消えて行く　夢の夢こそあはれなれ……、『曽根崎心中』ですやろ」

少女の顔がぱっと輝く。

「そや。わてもお初と徳兵衛みたいな、あんな激しい恋がしてみたいわ」

修理を終えた少年が、直った下駄をもたれ掛かっている少女の足下に滑らすように送り込むと、少女の白い足の指先が下駄の鼻緒を親指と人差し指の間に引っ掛けた。少女が身体を起こして少年は立ち上がりかけたが、今度はくるりと反転した少女が前のめりに少年にもたれ掛かった。

「どこぞにおらへんのやろか、徳兵衛みたいな男衆は」

むくりと起き上がった少年に、押しのけられるようにして、少女も立ち上がった。振り返った少年が少女に言う。

「そういうのは、もう少し大人になってから言う台詞でっせ」

少女は、いたずらっ子のような笑顔を浮かべてみせた。

ふいに、少年が通りのほうを振り返った。見ていた将は少年と目が合ってしまい、どぎまぎしたが、あちらは将の存在には気づいていないようだ。少年は怪訝な表情を浮かべて、しきりに首を傾げている。

「どうしたの？」と、少女が問う。

「いや、誰ぞに見られてる気ぃがして。修やんかと思うたんですが」

「誰もおらへんやん」

「そうですな」

それでもどこか納得のいかない様子で、少年はこちらを見ている。

「そういうときはな、神さんや」

「え？」

「誰かに見られてる思うたときは、神さんが見てるのや」

「誰の教えですか、それは？」

「誰でもない。わてや」

少女はそう言うと、細い辻から通りに躍り出た。

「早う行こう。文楽が始まってしまうで」

駆け出した少女を追いかけて、やれやれといった様子で、少年は将の横を通り過ぎて通りを去っていった。

＊

――そこで、将の目が覚めた。

障子戸越しに月明かりが差し込む、客間の寝床であった。

先ほどまで鮮明に聞こえていたはずの夜店の喧騒は消え失せて、今は夜の静寂に包まれている。

となりの寝床を見ると、いつからいたのか六郎がすでに眠っていた。

福栄が枕元に置いてくれていた時計を見ると、時刻は夜の一二時を回っていた。

寝直そうと布団に潜りかけて、いたずら心の湧いた将は、となりで寝入っている六郎の顔をそおっと覗き込んでみた。

今はずいぶんと禿げ上がってしもたけど、僕が夢で見た顔の面影もある。よう見たら、案外かわいらしい顔をしてるんちゃうかな。

そんなことを思っているうちに、将はまた睡魔に襲われて、いつのまにか寝入ってしまった。

六郎が目を覚ますと、枕元の時計は六時を回ったところだった。将はまだとなりで寝息を立てている。陽気のせいか布団を蹴飛ばして寝ていたが、腹まで出しているので、さすがに見かねてパジャマの上着の裾だけ直してやった。着替えを済まして、身支度を整えると部屋を出た。

台所を覗くと、前掛けをした福栄が朝食の支度をしていた。

「朝からご苦労さんでんな、福ちゃん」と、六郎が声をかける。

「そっちこそ、ゆうべはばかりさま。修やん抱えるの、大変やったやろ」

結局、ゆうべは石ころの碁石と紙の碁盤で対局をしているうちに、修三がうとうと眠ってしまったのだ。風呂から上がった福栄と二人、修三を寝床まで抱えていったのだ。

「いや、軽うなったなと思いました」

「……そうやな」と福栄が少し寂しそうな表情を浮かべたが、すぐに気を取り直して、「結局、囲碁の勝敗はどうやったのん？」と六郎に聞いた。

「修やん、腕上げましたで。せやけど、途中で寝てしもうたよってに、結局は引き分けですわ」

「そうなんや。よかったんやないの、次会うときの楽しみができて」

「そうでんな」

「もうすぐ朝ご飯の支度が済むさかい、居間のほうで待っといてえな」

福栄に促されて居間に向かおうとした六郎が、ふと足を止めて福栄に声をかけた。昨日から気になっていたことを聞いておこうと思った。

「そういえば、居間に転がしてある柱時計、壊れてしもうたんでっか?」

「ああ、あれな。壊れたわけやないのやけど、柱の引っ掛けが取れて落ちてしもてん。掛け直すんも面倒やし。それに、今さらこの家で時を刻んでもな……」

「それはあきまへんで、福ちゃん」

福栄の言葉に、六郎が反駁《はんばく》した。

「時が止まったわけやありまへん。福ちゃんはこれからもまだ生きはるんや。それに、修やんかて――」

「分かってる、分かってるて」と福栄は、何度も頷きながら、そのままその場にしゃがみ込んで両手で顔を覆ってしまった。

福栄は、声を殺して泣いていた。

六郎はその背中にそっと手をやり、さすってやりながら、しばらく寄り添ってやった。どれくらいそうしていただろう。しゅうしゅうと、やかんのお湯が沸いた音がして、しゃがみ込んでいた福栄が顔を上げた。涙で濡れた顔をぎゅっと前掛けで拭うと、立ち上がってコンロのスイッチを止める。六郎は黙ったまま、福栄の背中を見ていた。

「はあ、すっきりした」

振り返った福栄は、赤い目をしていたが、もう泣いてはいなかった。

「おおきにな、六はん」

「わたしはなんもしてまへん」

「来てくれただけでええのや。ホンマに、ありがとうな」

「福ちゃん、時計掛けて、ちゃんと動かしましょ」

福栄が頷いてみせた。

「わたしがやります。金槌となんぞ時計を引っ掛けるもんありまっか?」

工具箱が玄関の靴箱に入れてあると聞かされ、六郎は取りに行った。

居間に戻ってくると、福栄も入ってきて、手にした木箱を差し出した。

「これ、どうやろ。お義父さんが作らはった和釘の残り」

昨日、将と釘さしをして遊んだときに、出しておいたものであった。

木箱を開けた六郎が和釘を取り出してみる。

「何度見ても、惚れ惚れするええ仕事や。これだけ丈夫な釘なら、何年掛けてもきっと落ちまへんで」

そこへ、「おはようございます」と、客間から目をこすりながら将が現れた。

「ちょうどええところに来ましたな。台所にある椅子を持ってきてくれまへんか。わたしが乗りますさかい、支えてほしいんです」

「どないしはったんですか？」

「居間の柱に時計を掛けるのに、こいつを打ちつけるんです」

と、六郎が将に和釘を見せた。

「あ、和釘や！」

「なんで、知ってますのん？」

「え」と将が口ごもる。

「まあ、ええわ。はよう、椅子持ってきてくれはりまっか」

六郎に言われて、台所に向かう将は福栄とすれ違いざま、「ナイショやね」というように、目顔で示し合わせてみせた。

将の持ってきた椅子に乗って、六郎が柱に和釘を打ちつけてゆく。

居間の物音に目を覚ましたのか、ほどなく修三が起きてきた。

「おお、時計掛けてくれたのか」

壁に掛けられた柱時計を見て、修三がうれしそうに言った。

ヒビが入った文字盤のガラスはテープで補強しておいた。

六郎が文字盤のガラス蓋を開けて、福栄から預かった鍵で、ぜんまいを巻く。すると、時計の針が息を吹き返したように、かちこちかちこち、と時を刻み始めた。

時計の動作を確認してから、ガラス蓋を閉じて六郎は将が支えていた椅子から降りた。

「いつか掛け直さにゃて、ずっと思っとったんじゃ。六やん、将くん、二人ともありがとうにゃ」

修三が礼を言った。

頷く六郎のとなりで、将は照れくさそうに笑ってみせた。

朝ご飯を食べ終えた六郎と将は、名残惜しそうな修三との雑談にしばらく付き合ってから、次の移動があるからと、九時過ぎに宮原家を出ることにした。長居をしても、修三の身を案じる福栄に負担をかけるだろうという、六郎の気遣いであった。

見送りには、修三も福栄に支えられながら、玄関先まで来てくれた。

「ほなな」と、六郎が声をかけると、修三も「ああ、ほなな」と返す。

短いやりとりであったが、友だち同士とはそんなものだろうと、将は思った。

「また来てね、将くんもきっと」

と、福栄が言った。

「はい」と将は頷いてみせた。

六郎と将は、呼んでおいたタクシーに乗り込むと宮原家をあとにした。

遠ざかるタクシーの後部座席の車窓から、六郎が振り返り、将も身を乗り出して手を振った。

修三のとなりで手を振っていた福栄の姿が、将には一瞬、夢で見た少女の姿と重なってみえた。福栄は、どこか晴れ晴れとした顔に愛らしいえくぼを浮かべていた。

十

「いやあ、これ完全にハマってしもたなあ」

車を降りて状況を確認した運転手が、制帽を脱ぐと額に浮かんだ汗をハンカチで拭った。

田んぼの畦道《あぜみち》でタクシーが脱輪して、立ち往生しているのだ。

「すまんねえ」と、頭を下げているのは、手ぬぐいをほっかむりした農作業服姿の老人だ。彼が乗ってきた自転車が交差する畦道を突っ切ってきて、慌ててハンドルを切ったタクシーが田んぼに突っ込んでしまったのだ。

ひたすら申し訳なさそうに頭を下げる老人を、それ以上責めるわけにもいかず、運転手は後部座席の窓から様子をうかがっていた六郎に声をかけた。

「これ、無線で援軍呼ばなあかんな。お客さん、急いでるとこ申し訳ない」

「しゃあないわな。運転手さんも、えらい災難ですな」

「まあ、こんな田んぼの一本道をお客さん乗せてくこともそうないさかいねえ」

運転手が苦笑しながら、付近を走っている車がいないか、無線に呼びかけ始めた。

「しばらく、足止めですな」と、六郎がとなりに座る将に声をかけると、将は珍しくうたた寝をしていたようで、ふと目を開けて「ああ、そうですか」と呟いた。将にもそろそろ長旅の疲れが出ているのだろう。

二人が尾鷲を発ったのは、昨日のことである。次の目的地は、六郎の郷里である、石川県金沢市であった。いったん京都方面へ引き返す格好で、紀勢線で亀山へ、亀山から関西線で柘植《つげ》、柘植から草津線へ乗り継いで草津まで、草津から東海道線で彦根に着いた。およそ五時間半、七〇歳の老体には十分な長旅で、そこで一泊した。六郎は車内で何度も居眠りをし、そのたびにほっぺたに南京錠の痕をくっきりと残していた。

植岡が手配してくれていた宿は、明治創業の商人旅館だ。前身は、江戸期の料理屋というだけあって、料理はどれも絶品であった。一夜明けて、東海道線で米原へ。そこから北陸線の特急しらさぎに乗ると、金沢まではもうすぐだ。

しかし、六郎がどうしても立ち寄りたい場所があると言い、金沢の手前の小松駅で降りた。タクシーを拾い、目的地に向かう最中、この騒動に巻き込まれたのだ。

時刻は、朝の一〇時を少し回ったところだ。

将がぼんやり窓の外に目を向けると、となりの畦道をディーゼルエンジン特有の音を立てながら、麦わら帽子をかぶった農夫が運転するトラクターが、トレーラーを牽引してゆっくり走ってゆく。

「どこまで行くんや？」とタクシーの運転手に問いかける老人の声が、車外から聞こえてきた。

「石森技研さんがやて。ほら、あの掘っ建て小屋」と、運転手が答えている。

「ああ、あそこか。だったら、あれに乗せてあたればいい。わしから頼めば大丈夫や」

老人の声に続いて、運転手が六郎側の窓の外から車内を覗き込んだ。

「お客さん、このおっちゃんがあれなら乗せてくれるって言うとるんだけど」

運転手が将の側の窓の外に向かって指差した。

その先には、将が見ていたトラクターが停まっており、ちょうど、そこにほっかむりの老人が近づいていくところであった。

トラクターに乗った麦わら帽子の農夫としばし話してから、老人はこっちに向かって声をあげた。

「大丈夫だってよ。お客さん、こっち乗りまっし！」

運転手と老人のせっかくの計らいを断るわけにもいかず、六郎と将はトラクターが牽引するトレーラーに乗せられて、石森技研に向かうことになった。

青空の広がる田園地帯をトラクターに背を向けるようにして、トレーラーの荷台に並んで座った六郎と将が揺られてゆく。

ゆるやかに流れてゆく入道雲が、水田の水面《みなも》に映し出されている。

将はリュックを膝の上に乗せて、頭上に広がる大空を見上げ、ピーヒョロロロロ、と鳴きながら舞い飛ぶとんびを目で追いかけていた。

そのとなりでは、脱いだ上着を小脇に抱え、旅行鞄を膝に抱えた六郎が、炎天下はつらいだろうと、トラクターの男が貸してくれた麦わら帽子をかぶって腰掛けている。

「空が広くてええ気持ちや！」と将が思わず声をあげた。

「せやけど、年寄りにはちょっと暑過ぎますわ」

六郎がハンカチで汗を拭きながら、青空の向こうに目を向けると、白山《はくさん》連峰の緑豊かな峰々が裾野を広げている光景が目に入った。

「白山はええでんなあ。何年経っても、変わらんとそこにあらはる」

雄大な峰を仰ぎ見て育った頃の記憶が胸に去来したのか、しばらくその光景を黙って眺めていた。将も黙って白山を眺めた。

六郎が、抱えていた背広の内ポケットから仁丹ケースを取り出すと、将に勧めた。将は一瞬、驚いたように六郎を見返してから、そっと手を差し出した。掌《てのひら》の上に数粒の仁丹が転がり落ちてきた。もらった仁丹を口に放り込むと、スンとハッカの香りが口から鼻に抜けていった。

六郎も、自分の掌《てのひら》に仁丹を数粒落とすと、ぽいと口に放り込んだ。

トラクターがゆっくり畦道を進んでゆくと、やがて田んぼのなかに電信柱の列が見えてきた。電信柱に張られた電線が六郎たちが向かう道筋を示すように続き、その先には埋め立て地があった。埋め立て地には、八坪ほどの大きさのプレハブ小屋が建てられていて、壁に「石森技研」とペイントされている。

「あれが会社ですか?」と、将が聞く。その外観が、あまりにもお粗末にみえたからだ。

プレハブ小屋の前でトラクターは停車した。下車した六郎が、トラクターの男に麦わら帽子を返して礼を言うと、トラクターは今来た道をまた戻っていった。

「掘っ建て小屋か……、確かにそうでんな」

あらためて社屋を見た六郎が、そう口にした。

プレハブ小屋の中は、まとわりつくような熱気が渦巻いていた。屋内で扇風機一台を回しながら、三人の作業服の男が長机を囲んで額を突き合わせていた。ドアの開く音に振り返った白髪交じりで五〇がらみの男が、六郎の姿を見て顔を輝かせた。石森技研の社長、石森喬《たかし》である。

「松六さん! まさか、本当においでいただけるとは思いませんでした」

「同郷のよしみですがな、約束はちゃんと守ります」

「ご覧のとおり、まだなんにもないところですが、埋め立て許可も下りたので、来年にはここに工場を建てます」

六郎が将を紹介すると、石森は部屋の隅にあるクーラーボックスの中からコーラの瓶を取り出し、王冠を抜いて将に渡してくれた。

それから石森は、六郎のために魔法瓶から冷たい麦茶を紙コップに注いでくれた。六郎も将も乾いた喉にうるおいを与えて、ようやく人心地がついた。

六郎が、彦根で買っておいた簡単な手土産を差し入れ代わりに渡した。

「松六さん、うちの社員を紹介させてください。開発担当の竹下と営業の大杉です」

石森の横に、二人の作業服の男たちが並んでいる。竹下は石森より少し年下にみえる小太りの男である。大杉は二人より一〇歳は若い長身の男だ。

六郎が長机の上を覗き込むと、

「ほお、とうとうここまで来ましたか！」

と嘆声をもらした。

将が横から覗き込んでみると、そこにはパイプが一本置かれていた。

「まだまだ試作の域を出ませんが」と竹下が歯切れの悪い様子で六郎にルーペを差し出し、「ここの継ぎ目に、まだ凹凸が残ってるんです」と言った。

「わたしの目では、ほとんど分かりまへんな」

ルーペを覗き込んだ六郎が答える。

「いえ、触っていただければ、よく分かるはずです」

石森技研は、電気で鋼管とステンレス板を接合するシーム溶接法という技術を用いて、比較的安価でありながら見た目の美しさを保ったクラッドパイプの製造を行う会社だ。しかし、いまだ技術の完成には至っておらず、出来上がったパイプを見つめる石森は苦い表情を浮かべている。

「粘らはりますな。うちに初めてみえられたのは、確か二年前でしたか」

「ええ、脱サラして、金物業界の勉強をしているときでした。なんせ、それまではただの営業マンでしたさかい」

「変わらはりましたわ、石森さん。あの頃のあんたはまだスーツ着て、チェーンを売ってはったときの営業マンの顔でした。けど、今はちゃう。ものづくりに精魂込めた職人の顔してはる」

石森は感無量といった様子で、六郎に深々と頭を下げた。

「ええときにええもん作らはりましたな。これからの日本は、都心から郊外に次々と大きなマンションが建てられてく時代です。生活様式も洋風に変わって、洋服ダンスの代わりにクローゼットが増える。そしたら、ハンガーパイプの需要も伸びて、この商品は飛ぶように売れまっせ」

六郎が営業担当の大杉の肩を叩くと、

「そのお言葉、励みになります！」

と大杉が活気に溢れる声で応えた。

「ところで、石森さんにお願いがあるんですけど、このパイプを四本ばかし、分けてくれまへんやろか」

「て言いますと――？」

「買わせていただきたいんです」

そう言うと、六郎が南京錠の掛かった旅行鞄をどんと長机の上に置いた。

石森がとなりに控えている竹下と大杉と、驚いたように顔を見合わせた。

それから、石森は慌てて手を振ると、

「いやいやいや、こんなもんはお売りできる代物じゃないです！」

「うまくいってるものもあると言うておられたやないですか。それを売っていただきたいんです」

「そういう問題ではなくて、値段なんかつけられないと申し上げとるのです」

「誠実なお方やな」

「こんなもんでよろしければ、何本でもタダで持ってってください」

「こんなもんなんて言うたらあかん」

六郎が一転、厳しい口調で石森に言った。

「三人が誇りを持って作りはった商品でっしゃろ。こんなもんやない」

石森は神妙な面持ちで、ほかの二人と目を見交わしてから、六郎にこう切り出した。

「分かりました。そこまでおっしゃるならお売りいたします。ただし、いかなことかて、お値段はこちらではつけられません。松六さんが決めてください」

六郎が笑顔を浮かべて、背広の内ポケットから紐で括られた小さな鍵を取り出すと、鞄の南京錠の鍵穴に差し入れて錠を開けた。カバンから取り出したのは、茶封筒だった。前もって用意してあったようだ。

将は六郎が長机の上に置いた封筒を見て、思った以上の厚みに驚いた。その気持ちは、石森も同じようだった。封筒を手に取ると、竹下と大杉といっしょに中身をあらためてから、慌てて六郎に突き返してきた。

「松六さん、これは受け取れません！」

「わたしが決めてええと言うたはずですが」

六郎も、引っ込める気はなさそうだ。

「それは、商品に見合う額をと言うたまでです」

「勘違いせんといてください。残りの商品は後日、納品してもらいます」

「……松六さん」

「焦らんと、ええもんこさえてください。これから、長いお付き合いをさせていただくんやさかい」

六郎が将に向き直って声をかけた。

「ええな、将。きみもよう覚えとくんやで」

ちょうどコーラの残りを飲んでいた将は、炭酸に咽《む》せながらも、はい、と返事をした。

石森は封筒を押しいただくと、作業服のポケットに大事そうに収めた。

石森たちが、六郎が持ち帰るステンレスクラッドパイプを結束してくれているあいだ、六郎は部屋にある電話機を借りて電話した。

三〇分ほどすると、プレハブ社屋の前に青いトヨタカローラの4ドアセダンが到着した。

運転してきたのは、長髪にTシャツ、パンタロン姿の若者であった。松倉の家から辻田家に養子に入った、次兄、篤二郎の孫にあたる順《じゅん》だ。今年で二三歳になる、金沢大学に通う四年生で、今はちょうど夏休みらしい。

順がステンレスクラッドパイプを助手席から後部席中央に渡すように収納してくれて、六郎と将はパイプを挟む格好で後部席に乗り込むと、石森たちに見送られながら石森技研をあとにした。

十一

金沢市街の南西部に位置する野田山は、加賀藩前田家の墓所である。

標高一八〇メートルに位置する、初代藩主利家をはじめとする一族の墓を頂点に、家臣団の一族が葬られている。松倉家の墓もその一角にあった。

松倉の家名が刻まれた竿石の下には、真ん中に穴の空いた四角を四つ、正方形に並べて斜めに立てた、「隅立て四つ目」家紋が刻まれている。この家紋を持つ家系は、宇多天皇《うだてんのう》の血統で近江国《おうみのくに》を発祥とする宇多源氏の一流、佐々木氏の末裔とされる。佐々木氏は宇多源氏のなかで最も繁栄を極め、全国に支族を広げた。そのうちの一つが金沢の地で前田家に仕えた六郎の先祖である。太閤秀吉の時代、武勲をあげた六郎の先祖は、秀吉直々に松倉村を領地として貰い受け、以来、松倉姓を名乗ることになったという。

長い年月のなかで朽ち果てた墓が多いなか、松倉家のまだ新しい御影石の墓石は、風化して崩れかけていたものを見かねた六郎が、昨年新しく建立したものだ。祖父、祖母、そして父、政致と母、かえでが葬られた墓のとなりに、以前は養子に出た長兄と次兄、篤二郎の墓があったが、墓を建て直した折に、長兄と篤二郎のお骨もいっしょに納めることにした。生きてるときはバラバラになってしもたんやし、死んだあとくらいいっしょに暮らせばええという、六郎の計らいであった。

墓前にお線香と花を供《そな》えて、脱いだ背広を小脇に抱えながら手を合わせる六郎のとなりで、将も同じように手を合わせる。誰一人会ったことのない家族だが、これだけの墓石群に囲まれると何世代にもわたる家族の重みに、気持ちが引き締まる思いがした。

「わたしの親父さん、つまり、きみの曾祖父《ひいじい》さんはな、加賀前田家に仕えたれっきとした武士でした。明治になってからは、西南戦争で西郷隆盛さんの薩摩軍と戦いはったんでっせ」

「へえ、曾祖父さんって、そういう人だったんですか」

六郎と将の背後で、手を合わせていた順が言う。墓参りをするという六郎たちを送りがてら、いっしょにお参りに来たのだ。

「生前に、お爺ちゃんから聞かはらへんかったんですか」

「あんまり昔の話はしませんでしたね」

「篤二郎兄はんも苦労しはったよってに、思い出したなかったんでしょうな。武士の時代が終わってから、親父さんが仲間の事業の保証人になってしもて、家屋敷、みんな持ってかれてしまいましてな。それで、篤二郎兄はんは養子に出されたんです」

「つまり、曾祖父ちゃんが失敗しなければ、僕はここにおらんかったってことか」

ものごとをどこか冷めたまなざしでとらえる順のもの言いは、いかにも現代っ子らしい考えようだ。

「この上に前田家のお墓もあるが、長旅で疲れとるさかい、今日は失礼しときましょ」と六郎が山の頂上に向かってお辞儀を一つしてから踵を返した。将と墓地共用の水桶を手にした順も、そのあとに続いた。

墓参りを終えた六郎たちは、里見町にある辻田家を目指し、順の運転で市街地に向かった。途中、六郎の頼みで街中の金物屋の前で車を停めた。

六郎は手元のメモ帳に走り書きをすると、切り取ったメモを五〇〇〇円札といっしょに将に渡した。

「すまんが、〝げんこ〟買ってきてくれまへんか」

将は戸惑った表情を見せたが、「型番と個数は、メモ見せたら分かります」と送り出された。

しばらくして、紙袋を重そうに抱えた将が戻ってきた。

「〝げんこ〟って、これのことですか？」

紙袋の中から出してみせたのは、まるい金属の真ん中に穴が空いており、ネジ止めできる土台が張り出している金物であった。なかには、穴が貫通していないものも交じっている。

「そうや、これのことや。握り拳みたいですやろ」

「ホンマですね。でも、どうするんです、これ？」

そう問う将に、六郎が「まあ、あとで分かります」と笑ってみせた。

六郎と将が辻田家に着くと、玄関先に現れた次兄の妻、すがが、六郎に呼びかけてきた。

「あなた、今日はまんで（すごく）お帰りが早かったわねえ」

今年で八〇歳になるすがは、同じ世代の女性のなかでも背の高いほうであろう。白髪に眼鏡を掛けて、目尻の下がった優しい丸顔の女性である。

「お義母さん、似とるけど、お義父さんじゃのうて、義弟《おとうと》の六郎さんよ」

すがを支えるように付き添いながら、そう正したのは、すがの息子である一夫の妻、明里《あかり》であった。すがは「ああ、そうね」とだけ答えて、六郎に一礼してまた奥へと戻っていった。すみませんと言うように、明里も頭を下げて、奥へと引き返していく。

「どうぞ、上がってください」と代わりに順が六郎と将を促した。

「だいぶ、ひどいんですか？　お義姉はん」

六郎が、〝げんこ〟の入った紙袋を抱えた将といっしょに、玄関を上がりながら、順に聞いた。

「今日は落ちついとるほうですね」と順が答える。

「時々、おじいちゃんが帰ってこないって、大騒ぎして外に出ちゃうときもありますから」

「まるきり、忘れとるんですかな？　篤二郎兄はんが死んどること」

「でも、時々寂しそうに、もうおらんがやなあって、呟いてますしね」

篤二郎が死んでから、三年が経つ。すがは半年前に家の中で転倒して腰を痛めてから、外出もままならなくなり、そのせいか最近、痴呆症を発症した。六郎は一夫からの手紙で、すがのことを知らされており、金沢に向かう道中で将も聞かされていた。

「ご苦労さんでんな、明里はんも」

「僕は大学の寮暮らしやで、いつもは妹の瑠衣《るい》がおふくろと代わってくれとります。今、ちょうど喫茶店のバイトに行ってて」

「そうか、一夫くんはどうですか？」

「親父は役場の仕事で手一杯で、ばあちゃんどころでねえみたいです」

言いながら、順が玄関から続く廊下を抜けて、六郎と将を居間に案内した。

八畳の居間では、扇風機が首を振って、冷気を循環させている。

六郎が座布団に腰を下ろすと、将も紙袋を畳に置いて座布団に座った。

六郎は何度も足を運んでいるようで、勝手知ったる場所だが、将にとっては、初めての親戚宅で尻が落ちつかない気持ちであった。

辻田家は、昭和二〇年代に建てた住宅に篤二郎夫妻と息子の一夫が暮らしていたが、一夫の結婚を機に二世帯で暮らせるように増改築していた。順と高校生の妹、瑠衣の部屋は、母屋から繋《つな》がる離れに継ぎ足されるような形で造られている。

今晩はここで一泊して、明日には大阪へ帰る予定であった。

六郎は鞄の南京錠を外すと、中から彦根を発つときに買っておいた手土産の菓子折を座卓に置いた。順が麦茶の入ったポットとコップを運んできて注ごうとしたが、「勝手にやりますんで、気にせんといてください」と、六郎は断った。六郎と将は自分でコップに麦茶を注いだ。そのあいだに、となりにあるすがの部屋から明里が戻ってきた。

「六郎さん、ご無沙汰してます。暑いなか、疲れたでしょう」

明里が六郎にねぎらいの言葉をかける。

順が手土産をもらったことを告げると、六郎に丁重に礼を述べてから、となりの将に笑顔を向けた。

「将くん、はじめまして。明里おばちゃんです」

将も、明里にあいさつした。

「わたしの兄妹は、全部で八人おりましたが、今でも残っとるのはここだけですわ」

六郎が麦茶を飲みながら、将に話し始めた。

「さっき会うたのが、死んだ篤二郎兄はんの奥さんで、すがはん。二人とも、以前は大阪におりましてな。わたしが一五歳のときに母親が死んで以来、すがはんが母親代わりになってくれてました。奉公先から帰ると、ごちそう作って待っててくれはったり、着物を繕うてくれはったり、よおかわいがってもらったもんです」

「六ちゃんは、わがままも言わんし、気がまわる子やけど、それが不憫でならん。丁稚暮らしが長いせいやって」

「そんな話をしますのか」

「お義母さんのなかでは、お義父さんも六郎さんも、あの頃のままなんです」

「そういうことでっか。お医者さんは――？」

「本人の言うことを、あんまり否定したらあかんようでして」

「ほしたら、わたしは篤二郎兄はんということか」

「すみません」と明里が申し訳なさそうに頭を下

げた。

「明里さんには大変なことばかし押しつけてすまんと思うてます。近くにおれば、世話んなったわたしが気にかけるこっちゃ。でも、そうもいきまへんしな。せめてと思うて、馳せ参じたわけです」

「本当に無理させてません?」と明里が六郎を気遣う。

「歳はとっても、こんくらい朝飯前です。それに、順くんもおってくれてますよってに」

六郎はコップに注いだ麦茶をグビリと飲み干すと、さてと、と背広を脱いでYシャツの袖を腕まくりした。「それじゃあ、早速、始めましょか」

詳しく聞いていない将には、いったい六郎が何を始めようとしているのか、さっぱり分からない。ぽかんとしている将に、六郎が声をかけた。

「順くんといっしょに行って、車からさっきのパイプを運んできてくれまへんか。それと、順くんはお手数ですけども工具箱を持ってきてくれはりますか」

「何か作るんですか?」

そう問う将に、六郎が答えた。

「石森技研さんのパイプと、きみが買うてきてくれたその〝げんこ〟で、この家に手すりをつけますのや。お義姉はんが、もう転ばんでええようにな」

十二

辻田家に手すりを取りつける場所は二ヶ所。玄関からすがの部屋までの廊下と、すがの部屋から廊下を曲がったところにある、トイレまでの道のりである。六郎はあらかじめ寸法を聞いていたようで、それぞれパイプが二本ずつあれば、足りる距離であった。

「そうか。この手すりを作るために、石森技研さんに寄ったんですね」

将が、合点がいったように言うと、「ちゃいます」と六郎は否定した。

「石森技研さんの話と、お義姉はんの話は全然、別です。たまたま結び付いてひらめいたんです。縁というやつやな。このパイプには、まだまだいろんな可能性がある。そういう縁を結ぶのも、わたしら金物屋の務めなんでっせ」

将と順がいっしょに運んできたパイプを廊下の床に置くと、六郎は、〝げんこ〟を取りつける作業を始めた。巻尺で床からパイプを取りつける位置までの高さを決めると、パイプを支えるための〝げんこ〟を等間隔で取りつけてゆく。

ここで思わぬ活躍を見せたのが、順であった。

順は頭に巻いた手ぬぐいに長髪を収めて、Tシャツを腕まくりすると、思いのほか隆々とした上腕筋がむき出しになって、精悍《せいかん》な若者に変貌した。

〝げんこ〟のネジ穴を壁に当てて、釘を軽く打って当たりをつけたところに、ドライバーで手際よくネジを締めてゆく。正確なうえにはやいのだ。

「順くん、なかなか素質があるやないですか」と、六郎が褒めると、順は照れくさそうに笑いながら、「実は俺、高校の頃に工務店でバイトしてたんです」と告げた。

これをきっかけに六郎と順は意気投合したようだ。三〇分ほどで最初のパイプをつけ終えて、次のパイプの取りつけにかかった。

順の手さばきを最初は感心したように見ていた将だったが、だんだん自分に出る幕がないことに気づき始めた。新しいパイプや工具を手渡そうとするが、順のほうが腕力も敏捷性もはるかに優《まさ》っていて、将が手を出すとむしろ効率が悪くなる。しまいには、「ちょろちょろしとったら順くんの邪魔です、こっちに退《の》いときなさい」と六郎に注意されてしまった。

将は、たまにパイプを支える以外は、六郎と順をうちわであおぐだけの係になった。三本目のパイプをつけ終えた頃、明里がホームランバーを差し入れてくれた。将は廊下の壁にもたれ掛かって、玄関先で汗を拭きながら冷たいアイスをおいしそうに頬張る六郎と順を眺めた。なんだか、自分だけが働きもせずご褒美をもらった気がした。

ちょうどそこへ、順の妹の瑠衣がバイト先から帰ってきた。細身の体型に、髪をショートカットにしたボーイッシュなたたずまいの少女で、大きな瞳にツンと上向きの鼻が愛らしさを醸し出している。

「大叔父さま、おいだすばせ！」と若々しくハリのある声で六郎に挨拶し、そばにいた将に「将くんもようこそ！」と声をかけた。瑠衣は三人が食べていたアイスに気づくと、「あ、ぐっすいわ、大叔父さま、一口ちょうだい！」と六郎のアイスをぱくりとかじった。「これ、はしたない」とたしなめる六郎も本気で怒っているわけではなく、苦笑している。

どうしてこの子は六郎さんにこんなに馴れ馴れしいのだろうと、将は少し腹が立ってきた。いつもなら、あっという間に食べ終えるはずのホームランバーが、指先から滴《したた》ってきて、慌ててそれをぺろりと舐めた。

瑠衣が手すりに気づいて、「うわ、すっごい、もうこんなにできたんだ！」と、玄関を駆け上がっていく。

「あと一本、トイレの前の手すりをつけたらしまいです」と六郎が満足げに答える。

「でも、何かしょむない感じがするわね」

「しょむないって、どういうことでっか」

「木造家屋にステンレスパイプって、ちょっこし冷たい感じがするもの」

「どうしたらええと思いますのや」と六郎が少し不機嫌な表情になった。

瑠衣は、うーんと考え込んでから、手すりに映った自分の歪んだ顔を見やって、何かを思いついたように手を打った。

「このパイプに絵を描いたらどうかしら。わたし、描いてもいいかな？」

「かまいまへんけど、瑠衣ちゃんが描かはるんですか――？」

いささか不安げな表情を浮かべる六郎に、順がこう言った。

「こう見えて、瑠衣は金沢美大志望なんです」

「こう見えてって何よ、お兄ちゃん、失礼しちゃうわね」

瑠衣は、いったん離れの自分の部屋へ帰って、アクリル絵の具のセットを持って戻ってくると、すでに取りつけ終えたパイプの前にぺたりと座り込んで、早速、絵を描き始めた。

六郎と順は、最後のパイプの設置に取り掛かる。将は、言い知れぬ疎外感を覚えた。みんな役割があるのに、将だけがあぶれていた。ここに来てから六郎との距離が遠のいた気がしてならない。

「あら、これなぁに？」と声がして、将が振り返ると、いつのまにか部屋から出てきた、すがが廊下に立っていた。

「おばあちゃん、見て見て、これ！」と、瑠衣がすがの手を取って、パイプのそばに連れてゆく。

「おばあちゃんが転ばないようにって、大叔父さまが手すりをつけてくれたのよ」

「そうなの。篤二郎さん、お仕事忙しいのに、あんやとね」

すがが六郎の手を握って、微笑んでいる。六郎は少しどぎまぎしたようだが、握ってきたすがの手をぽんぽんと掌《てのひら》で叩いてやった。

「おばあちゃん、大叔父さまよ、六郎さん——」

そう正す瑠衣を、順が肘で突っついた。

「いいんだよ、おじいちゃんで……」

瑠衣も合点がいったようで、それ以上、深追いしなかった。

「ねえ、これも見て。おばあちゃん喜ぶて思うてね、手すりにわたしが絵を描いたの」

瑠衣がパイプに描いたイラストは、青い鳥が緑の蔦《つた》や花が作るレールの上を道案内するように飛んでゆく。その道中に、妖精やヘビやリスやクマといった森の動物たちが顔を見せている寓話的な世界だ。美大を目指しているだけあって、色づかいやタッチに個性がよく現れていた。

「俺も手すりをつけるの手伝うたんだぜ、おばあちゃん」

手柄を瑠衣に独り占めされるようで、順がつけ加えるように言う。

「そうがやけ。二人ともあんやとね」

三人に微笑んでいたすがの視線が、その後ろでつまらなそうな顔で立っていた将に注がれた。話しかける話題もない将は、つい目を逸らしてしまった。

「あら、六ちゃん、来てたの？」

「え——？」と、将がすがを見返した。すがの視線は、将に向けられたままだ。

「そんなハイカラな格好して、お店はお休みなの？」

どうやら、六郎が丁稚先から来たものだと思い込んでいるようだ。

「六郎は年季が明けて、もう丁稚を辞めたんや」と、本物の六郎が答える。

わたしの代わりを演じておけというように、六郎が将に目配せしてみせた。

「なら、ゆっくりしていきまっし。わたしのお部屋で話そうけ」

そう言うと、すがが将の手を取って部屋へと連れてゆく。

「もうすぐ終わるよってに、それまでいっしょにおってくれますか」

六郎は懇願するようなまなざしを将に向けた。

仕方なく、将はすがの部屋へと入っていった。

将はお茶うけに出してもらった歌舞伎揚をかじりながら、すがの部屋で彼女の話し相手をすることになった。

すがの話は、将の生まれるずっと以前のことばかりで、将には想像も及ばないようなものであったが、分かったこともあった。将の大伯父にあたる、篤二郎が波乱万丈な人生を送った人だということだ。

篤二郎は地元の金沢商業を卒業後、大手商社に就職した。若いうちはそれなりに遊び、借金もつくったそうだ。そんなとき、父親の政致《せいち》が死んで、母のかえでが祖母と六郎と弟を連れて居候することになったので、さらに借金がかさみ、商社を辞めざるを得なくなった。

六郎が丁稚奉公で篤二郎のもとを離れたあと、篤二郎は大阪にいた長兄にかえでや弟を任せて、東京に出稼ぎに出た。土木工、新聞配達を経て、当時、日清戦争の勝利で日本の領土となった台湾の巡査募集に志願したが、かえでが病床に伏したという報《しら》せを受け、慌てて帰阪したのだ。

かえでを看取ったあと、興信所に勤めたり、ガス燈屋という、はしごを抱えて民家の外燈のランプを掃除して石油を入れてまわる仕事に就いたりした。そこで、外燈を灯した家の窓越しに、すがを見初めて結婚したのだという。

「ロミオとジュリエットみたいで、ロマンチックでしょ？」

当時を懐かしんで、すがは思い出し笑いを浮かべてみせた。

そのあと、どういう経緯でそうなったかは分からないが、堺で大阪監獄の看守を務めた篤二郎は、すがを伴って郷里金沢へ戻ったのだ。

すがは痴呆症だというわりには、篤二郎との記憶はかなり鮮明に覚えているようであった。それでも、記憶のなかの六郎は子どものままらしい。

「六ちゃんも、年季が明けて本当によかったわね」すがが優しく語りかけてくる。「いつも悔し涙ためてたものね。わしの本名は六郎やのに、店では捨吉《すてきち》と呼ばれる。丁稚は本名すら呼んでもらえん。はよ本名に戻りたいって」

当時、丁稚の身分では、格付けのために本名を与えられず、呼び名の最後に「吉」や「造」をつけて呼ばれることが多かった。武士の家に生まれながら、家格はおろか家屋敷も失い、一家離散した六郎にとって、名前すら奪われたことは耐え難い屈辱であった。しかし、現代人の将には理解できない話だ。

「泣いてたんですか、六郎さ、いや、僕が——?」

すがには聞こえていなかったのか、彼女は将の身体を引き寄せると愛おしげにぎゅっと抱きしめてくれた。すがの温もりが将の肌にじわりと伝わってきた。

「六ちゃんはね、若いうちに苦労したぶん、大人になったらきっといいことあるよ。たくさん家族をつくって、子どもや孫に囲まれて幸せになるのよ」

その言葉は、僕よりホンマの六郎さんに聞かせてほしいわ、と将は思った。

十三

遅めの昼ご飯に並んだのは、日本海で獲れた豊富な海の幸であった。

アジ、スズキ、アマダイの刺身に、キスの唐揚げ、サザエのつぼ焼き、加賀麩《かがふ》の味噌汁に炊きたてのごはん、そして、旬は秋だが、甘エビの刺身がわざわざ別皿に盛りつけてあった。

「お、甘エビやないですか」と六郎がうれしそうな声をあげた。

「まだ旬には早いんだけど、六郎さんがおいでるとなれば、やっぱり甘エビは欠かせないなと思って」

お櫃《ひつ》からそれぞれのご飯をよそいながら、明里が言う。

「おいね」と、すがが相槌を打つ。「六ちゃんは、甘エビが大好きだものねえ」

すがのまなざしは、自分のとなりに座る将に向けられている。食事が並んだ座卓に座るときも、六郎のとなりに行こうとする将をわざわざ引き寄せて、自分のとなりに座らせていた。

「さ、食べまっし」

すがに促されて、将が甘エビに箸を伸ばした。一尾つまんで口に運ぶと、ぷりぷりとした食感とともに、舌の上にとろけるような甘さが広がってゆく。

「うまっ」と思わず声がもれる。

「そやろ。金沢の甘エビは絶品です。昔は高級食材でなかなか食べられませんでした」と六郎も甘エビに箸を伸ばす。

六郎の両どなりには、順と瑠衣が並んでおり、手すり作りの話題で盛り上がっている。すでにトイレ前の手すりの取りつけも終わって、あとは瑠衣が絵を仕上げるだけであった。六郎は、順と瑠衣のおかげで明日までかかると思っていた作業を早く終えて、二人の才能を褒めたたえていた。和気藹々《わきあいあい》と会話する六郎の様子に、なんでこの人は自分の家族にも見せへん笑顔を浮かべてるんや、と将は無性に腹が立ってならなかった。

「六ちゃん、遠慮せずに食べまっし」

すががとなりから声をかけた。

腹立ち紛れに甘エビにまた箸を伸ばす。やはり、美味《うま》い。会話にも参加できないからついつい箸が進んでしまい、気づけば将は甘エビばかりつまんでいた。

「なんで、そんなに甘エビばっかり食うんや」

ふいに厳しい六郎の声が飛んで、びっくりした将の箸がぴたりと止まった。

目の前で、箸を宙に浮かせたまま、六郎が将を睨んでいた。

皿の甘エビは半分ほどに減っている。甘エビは六郎の好物だったかと後悔したが、六郎への不満もあってか、つい反抗的なもの言いになってしまう。

「そんなに怒らんでもええやないですか」

「ガツガツし過ぎや言うとるんです」

「甘エビ食うたぐらいで」

「ぐらいてなんでっか、ぐらいて」

「そんなに甘エビが好きなら、ずっと金沢におったらどうですか」

初めて見せる将の反抗的な態度に、今度は六郎が面食らう番であった。

「どないしたんや、将――?」

「ホンマの家族とは一年にいっぺんしか会わんくせに、この家《うち》の人とは家族のように仲ようして。僕とおるより楽しそうや。せやったら、ずっとここにおればええんねん!」

将が、澱《おり》のように溜まっていた気持ちを六郎にぶちまけた。

「なんや、その態度は!」

とうとう堪忍袋の緒が切れたというように、六郎が将を叱りつけた。

そこへ、すがの怒声が割って入った。

「篤二郎さんこそなんですか、そのいさどい態度は!」

「……え? わたしが悪いんですか」と、六郎は気勢を殺がれてしまった。

「黙って聞いていれば、大人気ない。六ちゃんは、丁稚奉公でずっと辛抱してきたんですよ。甘エビくらい好きに食べさせてあげればいいじゃないですか」

「甘エビは、もうええですて」

「よくありませんよ」

六郎は自分をかばってくれている相手に責め立てられるという、奇妙な状況に困惑を隠し切れないでいる。

「ごめんなさいね。わたしが甘エビなんか買って来なければよかったのよ」と、明里が申し訳なさそうにうなだれてしまった。

「あなたが六ちゃんに怒鳴るからです」と、すがが本物の六郎に追い打ちをかける。

話があらぬ方向に向かい始めて「おばあちゃん、六ちゃんのことはおじいちゃんに任せて」と、瑠衣が割って入ると、やにわに将が立ち上がった。

「六ちゃん、六ちゃん、六ちゃんて、僕は六ちゃんやない!」

そう言うと、将は居間から駆け出していく。

「待ちや、将。どこへ行くんや」

呼び止める六郎の言葉にも耳を貸さず、そのまま将は辻田家から飛び出していった。

それから無我夢中で走っているうちに、将は自分が今どこにいるのかすら分からなくなっていた。

誰も将についてこられなかったのだろう。短距離走では、学年で三本の指に入る俊足だ。そのおかげで、見知らぬ土地で完全に迷子になった。

歩をゆるめて、あたりを見渡してみた。

金沢には、今でも加賀一〇〇万石の城下町だった頃の面影が色濃く残されている。古い町家造りと近年の住宅が混在する通りを抜けてゆくと、やがて大通りに突き当たった。

どこかに水飲み場でもないか、と公園を探してみたが見当たらない。

代わりに、緑が繁る道の対面に大鳥居が目に入り、将は道を渡るとその前で立ち止まった。大鳥居の横に立つ石柱には、「金澤神社」と標号が記してある。

大鳥居を潜って右手を見ると、四角錐の方形《ほうぎょう》屋根に四本柱を立てて柵を巡らせただけの東屋《あずまや》のような建物が見える。どうやら、お堂の一つのようだ。

将はお堂の中央から発せられている光に吸い寄せられるように近づいていった。中央は空洞になっており、その下には満々と湧き水が湛えられていた。午後の木漏れ日が西の空から水面《みなも》に差し込むと、お堂の空洞部にゆらめく波紋の照り返しをつくり出す。それが将の見た光の正体であった。

そばに立つ高札には、「金城霊澤《きんじょうれいたく》」と書かれてある。その昔、芋掘藤五郎《いもほりとうごろう》という男がこの湧き水で掘った芋を洗ったところ、たくさんの砂金が出た。藤五郎はそれを貧しい人たちに分け与えたという。

小学生の将は、そんな由緒書きに興味はない。それでも、金城霊澤の清水から発せられる神秘的な光を見つめていると、喉の渇きも忘れて、ささくれだった気持ちも清められていくようであった。帰ったらみんなに謝らなあかんな。そもそも、どうやって帰ればええんやろ。そんな思いが、頭の中でぐるぐると巡っていた。

すると、

——ちりりん。

と、鈴の音が鳴った。

音の聞こえたほうを振り向くと、大鳥居からまっすぐ進んだ小高い丘に、拝殿へと参道が続いている。

その手前に、真っ白な水干《すいかん》に指貫袴《さしぬきばかま》を穿いた、稚児《ちご》装束の少女が一人こちらに背を向けてたたずんでいた。

鈴の音は、少女が腰にぶら下げていた、二つの鈴から聞こえていた。

格好からして、きっと神社の子どもなのだろう。

将の視線に気づいたのか、少女がこちらを振り返った。

抜けるような白い肌に、赤い瞳をしていた。少女はにこりと微笑むと、将を手招きした。

「え、僕——?」

少女はふたたび将に背を向けると、ちりりんと鈴の音を残しながら、小走りに参道を駆け上がっていく。

将も反射的に彼女のあとを追って、参道を駆け上がっていった。

登りきったところに少女の姿はなかったが、目の前に将が求めていた手水舎《ちょうずや》があった。すぐそばには社務所もあるが、なぜだか人の気配はない。

将は柄杓《ひしゃく》で手をすすぐと、掬った水を口に含んでお清めしてから、もう一度掬った水をごくりと飲んだ。そして、さらにもう一口。湧き水は冷たくて、雑味もなく澄んでおり、将の渇いた身体を潤していく。

渇きを癒した将は、ズボンのポケットから小銭入れを取り出すと、拝殿に向かい、お賽銭を入れてお参りをした。

いつのまにか日は西に傾き、夕映えの空があたりを覆っていた。

近くの木立から、ひぐらしの鳴き声が響き渡る。

ちりりんと、また鈴の音が聞こえた。

振り返ると、拝殿の脇にある木立の間に、あの少女が立っていた。

少女がにこりと将に笑いかけた。からかわれているのかとも思ったが、見知らぬ土地で迷子になった将にとっては、ただ一つの頼みの綱でもある。あの子に相談すれば、大人の力を借りることもできるかもしれないのだ。

「あのな、ちょっとお願いがあるのやけど——」

思い切って、少女が立っている木立に駆け寄った。

ひぐらしの鳴き声が、ひときわ五月蠅《うるさ》く響き渡った。

気づけば、将を取りまいていたあたりの景色が一変していた。

先ほどまでと打って変わって、やけに草が生《お》い茂っている。

振り返ってみると、拝殿や手水舎や、そのかたわらにあった社務所も見えなくなって、見渡すかぎりの森が広がっていた。

「……あれ、ここどこや――?」

不思議に思って、少女に声をかけようとすると、彼女はそばの大木に顔を伏せて、声を発していた。

「ひぃー、ふぅー、みぃー、よぉー、いーつ――」

数を数えているのだ。

少女に呼びかけようとした将の手を誰かの手がぐいっとつかんで引き止めた。

振り向くと、そこには少女と同じように真っ白な水干に指貫袴を穿いた稚児装束の少年がいた。少女と同じように抜けるように白い肌をして、やはり赤い瞳をしていた。

少年は、しーっと、将の口元に指を当てると、彼の腕を引っ張って森の中を走ってゆく。抗う間もなく、将も少年のあとに続いた。

いつのまにか、将はかくれ鬼に加わっていた――。

「将、どこにいますんやあ! 聞こえたら返事しなさーい!」

Yシャツ姿の六郎が、人目もはばからず声を張りあげている。

将が辻田家を駆け出したあと、順が追いかけてくれたが、将のすばしっこさは予想以上で、あっというまに見失ってしまった。それから順と瑠衣と手分けして、将を探し歩いていた。

夕映えの空があたりを覆い始めた頃、将を探し歩いた六郎は百万石通りと呼ばれる大通りまで出た。将の姿は、どこにも見当たらない。近くの公衆電話から辻田家に電話を入れると、ちょうど帰宅したばかりの一夫が出た。

「叔父さん、話は明里から聞きました。将くん、見つかりましたか?」

「どこにもおりません」

「これ以上、探しても無駄でしょう。警察に保護してもらいましょう。叔父さんのお身体に障ったらいけない。いったん、帰ってきてください」

「……そうでんな」

六郎は観念したように、受話器を下ろした。

ふと、通りの対面に目を向けると、金澤神社の大鳥居が目に入った。子どもの頃、よく遊びに来た場所であった。すぐ裏手には、兼六園の緑豊かな景観が広がっており、このあたりはまだ自然の景色が多く残されている。

明日にでも将とお参りして帰ろうと思っていたが、それどころではなくなってしまった。今さらながら、この旅に将を連れてきたことを悔やんだ。

大鳥居の向こうに、真っ白な稚児装束の男の子が見えた。その姿を見た途端、ふいに六郎は言い知れぬ既視感に襲われた。なんやろう、この気分は。昔、同じことがあったような気がする。稚児装束の男の子は、六郎の視線に気づいたのか、逃げるように大鳥居の向こうへと駆け去っていった。

六郎は吸い寄せられるように通りを渡ると、その子どものあとを追って、金澤神社の大鳥居を潜っていった。

十四

草むらを踏みしだく足音が次第に近づいてきて、将は身を縮めるように木の陰に隠れている。一〇まで数え終えた少女が将たちを探しているのだ。

いっしょに逃げていたはずの少年は途中で将の手を離して消えてしまった。それから、ここでずっと身を潜めていた。

——ちりりん、ちりりん、ちりりん。

少女が腰にぶら下げた鈴の音がそばに近づいてくる。

息を殺してじっとしていると、そのうちまた、鈴の音が遠のいていった。

将はほっとしたように、思い切り深呼吸をした。ただの遊びなのに、なんでこんなにドキドキするんやろう。そもそも、いつまで隠れとかなあかんねん。

かくれ鬼は、みんなが鬼に見つかって交代しないと終わらない。あたりはもうすっかり夕暮れ時である。こんなことはやめて、とっとと家に帰らないと。きっとみんな心配しているはずや。そんな思いが、将の脳裡を巡っている。

——ちりりん。

と、また鈴の音が近づいてきた。

だけど、草むらを踏みしだく足音が聞こえない。耳をすませば、音は頭上から聞こえていた。

見上げた将の目の前に、木の枝から逆さまにぶら下がった少女の顔があった。「見つけた」と明るく笑った少女の口元から、赤い舌がちろりとのぞく。

その舌先が、二つに割れていた。

ヒャッと、声にならない声をもらすと、将は飛び退くように駆け出していた。

こんな遊びはもうやめやと、終わりにしたくてたまらなくなった。

しかし、走って、走って、走り続けても、そこは森の中だ。

いったい、どうなってるんや！

目の前の木立から、稚児装束の少年が姿を見せた。

将はホッとしたように少年に駆け寄ってゆく。

しかし、にこりと笑った少年の口元からも、先が二つに割れた赤い舌がちろりとのぞき、将の前で通せんぼをするように、両手を大きく広げた。

どうやら、こっちも味方ではないらしい。

慌てて踏みとどまった将は、踵を返して別の方角へと走り出した。

草を踏む足音と鈴の音に追われながら、汗まみれになって将は走った。

走っても走っても、どこまでも森が続いている。

だんだん、息が上がって苦しくなってきた。

どうしよう、どうやっても帰られへん。

「逃げられへん。もうおしまいや！」

思わず、声に出して叫んでいた。

が——、
いきなりぐいっと腕をつかまれて、木立の間に引き込まれてしまった。

あー、もう誰《だあれ》にも会えへんのやな、と目をつぶって観念した耳元に、

「しっかりしなさい」

聞き慣れた老人の声がした。

目を開ければ、六郎の顔があった。

「ろ、ろ、六郎さんっ！」

六郎に腕をつかまれたまま、将は草むらの中を分け入っていく。

「逢魔刻《おうまがどき》いうてな、日が沈む間際のこんな夕暮れ時には、妖《あやかし》が姿を見せはるんや」歩を進めながら六郎が語る。「もっとも、あれは神さんの神使《おつかい》やがな」

「神さま――？」

「前に話しましたやろ、ヘビは神さんの神使やて。金澤神社は白蛇《しろへび》はんを祀ってるお社です」

そう言われて、初めて六郎の家に行った日のことを思い出した。ヘビを首に巻いて遊んでいた将をたしなめるように、六郎がそんなことを話していた。

「どうやら、きみも白蛇はんに魅入られてしまったようでんな」

草むらをかき分けて進んでいた六郎が、何かを見つけたように、すぐそばの木の根元にかがみ込んだ。そこには、地面から迫り上がった根っこが、自然の穴倉を作り出していた。

「ここに、隠れますで」と、六郎が将の腕を引いて、穴倉に身をかがめた。

「ずっと、ここにおるつもりですか？」

不安げにたずねる将に、六郎が笑ってみせた。

「まさか。帰るのや、いっしょに。せやけど、少し休憩です。心臓がバクバクや。かくれ鬼やるからには体力を蓄えなあきまへん」

六郎がYシャツの胸ポケットから仁丹ケースを出すと、自分の口に数粒放り込んでから、将にもくれた。

「かくれ鬼で思い出したわ」と仁丹をぽりぽりとかじりながら、六郎が話し始めた。

「昔、いっぺんだけ親父さんとかくれ鬼して遊んだことがありましてな。最初は親父さんが鬼やったが、あっという間に見つかってこっちが鬼や。ところが、本気で隠れはるもんやから、全然見つからへん。探しても、探しても、見つからんで、だんだん悲しうなってきましてな。とうとう、大泣きしてしまいました。そしたら、親父さんが飛んできて、『おまえは武士の子やぞ、めそめそ泣くな』て、ギュウッと抱きしめられましてな。あとにも先にも、親父さんの温もりで覚えとるのは、そんときだけです」

亡き父との思い出を語る六郎の姿は、将にはなぜか幼い少年のようにみえた。

「将は親父さんのこと好きか？」

「充太郎さんのことですか」

たずねられ、将はあらためて父親の顔を思い浮かべてみた。

「酒ばっか飲んで夜は帰ってこんと、僕が起きる頃には寝てはるんで、よう分かりません」

「……そうか。わたしも充太郎が小さかった頃、仕事ばっかりでしたよってに、あれも自分のせがれとどうふれあえばええのか、分からんのかもしれませんな」

――ちりりん、ちりりん、ちりりん。

鈴の音が近づいてきた。

「……そろそろ、始めましょか」

六郎が声を潜めて将に言う。

「だけど、どうやって帰るんです？　ここ見渡すかぎり森しかあらへん」

「かくれ鬼を終わらせればええんです。あの女の子がぶら下げとる鈴な、あれを奪い取るんです」

「なんで知ってはるんですか？」

「決まっとるがな、前にもやったからです」

「六郎さんが――⁉」

「わたしも白蛇はんに魅入られましたんや。血は争えんわな」

「そうやったんや」

「作戦は簡単です。わたしが囮《おとり》になるさかい、あの女の子を引きつけておくあいだに、きみが走り寄って鈴を奪うんです。ただし、あの男の子には気ぃつけなさいや」

「そんなにうまくいきますか？」

「大丈夫や。きみのすばしっこさならできるはずです」

六郎の言葉に、覚悟を決めた将は力強く頷いてみせた。

　腰に鈴をぶら下げた稚児装束の少女が、あたりに目を配りながら草むらを歩いてゆく。もちろん、彼女のお目当ては将である。

　行く手の草むらがザワワワワ、と揺れると、そこからむくりと顔を出したのは、六郎であった。六郎は少女と向き合うとこう言った。

「覚えてますか？　昔、きみたちといっしょに遊んだ六郎です。だいぶおじいちゃんになってもうたが、わたしも交ぜてえな。捕まえられたら鬼を交代しますで」

少女は赤い舌をのぞかせて微笑むと、六郎に近づいていった。

六郎の右手、五〇メートルほど先の草むらをかき分けて、今度は稚児装束の少年が現れた。彼は、六郎に近づく少女を見届けながら、あたりにも目を配っている。どうやら、将の姿を探しているようだ。

少女が六郎のすぐそばまで近づいて、手を差し出してきた。

そのとき――、
少年の左手の草むらから、けたたましいアブラゼミの鳴き声が響いてきたのだ。

少年がセミの鳴き声に気を取られた瞬間、少女の背後の草むらをザワワッと波打たせて、将が駆け出してきた。少年の隙をついて、一気に少女との距離を詰めた将は、背後から彼女が腰にぶら下げた鈴に手を掛けた。袴に挟んだ紐ごと鈴を引きちぎった。

「ようやった、将！」

腰の鈴を引きちぎられて動揺した少女を残して、六郎はセミが鳴いている草むらへゆっくりと歩いてゆく。すぐそばで悔しげにこちらを見ている少年に向かって、六郎は草むらから拾い上げたセミを掲げてみせた。

鳴き声を立てていたのは、六郎の目覚まし付き腕時計であった。六郎が将と示し合わせて草むらに身を隠したときに、二人とは違う方向で鳴るようにセットして置いていたのだ。

真っ赤な舌を突き出して、怒ったような顔つきの少年が、鈴を手にした将に向かって歩き出した。

少女も真っ赤な舌をのぞかせて、将を睨みつけている。

二人に向かって、六郎の怒声が響いた。

「孫に指一本でも触れたら、承知しまへんで！」

六郎が草むらをかき分けて、将に近づきながら二人に声をかける。

「遊びの時間は終わりや。見てみい、あたりはもう真っ暗でっせ」

いつのまにか、日は西に沈み、あたりに夜のとばりが下りようとしていた。

六郎は将の前に立つと、一歩も退かない姿勢で少年と少女を見据えた。

少年と少女が互いの顔を見交わしてから、もう一度、六郎を見て承知したというように、頷いてみせる。

「分かってくれたらええんや。はよ、おかえりなさい」

少年と少女が、仲良く寄り添って、六郎と将の前に立った。

「何十年ぶりかで、ワクワクしたわ。また遊びましょうな、白蛇さん」

六郎が二人に笑いかけると、二人も六郎に向かって笑いかけた。

六郎は後ろに立つ将から鈴を預かると、こう言った。

「将、目を閉じなさい」

「うん」と将が答える。

六郎も自分の目を閉じてから、手にぶら下げた鈴を振った。

――ちりちりちりーん。

「目を開けてええですよ」

六郎の言葉に、将が目を開くと、そこはもう森ではなく、金澤神社の境内であった。

となりに目を向ければ、六郎が鈴を手に笑っていた。

「戻れた。戻れたんや」

噛みしめるように将が言った。

拝殿のかたわらの社務所にも、ちゃんと人の姿もある。正真正銘、元の世界に戻ったようだ。

六郎は拝殿のそばにある、絵馬掛所《えまがけどころ》に「返しときますわ」と言いながら鈴を結びつけた。それから、いかん忘れとったと、怪訝な表情で見返した将の頭上めがけて、ごつんとげんこを振り下ろした。

「あっ痛たぁぁぁ！」

将が頭を押さえてしゃがみ込む。

「いきなり、何をしますのや」

「何をやあらへん。どんだけわしを心配さすのや。よーく反省しなさい」

なんだかよく分からないが、大粒の涙がぽろぽろと零れ落ちてきた。ぶたれた頭の痛みよりポカポカとした温もりを感じて、急に気持ちが込み上げてきた。うわぁぁぁん！　と、大声をあげて泣いてしまった。

狼狽したのは、六郎である。

「大丈夫か？　そないに強うぶったかいな」

将の頭が腫れていないか、心配そうに覗き込みながら、六郎が頭を下げる。

「わたしもすまんかったな。甘エビごときでムキになり過ぎました」

「そんなんやありまへん。なんや分からんけど、涙が止まらんのです」

将の言葉に、六郎は不思議と胸の内がポカポカとする思いがした。

「ほんなら、思いきり泣けばええ。そやけど、もう絶対、いなくならんとき」

六郎が今しがた殴った将の頭を、今度は優しくなでてくれた。

「それにしても、手すりをこさえて、白蛇はんとのかくれ鬼までして、今日は張り切り過ぎましたわ」

六郎はぐいと腰を反らせて大きく伸びをしてから、歩き出そうとしたところで、ゆらりとそのまま倒れ込んだ。

「……六郎さん、ふざけとるんですか」

しかし、倒れた六郎は起き上がる気配すらない。

「嘘や、起きてや、六郎さん、六郎さんっ！」

六郎の肩にふれながら揺り動かす将の表情に、不安の色が濃くなってゆく。

折悪しく、ゴロゴロゴロゴロゴロッと、空をつんざくような雷鳴が轟いた。

晴れ渡った空に、突如として暗雲が垂れ込めて、どしゃぶりの雨が叩きつけるように大地に降り注いだ。

夕立だ。

「お願いします、誰か、誰か救急車を！　おじいちゃんが大変なんです!!」

激しい雨と雷鳴にかき消されそうな声を張り上げて、将は社務所で働く職員に向かって叫んでいた。

第三章　塩ビ管

一

「かずえさん、僕の数珠どこやったかな！」

　喪服姿の充太郎が階段上から妻のかずえに問いかけると、かずえの声だけが台所から返ってくる。

「箪笥《たんす》の一段目の右の引き出し奥です。そろそろ覚えてくださいね！」

　はいはいと、独りごちて、充太郎は言われた場所から数珠を見つけ出すと、ようやく階下へと向かった。かずえは朝食の洗い物をしている最中であった。

「お迎えの車、待ってますけど、朝ご飯、どうします？」と、かずえが聞く。

　ええわと、充太郎がむかつきを抑えるように胃のあたりに手をやると、洗い物の手を止めたかずえが蛇口からコップに水を汲んで、充太郎に差し出した。

「お葬式の前の晩くらい、控えたらどうですか」

　相変わらず午前さまの充太郎に、かずえが釘を刺す。

　喪服の前ボタンを外し、充太郎のぽっこりと出たおなかをぽんと叩いた。

「ビールやら、ブランデーやら、いっぱい溜まって」

　そやなと、生《なま》返事をして、充太郎はコップの水を一気に飲み干した。

「会場でえずいたりせんといてくださいね」

「大丈夫やがな。それにしても、先月、喜寿の祝いしたばっかりやで――」

　言いながら玄関に向かう充太郎の鞄を持って、見送りに出たところで、かずえは思い出したように声をあげた。

「そや、あなたが寝坊するから、忘れてましたわ！」

　そう言うと、エプロンのポケットから葉書を一枚取り出した。

　こんな慌ただしいときに郵便など見せずとも、と迷惑そうな表情を浮かべる充太郎に、あの子からです、とかずえが言い添えた。

　送り主は、将であった。消印は金沢になっている。

　どうやら、無事に旅を続けているようだと安堵したのも束の間、文面を読んで充太郎の顔色が曇った。

充太郎さま

六郎さんが、もう一ヶ所、
出張先が増えたと言うので、
僕もついて行きます。
心配しないでください。
僕たちは元気です！

将より

そう書かれた葉書の余白には、色鉛筆を使って、南京錠のついた鞄を膝に抱えて鼻ちょうちんでうたた寝する六郎と、そのとなりでピースサインをする将の姿が描かれていた。

「何が、元気です、や。どこに行くとも書いてへんやないか」

「肝心なとこが足らんのですわ、あの子は」

「出たきり一週間近く連絡もせんと、勝手な親父と息子やで、まったく」

充太郎はぼやきながら、腕時計に目をやった。

「あかん、ホンマに遅れるわ。堺建宅の会長はん、毎日、赤まむし飲んどっても、逝くときはポックリやな」

慌てて黒の革靴を履くと、帰ってからまた話そうとかずえに言い置いて、迎えの車に乗り込んでいった。

＊

紺碧《こんぺき》の海原に、泡立つ航跡を引いてゆくフェリーの甲板で、将は吹き寄せる潮風を胸いっぱいに吸い込んで、深呼吸をしてみた。

——大阪の空気と、全然違うわ。

真夏日の大阪では、光化学スモッグ注意報が発令される日も多い。その空気と比べたら、月とスッポン、鯨と鰯である。

「沖縄ってどんなところですか？」

将は、となりで同じ海を眺めている六郎に聞いた。

「わたしも初めてです。なんせ、今年の五月まではアメリカ領土でしたから、渡航するのにも、いちいち許可証が必要でしたよってにな」

その日のことは、将もよく覚えている。

昭和四七（一九七二）年五月一五日――、第二次世界大戦の敗戦後、アメリカ統治下にあった沖縄が、二七年ぶりに本土復帰を果たした。その日は、珍しく充太郎が家におり、泡盛《あわもり》で晩酌をしていた。沖縄復帰のニュースをテレビで観ながら、「けーたんなー」と、上機嫌で聞き慣れない言葉を口にしていた。

「充太郎さんは、なんで沖縄に行ったんですか？」

「わたしもな、きみとおるうちに、それを知りとうなったんです」


六郎が金澤神社で倒れたのは、三日前のことだ。

将が助けを呼ぶ声を聞きつけた社務所の職員がすぐに救急車を呼んでくれた。救急隊員が駆けつけたときには、六郎は意識を取り戻していたが、そのまま救急車で最寄りの総合病院に運ばれた。精密検査の結果、熱中症による一時的な失神だと診断された。

辻田家に知らせようとした将に、「病院に運ばれたことは絶対にナイショや」と、六郎が口止めした。

「そないなことしたら、充太郎がそら見たことかと言わんばかりの勢いで、飛んできますがな。言ったらあきません、二人だけの秘密です」

――二人だけの秘密。

その言葉には、魅惑的な響きがあった。

辻田家には、将が道に迷っていたところを六郎に発見されて、それから近くの喫茶店で懇々とお説教をされていたとごまかした。点滴を打って帰宅を許された六郎は、将とともに辻田家に戻った。辻田家の人々に将が謝って、家長の一夫も交えての団欒《だんらん》のあと、一泊して帰ることになった。

その帰りしな、六郎が将に言った。

「実は、もう一つだけ行きたいとこができましたんや」

「無理せんときましょ、六郎さん」

そう言って止める将に、六郎が訴えかけるように頼み込んだ。

「後生や。年寄りの一度きりのわがままや思うて。な」

どこに行きたいのかとたずねる将に、六郎は沖縄だと告げた。

「沖縄だけは、充太郎が商売を始めた土地やさかい、いっぺん見ときたくてな。この機会を逃がしたら、もう行けへん気ぃがしますのや」

船に乗るため、大阪に戻った六郎と将を待ち構えていたのは、植岡であった。

六郎からの電話で、次の行先を聞かされた植岡は、大阪から那覇への船便を手配してくれていた。「わてもごいっしょさせてください」と言う植岡に、六郎は「すまんな。仕事やのうて、身内のこっちゃ」と断った。

途端に、植岡が泣きだしてしまい、将はびっくりした。

「そんな水臭いこと、言わんといてください」

六郎は、植岡をなだめるようにこう言った。

「植岡くんかて、わたしにとっちゃ大事な身内です。せやけど、この旅はこの子と行かなあきまへんのや。堪《こら》えてや」

植岡は六郎の言葉に納得し、二人を送り出してくれた。

遠浅の沿岸を満たす白砂の影響であろう、海の色が深い青から次第にラムネ瓶を透かしたような、透明な水色へと変わり始めている。

そういえば、と六郎が口にした。「きみがあのピッカピッカ光る自転車で走っとる姿を、会社の窓から見とったら、昔の充太郎と重なって見えましてな」

「僕と充太郎さんが——?」

将にとっては、毎日、午前さまで寝ている父親の姿からは、想像もつかない姿であった。

「太平洋戦争のすぐあとでした。戦争中、大阪の町はなんべんも空襲を受けましてな。家も人もぎょうさん焼かれてもうた。その頃、うちは西賑町ゆうて、今の谷町あたりに店を構えとった。そこらも焼け野原になってしもたけど、うちは奇跡的に無傷でした。せめてできることはないかと、まだ学生やった充太郎に大阪中を自転車で走らして、機械を動かしてもらえる工場を探さしたんです。夏の暑い盛りやった。あいつ、首にタオル巻いて真っ黒に日焼けしてましたわ」

「工場って、建築金物をこさえるための?」

まさかと、六郎が笑って否定した。

「即席の菜切り包丁と西洋釜を作ってもろたんです。災害でなんもかんも失った人に、まず必要なのは寝床《ねどこ》よりおまんまや」

戦後生まれの将にとって、六郎の話は実感を伴うものではなかったが、若かりし頃の充太郎の話には興味が湧いた。焼け野原のなかを自転車で奔走《ほんそう》し、汗だくになった少年時代の充太郎を思い浮かべてみて、ほんの少しだけ父に親近感を覚えた。

将と六郎は、潮風に当たりながら、しばらく黙って海を見つめていた。

「♪忘れられないの
あの人が好きよ」

将が何げなく歌を口ずさんだ。

「♪青いシャツ来てさ
海を見てたわ」

続けて歌う声がして、将が思わず振り向いた。六郎であった。

驚く将に、六郎がにこりともせずにこう言った。

「ずっと聞かされとったから、覚えてしまいましたわ」

六郎の節回しがちょっと演歌っぽくて、将がくすりと笑った。

将が『恋の季節』を続けて口ずさんだ。いつのまにか、六郎が首を揺すってリズムを取っていた。

フェリーはまもなく、那覇港に入ろうとしていた――。

二

昭和三一（一九五六）年――、二九歳の松倉充太郎は、沖縄行きのフェリーに乗船していた。

「なー、みっちゃかーんぬめー（さあ、もう一杯飲みなさい）」

船内のざこ寝部屋で酒盛りをしていた六人ほどの沖縄人の男女の一団に勧められて、充太郎は湯呑みに満たされた、泡盛を一息に飲み干した。

「この泡盛は、あじくーたーびーんねー（うまいですねぇ）」

覚えたばかりの沖縄方言《うちなーぐち》で言うと、

「うんじゅー、なかなかうびゅんがふぇーさいびーんやー（あんた、なかなか覚えが早いね）」

浅黒い肌に太い眉の腕の毛が目立つ、五〇代くらいの男が笑ってみせた。

一団は東京や大阪への出稼ぎ組で、別々に郷里を離れたのだが、帰省する折には示し合わせていっしょに帰るのだという。この三日間、那覇へと向かう船上で、充太郎は彼らとともに過ごしていた。生来、人好きのする性格で、すっかり彼らの輪のなかに溶け込んでいた。

充太郎は、子どもの頃から耳が良いとよく褒められた。おかげで言葉のイントネーションをつかむのも早い。沖縄の盛り場や名物料理を教わったり、島唄を聞かせてもらったりして、盛り上がっているうちに、まもなく那覇港に到着するというアナウンスが流れてきた。

「いろいろお世話になりました！」

充太郎は一礼してトランクを手にすると、下船する乗客の流れへと向かった。

――が、思いとどまって一団を振り返ると、教わったばかりの沖縄方言でこう言った。

「ぐすーよー、けーたんなー（みなさん、おかえりなさい）」

「にふぇーでーびる。うんじゅも、しぐとぅちばりよー（ありがとう。あんたも仕事がんばってな）」

一団は笑顔で手を振りながら、充太郎を送り出してくれた。

琉球警察の入域管理所で、総理府が発行した身分証明書を提示してから、海外渡航なみの面倒な手続きを済ます。持ってきた円を沖縄での法定通貨となる米軍発行のB型軍票――いわゆる、B円に換金した。すべて終えると、ようやく沖縄の土を踏んだ気分になった。

午前九時――、強い日差しと乾いた空気が、本土とはまるで違う気配をはらんで、半袖シャツ姿の充太郎を迎えるように、肌にからみついてきた。

港から三輪トラックを改造したタクシーを拾って、那覇市街を目指した。

単気筒エンジン特有のパタパタ音が、騒々しく車内に響き渡る。

タクシーは左ハンドルである。道路も右車線である。往来に立ち並ぶ店々の看板にも横文字ばかりが目につく。速度標識もマイルで示されている。時折、米軍の軍用トラックとすれ違う。第二次世界大戦での沖縄戦から十一年、戦後沖縄のこれが実態だ。やはり、ここはまだアメリカ領土なのだと、あらためて充太郎は実感した。

那覇市街の目抜き通りである国際通りには、柳の街路樹が植えられている。せめて、日本的なる情緒をとでもいうのであろうか。「銀座の柳」ならば、西条八十《さいじょうやそ》の唄の歌詞にもあるが、日本離れした風景のなかに柳はどうにも落ち着かない気がした。パタパタ音が五月蝿《うるさ》いなか、このあたりに金物屋がないかと運転手にたずねる。教えてもらったあたりで、タクシーを降りた。

商店街を歩いていると、沖縄住民《うちなーんちゅ》以外にもやはり米兵の姿が多く見受けられる。休日らしき米兵と腕を組んで歩く地元女性の姿も見かけた。似たような光景は、ＧＨＱ占領下の本土でもよく見られた。望むと望まざるとに関わらず、女性の生命力には敬服する。途中、迷いかけて何度か通行人に道を聞き、ようやく目的の金物屋を見つけた。「与那嶺《よなみね》金物」という看板が掛けられている。

建築資材を並べた店先から薄暗い店内に、「ちゃーびらさい（ごめんください）」と声をかけると、返事の代わりに店の奥でもっそりと人影が揺れた。充太郎が足を踏み入れてゆくと、薄暗がりの人影がこちらを振り返る。浅黒い顔から白目だけが光って、ぎょろりとこちらを見つめていた。店主であろう、四〇代くらいの男であった。

「うしぐとぅちゅう、わっさいびーん（お仕事中、すみません）。実は、大阪から来た金物問屋ですが、こちらの建築事情を勉強さしてもろうとります。店内を見さしてもろてもええですか」

店主の白く光る目がわずかに動いて、好きにしろとでもいうように店内を促した。客ではないと分かったので、店主は対応に立つこともなく、奥で腰掛けて新聞を読み始めた。

手にしたトランクを店の隅に置かせてもらい、店内の棚を物色した。家づくりに必要なものはひととおり取りそろえられているが、どれも量的には少ない。在庫を出していないというよりは、あるものはこれだけというようだ。これだけ復興を遂げたようでも、物資の供給すら充分ではない。アメリカがもたらした文化の発展がある一方で、この土地は今でも戦後の貧しさを引きずったままなのであろう。

店主のかたわらに置かれたラジオからは、在沖米軍向けの英語放送KSBKが流れている。軽快なディスクジョッキーの紹介で、アメリカの最新ヒット・ナンバーがかかった。エルヴィス・プレスリーの『ハートブレーク・ホテル』だ。

「このあたりは台風が多くて、木造建築には難儀な土地柄とお聞きしました。大工さんも大変でっしゃろな」

実をいえば、こちらの住宅事情も、ある程度は頭に入れてあった。

戦争でおよそ一〇万戸の民家を焼失した沖縄では、米軍によって応急規格住宅（キカクヤー）七万戸が被災者に供給された。しかし、木造の骨組みをテントや茅で覆っただけの家屋は、台風の影響で長持ちはしなかった。昭和二五（一九五〇）年、米軍政府が民間に資金を貸し出す、「琉球復興金融基金」が始まり、〝復金住宅〟と呼ばれる木造瓦葺き住宅が普及したが、やはり台風被害やシロアリ被害が絶えず、あっという間に傷んでしまう。元来、木造建築に適さない土地柄のようで、最近はコンクリート造の家が増えているらしい。いずれにせよ、理想的な住環境の実現が、島民にとっても必須課題ではないか。それが、充太郎が沖縄に来た理由の一つでもあった。

ひととおり店内を物色した充太郎は、トランクから取り出した菓子折りといっしょに自分の名刺を店主の前に置いた。名刺には、「松倉金物株式会社　貿易部　松倉充太郎」と記してある。

「しばらく、こちらにおるつもりですので、また寄らせてもらいます。これ、大阪名物の粟おこしです。お口にあえば、召し上がってください」

充太郎は長身を折り曲げるように、深々と一礼して店を出た。

結局、店主とは一言も言葉を交わせなかったが、それでもかまわない。焦ったらあかんと気を引き締めて、次の金物屋を目指して商店街を歩いた。

この日は、全部で五軒の金物屋をまわって歩いた。どこの店も対応は一軒目とさほど変わらないが、追い払われなかっただけでもましであろう。

国際通りでホットドッグを食べてから、那覇市内にとってあった旅館に着いたのは、夕方四時前であった。素泊まりなので、あとは自由気ままだ。

六畳の部屋には、布団が敷かれ、扇風機が一台置かれていた。

共同浴場で旅の疲れをほぐすと、部屋に戻ってランニングとパンツ姿になって、扇風機の前に座った。買ってきておいたバナナを房から一本ちぎって、それをアテにしながら、バドワイザーを瓶からラッパ飲みする。酵母の苦味と炭酸の刺激が、バナナのほどよい甘さと相俟《あいま》って、絶妙な味わいで口中《こうちゅう》を満たしてくれる。ごろりと布団に寝転がると、手帳を開いて今日まわった金物屋と首尾を鉛筆で書き込んでゆく。とりあえずは、一、二週間、この土地で粘るつもりでいた。会社にいたところで、さして重要な仕事もないのだ。

大学を卒業して、平社員として父の会社に入社した。

五人姉妹の男一人で育ったせいか、男らしさを身につけさせるという母、せいの意向で、幼い頃から剣道を習わせられた。武張った態度が身について、六郎に「腰が高い。お客さんには、深々と頭を下げなさい」と注意された。「相手が馬鹿でも頭下げないかんのですか」と生意気な口をきくと、「お商売に頭を下げるんや」と叱られた。

ろくな仕事も与えられず、地方の集金ばかり行かされた。父にしてみれば、得意先をしっかり頭に叩き込ませるという意図があったのだろう。どこの土地でも充太郎を手厚く迎えてくれたが、たぶんそれは六郎の後継者だからに過ぎない。社内の空気も同様で、六郎を見て、学び、踏襲すればいい、余計なことをしてくれるな、という空気が蔓延していた。充太郎には、それが耐えられなかった。

しかし一方で、自分に何ができるのか。そんなことを考えながら悶々とする日々が続いた。自《おの》ずと仕事もサボりがちになり、外まわりと称しては、好きな寄席《よせ》で時間をつぶすことも増えていった。

ことのきっかけは、一と月前。ひょんなことから訪れた――。

その日の高座《こうざ》は、桂米朝《かつらべいちょう》。最近、ラジオのディスクジョッキーでも売り出し中の若手落語家である。演目は、『親子茶屋』であった。

あるお店《たな》の若旦那がお茶屋遊びに呆けていると、親旦那にきつく叱られる。ところが、叱った親旦那も大の遊び好きで、息子までが遊び呆けては身代《しんだい》が傾いてしまうと案じてのことだった。親旦那がお茶屋で「狐つり」という、目かくし鬼に興じていると、性懲りもなくやって来た若旦那が、目かくしで加わる。互いに目かくしを解いたところで親子と分かり、気まずい親旦那は、「せがれやないか！　必ず、博打はならんぞ」と虚勢を張ってみせる。

放蕩《ほうとう》息子の若旦那にも、二代目なりの屈折があったのだろうと、同じ立場になってみるとよく分かる。しかし、親旦那はうちの親父さんとはまるで正反対やなと思った。六郎さんときたら、丁稚奉公が長かったせいか、質素倹約を絵に描いたような人物で、遊びにまるで興味がない。充太郎が幼い頃も仕事一途で、いっしょに遊んでもらった記憶もない。親父さんと俺が「狐つり」に興じることは、天地がひっくり返ってもあるまい。

「……うちの親父さんも、こないに遊ぶ人ならよかったのに」

思わずもらした言葉に、前の席にいた頭巾のおっさんがこちらを振り返った。

「あんた、おもろいこと言うな」

羽織に着物姿の品のあるたたずまいは、道楽好きな商人の若旦那であろうか、歳は充太郎とそう変わらないだろうが、妙に貫禄がある。

よかったら一杯いこか、と気安い感じで誘われて、いそいそとついていった。米朝の話で盛り上がり、『親子茶屋』にからめて六郎の愚痴をこぼした。男はふむふむと頷きながらも、「親父のふんどしで相撲を取っとるうちはあかんやないか。あんたらしいふんどしはないのかいな」と、充太郎に苦言を呈した。

「どこにいっても親父さんの評判ばかりで、わしのふんどしなんぞさらす土俵はないですがな」

「そんならいっそ、海外でも行ってみたらどうや」

なるほど、海外か。わしらしいふんどしといえば、せっかく学んだ英語やないか。つまり貿易や、と思案していると、となりの客が飲んでいた泡盛が目に留まった。

そこで充太郎はひらめいた。

――あるやないか、国内にもまだ親父さんが行ってへん場所が！

「おっちゃん、おおきに。まだありましたわ、わしの行けるとこが！」

矢も盾もたまらず勘定を置いて去りかけたところで、自分の話ばかりしていて、男の名前すら聞いていなかったことを思い出した。

「おっちゃん、名前は――⁉」

「おっちゃん、おっちゃんて、そんなに歳変わらんがな。なんぞ用があったら、薬師寺においで。高田好胤《こういん》いう坊主や」

そう言うと、好胤が頭巾の下の坊主頭をつるりとなでて笑ってみせた。


充太郎は、その足で印刷所に駆け込んで、六郎に断りもなく貿易部の名刺を発注していた。それから一と月のあいだ、密かに渡航のためのややこしい手続きを済ませて、会社に有給届けを出すと、トランクのなかにサンプル品とカタログを詰め込んで、単身、沖縄にやって来たのだ。

手ぶらで帰るわけにはいかん。ここがわしの正念場や。

大きくあくびを一つすると、押し寄せる睡魔にそのまま寝入ってしまった。

三

「お客さん、内地のまーからめんそーちゃが？（本土のどこからおいでなさったんですか？）」

二〇代前半であろう、沖縄特有の彫りの深い目鼻立ちに、笑うと口元から八重歯がのぞく。ジーパンにTシャツ姿で長い髪をバンダナで束ねている。水商売の匂いがあまりしない女性であった。

沖縄方言で話していたつもりが、いつのまにか関西訛りが出ていたようだ。

「大阪ですのや。昨日、着いたばっかりでこっちのことよう分からんさかい。いろいろ教えてもらおう思いまして」

地元の人間と親しくなるにはまず飲み屋からというのは、集金で地方まわりをしていたときに身につけた知恵だ。二日目も金物屋まわりをしたのち、那覇の歓楽街、桜坂に足を向けた。「BAR SUNSET」のドアを「はいさい（こんばんは）」とくぐると、カウンター席と、テーブル席二つほどの小さな店内は、五、六人の客でにぎわっていた。常連客のお目当てだろう、三〇代半ばくらいのサマードレス姿のママが、艶やかな笑顔で接客している。充太郎の相手は、ママの代わりに、カウンター越しに洗い物をしていた彼女がしてくれていた。

「観光？　お仕事？」と、八重歯の娘が聞いてくる。

「どっちもですわ。そうや、ガイド料払うから、きみ案内してくれへんかな」

「ふふ、わたしも田舎もんやちねー、那覇のことはよー分からんのさ。でも、首里城も戦争で燃えちゃったし、なんもないさー」

旅先でかわいいガイドさんでもついてくれたらという淡い下心は、軽くいなされてしまった。

仕事を聞かれて、建築金物について簡単に説明すると、先ほどとは打って変わって興味を抱いたのが意外だった。今まで自分の商売に関心を抱く女性と、会社以外で出会ったことがなかったからだ。

「わたしの田舎、大工さんが多いところでや。けっこう那覇にも出稼ぎに来てるのさー。それに、今は建築ラッシュだから」

「そうみたいやね。それで僕も本土から。家を造るには、建築金物が入り用やろと」

そうと分かれば話が早いと、充太郎は本題を切り出した。

「なあ、きみ、金物屋さんや建材屋さんの常連さんがおったら、紹介してくれへんかな」

「わたしはバイトやちねー、ママさんなら――」

八重歯の娘が答え終わるか否かのうちに、

「おう、あんた、内地のセールスマンか！」

と並びのカウンターで一人飲んでいたかりゆしを

着た若い男が、ぐいとこちらに身を乗り出してきた。浅黒く焼けた肌に、大きな目と長い睫毛が印象的だ。どう見ても、充太郎よりは若い。端正な顔立ちだが、右頬には何かで切り裂かれたような疵痕《きずあと》があり、皮膚が引きつっている。

「このあたりは俺の縄張りさ。でかいツラされちゃ困るな」

「いや、別にそんなつもりは。ひょっとして、ご同業でっか?」

男は、くちゃくちゃと口中で何かをずっと噛んでいる。ガムにしては、やけに粘っこくて生臭い匂いがした。沖縄にもこの手の愚連隊がいたのかと、充太郎は油断していた自分を呪った。

「俺は、あんたより手広くやってる。酒も煙草もアロハも売るし、家を建てる材木だって売る。要するに、オールマイティーなセールスマンさー」

そう言うと、男は空になった自分のグラスの代わりに、充太郎が飲んでいた泡盛のロックをつかむと、勝手にぐびりと飲み干した。

「よしなよ、えいこー」

八重歯の娘が男に注意した。

「うるせーぞ、りん。男の話に女が立ち入るな。だいたい、なんでわざわざ大阪くんだりから金物売りに来なきゃいけねーんだ」

「欲しくても手に入りにくいもんを、適正な価格で売るためです」

喧嘩をするつもりなど毛頭ないが、ここで怯んでしまっては、反《かえ》って弱みを見せる気がした。

「何が言いたいんだ」

「こっちではいまだに物資の供給が足りず、米軍の横流し品や、台湾や香港からの密貿易に頼っとると耳にしました。そうした商品は、自《おの》ずと値段も高うつきます」

男の商売も、おそらくはその類いであろう。充太郎の言葉にあからさまな嫌悪感をにじませた表情を浮かべた。

「俺のこと言ってんのか。こっちは身体張って商売してるんだ」

「あなたの商売にケチをつける気はありまへん。ただ、建築金物にかぎっては、在庫を抱えとるうちのほうが、早《はよ》う安うご提供できると言うたまでです」

「やっぱり、縄張り荒らしじゃねーか」

「いいかげんにしな、えいこー!!」

出し抜けに、鋭い女性の声が割って入った。店内の接客をしていたママである。

「この店はあんたの縄張りじゃない。わたしの縄張りさー」

「いや、姉ちゃん、そういう意味じゃないさー。内地から来た野郎にでかいツラされたら、島人《しまんちゅ》の恥だろうが」

「何が恥さー。てーげー、タダ酒飲んでるあんたこそ、でかいツラするんやあらんさー」

「なんで、俺が怒られなくちゃいけねーんだ。お前のせいだぞ」

と男の矛先がいきなり充太郎に向けられたが、その頭を思いきりママがはたいた。

「そのくちゃくちゃやってるミミガー(豚の耳)の燻製も、いいかげん出しな。つまみ代もケチって情けないさー!」

男は、舌打ちしてからミミガーを吐き出すと、「あぎじゃびよー(こんちくしょう)!」と言って、店を出ていってしまった。

「お客さん、馬鹿な弟が不愉快な思いさせて、わっさいびーん(ごめんなさいね)」

呆気にとられている充太郎に、ママが頭を下げた。

「いえ、僕もはしゃぎ過ぎましたわ。ほかのお客さんにもご迷惑おかけして、すみまへん。出直してきます」

「そうですか。じゃあ、またいらしてね」

充太郎が店内の客に頭を下げてから、財布を出してママに会計を済ませた。

それから、八重歯の娘に向き直って、

「巻き込んでしもうて、堪忍な」

「わたしは全然、なんくるないさー(大丈夫だよ)」

と、彼女は慣れっこのように、コップを磨きながら平然と答えた。

店を出てから、今夜は素直に宿に戻ろうと歩いていると、後ろから「お客さん、ちょっと待って」と、八重歯の娘の声が追いかけてきた。

立ち止まって、息を弾ませながら追いかけてくる彼女を待った。

「お客さん、さっきの話だけど、お詫びに明日付き合うから――」

彼女の小ぶりな胸元が、呼吸とともに大きく波打っていた。

「え、気ぃ使わせてもうて、堪忍な」

「この通りに桜坂琉劇って映画館があるんだけど、明日の朝一一時にそこで」

去りかけた娘が、

「そうだ。お客さん、名前は――？」

と、聞いた。

「松倉充太郎いうんや」

「わたし、安座間《あざま》りん。あちゃーやーさい（また明日ね）！」

そう言うと、りんは笑顔を残して、夜の歓楽街へと引き返していった。

翌日、充太郎は時間よりも一〇分以上早く、桜坂琉劇の前に着いて待っていた。

窓口には、入場客の列ができている。上映している作品は、大阪で数ヶ月前に公開された洋画で、ちょうど次の上映回が近づいていた。

それにしても、映画館で待ち合わせだなんて、なかなか積極的な娘じゃないか。いっしょに映画を観たあとはどこを案内してもらおうか、と充太郎は期待に胸をふくらませていた。

開演ベルが鳴り響くなか、劇場に入っていく観客の波がいったん引けると、窓口から、「松倉さん」と呼ぶ声がした。不思議に思って、覗き込んでみると窓口から、りんがこちらに手を振っていた。昨日の服装とは打って変わって、事務服姿であった。あらん期待をしてしまった自分が恥ずかしくなった。

「なんや、ここで働いてたんか」

「こっちが本業。お客さん引けたから、中に入ってきてもいいよ」

言われるままに、扉から劇場のロビーに入ると、窓口へと通じる脇のドアが開いて、りんが顔を出した。「入ってきて」と、ドアの中に案内されて、そのまま窓口の奥に通されると、事務用デスクと応接セットが置かれた事務所があった。

正面のデスクに座っていた、白髪交じりの中年男が笑顔で立ち上がった。

「おはようございます。りんちゃんから聞いたけど、わざわざ大阪からいらっしゃったそうで」

誰何《すいか》するようなまなざしをりんに向けると、彼女が答えてくれた。

「小屋主の国城《くにしろ》さん。この桜坂通り会の会長さんなの。ほら、昨夜、金物屋さんや建材屋さんのこと聞いてたでしょ。ここらのことなら、国城さんがいちばん詳しいさー」

てっきりガイドを務めてくれる話かと思ったら、そっちのことだったか、とようやく合点がいった。どっちにしても義理堅い娘だ。

「りんちゃんもわたしも、北部の大宜味村《おおぎみそん》出身でね。実は、昨夜、松倉さんにからんだ宮城栄公《みやぎはるきみ》も同じ村出身なんです。わたしらはえいこーって呼んでますが、あれがご迷惑おかけしました。まあ、座ってください」

国城に促されて充太郎がソファに腰掛けると、国城もデスクを離れて充太郎の向かいに腰掛けた。

「このあたりは、国城さんを頼って大宜味村から来る人も多いのさー。わたしもその一人」

りんが出してくれたお茶に口をつけてから、国城が話し始める。

「大宜味村は、海に近いこともあって、船大工が多い土地でね。戦後の沖縄復興で、構作隊《こうさくたい》として腕のいい大宜味大工《うじみぜーく》が大勢、那覇に駆り出されたんです。作業が終わって、那覇に居ついたもんも多いんですわ。えいこーも、若いけど腕のいい大工だったんだけどねー」

「何かあったんですか？」

「あの気性でしょ。棟梁とやりあって、顎の骨折るぐらい殴っちまったんです」

「ああ、僕も危機一髪でしたわ」

昨夜は、あの男の姉がいてくれて助かったと、今さらながら胸をなでおろした。

「まぁ、えいこーのことはともかく、村出身の大工の知り合いも多いから、建材屋や金物屋もいくつかご紹介できると思いますよ」

「ありがとうございます。ホンマに助かりますわ」

充太郎は、国城に深々と頭を下げた。

「実はわたしも、疎開で大阪に住んでた時期がありましてね。あっちで新聞記者やってたんです。当分、こっちにいるようなら、懐かしい大阪の話でも聞かせてください。あらためて一杯いきましょう」

「よろこんで、お付き合いさせてもらいます」

充太郎は人懐っこい笑顔を浮かべてみせた。

国城との話を終えると、りんが劇場の外まで見送ってくれた。

「りんちゃん、ホンマにおおきにな」

「わたしは、たいしたことしてないさー。それより、はるさん、あ、ママがね、懲りずにまた来てくださいって。えいこーは、しばらく出入り禁止にするって」

「それも可哀想やな」

「いいのよ、あいつが悪いんだから。本当に危なっかしくて」

「みんなが代わりに頭を下げるってことは、愛されてるんやなと思うたわ」

「美化し過ぎさー。いつまでこっちにいるの？」

「一、二週間てとこかな。そのあいだに、国城さんのお力をお借りして、しっかりこっちにパイプをつくっていこう思うとる」

「ちばりよー」

頑張って、という意味の沖縄方言が、りんの口から発せられると、爽やかな鈴の音のように響いてきた。

「その言葉、好きや。心から闘気が湧き上がってくる。ほな、今日も金物屋まわりしてきます！」

りんに手を振ると、充太郎は軽やかな足取りで駆け出していった。

四

充太郎が初めて沖縄の土を踏んでから、半年が過ぎた――。

「松倉くん、今夜はぐわっちーさびたん（ごちそうさま）。にふぇーでーびる（ありがとう）」

上機嫌で泡盛の盃に口をつけながら、与那嶺《よなみね》が充太郎に礼を言った。初めて会ったとき、薄暗がりのなかでぎらりと光っていたあのまなざしに、温かみのある光が宿ってみえる。実際は、あのときと何も変わっていないのだろうが、充太郎の目にはそう映ってみえた。

与那嶺は、充太郎が沖縄に来て初めて飛び込んだ金物屋の主人である。

一言も言葉を交わさず、立ち去ったあの日のことを思えば、こうして那覇の料亭で盃を酌み交わす日が来ようとは感無量の思いであった。

座敷には、与那嶺以外にも、五、六人の金物屋や建材屋の主人たちが集まっていた。今夜は、充太郎が開いた地元金物屋と松倉金物との忘年会であった。


半年前、飛び込みで入った店に加えて、国城の紹介でいくつかの金物屋や建材屋を紹介してもらい、それぞれの店に日参した。そのあいだに、来店客の傾向や商品の動きを観察し、経営者の家族周りや趣味についても、分かるだけの情報を集めた。ようやく経営者の人となりが分かり、世間話ができるようになったところで、商品のサンプルを配った。取引はもちろんB円で応じる。ゆくゆくは長くこちらでお付き合いいただけるよう、沖縄営業所を立ち上げ、常に在庫を確保するつもりだとも告げた。桜坂琉劇の国城とお礼がてらに、「BAR SUNSET」で、ママのはるとりんを相手に盃を酌み交わした。そこまで足掛かりをつくったうえで、いったん帰阪して、六郎に貿易部の立ち上げを進言した。

六郎は息子の独断に渋面を浮かべ、「昔からせん・みつ言うて、千の引き合いで商売になるのは三つぐらいや。貿易なんて、そううまくいくかいな」と言いながら、充太郎の進言を承諾したうえで、こう念押しした。

「先さまにご迷惑かけるわけにもいきまへん。仮部署として認めます。ただし、三月《みつき》や、そのあいだに注文が来なんだら、即解散や。よろしいな」

営業部から二人の部下を借りるかたちで、社内に仮部署を置いた。

もちろん、沖縄からの発注を待っているだけではなく、台湾、シンガポールはじめ、東南アジア諸国にも販路を開拓すべく、外務省に務めるかつての学友のツテで、海外ルートを当たったり、部下とともに渡航してセールスをかけたりと、できるかぎりのことはした。しかし、六郎の言ったとおり、貿易はまさにせんみつであり、ふた月が過ぎても、一日中、閑古鳥が鳴くありさまであった。

沖縄には月に一度は足を運んでいた。商談目的もあったが、そのためだけではない。この土地に来ることで、充太郎は日常のくびきから解放されるような気がした。六郎の評判も知らないこの土地ならば、二代目として比較されることもない。つまり、ありのままの自分でいることができたのだ。このまま貿易部が解散したら、もう気軽に足を運ぶこともあるまい、と少し寂しい気がした。

六郎との約束の期日が迫った頃、昭和三一年台風一二号――エマ台風が沖縄を直撃した。

沖縄では戦後最大といわれた台風の襲来で、多くの家屋が倒壊した。

翌日、電話が通じて、りんや、はるや、国城の安否を確認できてほっとしたところへ、貿易部の電話が次々に鳴り始めた。与那嶺金物はじめ、沖縄の金物屋や建材屋から大量の釘や建築金物の注文が入ったのだ。

充太郎は釘を大きな樽に詰めて、そのほかありったけの在庫商品をかき集めると、自らも沖縄に渡った。台風被害の爪痕も生々しい那覇市街を長靴を履いて、商品を届けるためにひたすら奔走した。

すべての配送を終えて、那覇市街の宿から報告を入れた充太郎の電話に、六郎が手短かに答えた。

「困ったときはお互いさまです。商品は掛け売りでかまわんさかいな」

電話を切ろうとした充太郎に、「ああ、それからな――」と六郎の声が呼び止めて、こう告げた。

「これからも気張りや」

一瞬、虚を衝かれて、何を言われたのか分からなかった。六郎の言葉の意味に気付いたときには、もう通話は切れていた。

受話器を置いた瞬間、知らずと充太郎の目から涙が溢れ出していた。

認めたのや……。

六郎さんが、わしのことを初めて認めたのや。気づいたら、宿屋の廊下で声をもらして泣いていた。

この一件で貿易部は一命をとりとめた。充太郎と沖縄の金物屋との結束も生まれた。機運であろうか、沖縄の商談がうまくいった途端、東南アジアでの商談も進み始めた。その感謝の思いが、今夜の忘年会に繋《つな》がったのだ。

「松倉くん、お返しにわしから一曲、歌を贈りたいんだが」

与那嶺が、泡盛で上気した顔でそう言った。

「ぜひ、お願いします」と充太郎が答えた。

与那嶺は、仲居から三線《さんしん》を貸してもらうと、それを弾きながら歌い始めた。

「〽汗水ゆ流ち　働ちゅる人ぬ
　心嬉しさや　他所《よそ》ぬ知ゆみ
　他所ぬ知ゆみ　ユイヤサーサー
　他所ぬ知ゆみ
　シュラヨ　シュラ　働かな」

〽心若々と　朝夕働きば
　五六十になてん　廿才《はたち》さだみ
　廿才さだみ　ユイヤサーサー
　廿才さだみ
　シュラヨ　シュラ　働かな」

そこにいる同業者たちも、皆手拍子で「シュラヨシュラ　働かな」と合いの手を入れた。充太郎も手拍子で合いの手を入れた。

「汗水節《あしみじぶし》といって、沖縄の労働歌さー」

「ええ歌ですね。魂に沁みわたります」

「他所ぬ知ゆみとは、額に汗して働くもんの喜びは、他人《ひと》には分からん、ましてや、他所からきた商人や支配者には分かるわけがない、という意味さー」

与那嶺の説明を聞いて、充太郎の表情から笑顔が消えた。他所から来た商人とは、まさに自分のことではないか。

「沖縄は、何度も何度も、他所もんに支配されてきた島だ。琉球の頃は薩摩、戦中は日本軍、戦後は米軍。そんななかで、わしらが信じられるのは、汗水ゆ流ち働ちゅることだけさ」

やはり、俺も他所もんでしかないということか、と充太郎は酔いが覚める思いがした。ところが、与那嶺は続けてこう言った。

「しかし、充太郎くんは違う。あんたはよう粘ってくれた。何度も何度もこの土地に足を運んで、商売のことより、わしらやこの土地のことを懸命に知ろうとした。災害のときには、真っ先に駆けつけて、汗水ゆ流ち働いてくれた。だから、この歌をあんたに贈りたい。あんたも、他所ぬ知ゆみ、を分かち合った仲間さー」

与那嶺の言葉に、ほかの金物屋の主人も、みな頷いてみせた。

充太郎は、与那嶺の言葉を噛み締めながら、ただ深々と頭を下げた。

夜八時から始まった宴は、一一時を過ぎても盛り上がっていた。そのまま二次会のスナックへと流れて、ようやく散会となった頃には、もう深夜一時を過ぎていた。

一人になったらゆっくり、「BAR SUNSET」に足を運ぶつもりでいたが、店もそろそろ閉店だ。今夜はおとなしく帰るとするか、と三輪タクシーを呼んで宿に向かうことにした。

桜坂通りからほど近い通りを、充太郎がタクシーで走っていると、目の前をショルダーバッグを提げたりんが横切った。

店を終えて帰るところであろう。ちょうどいいところへ通りかかった。

運転手に、りんが向かった方向へ曲がるように伝えた。

このあたりは明かりも少なく薄暗い通りである。なんなら家まで乗せていってあげようかと、声をかけようとしたところで、タクシーより先に、りんが来た方角から前を走ってきた駐留軍のジープが、りんと並走するように徐行しだした。充太郎は運転手にちょっと止まってやと声をかけて、りんたちの少し後ろでヘッドライトを消して車を停めてもらい、様子をうかがった。

ジープを運転している白人の米兵が、りんに何やら声をかけているようだ。

おおかた、送ってやるから車に乗れ、とでも誘っているのだろう。

りんは、「ノーサンキュー」というように、手で払うような仕草で歩き去ってゆく。しかし、米兵はジープを徐行させながら、りんになおも声をかけている。

「お客さん、ちゃーすがやー（どうしますか）？」

運転手が焦れたように、充太郎に声をかけた。

「ああ、そうやな」

充太郎が迷っているあいだに、ジープがハンドルを路肩に切って、りんの行く手を遮るように止まった。誘いに乗らないりんに業を煮やしたようだ。

「運転手さん、ジープの後ろに近づいてや」

しかし、運転手は車を発進させる代わりに、あからさまに迷惑そうなため息を吐いた。

「勘弁してください。基地の連中とはもめたくないんです」

薄情に聞こえるが、これがこの土地で生き抜く知恵なのだろう。運転手を責めたところで仕方がない。すまんかったな、と充太郎はB円で支払いを済ますと、タクシーを降りて、りんのそばへと駆け寄っていった。その横をタクシーが走り去ってゆく。

ジープを運転していた米兵は、運転席から降りると、りんの腕を強引につかんだ。そこへ、駆けつけた充太郎が割って入って、米兵の手を振り払った。

「彼女になんの用ですか？」

充太郎が英語で話しかける。

「充さん！　助かったわ、さっきから飲みに行こうってしつこくて」

充太郎の姿を見た途端、りんの表情に安堵の色が浮かんだ。

「この女の恋人か？」と米兵も英語で充太郎に返した。ひょうたんのような顔をした白人であった。吐く息が、かなり酒臭かった。

「そうだ。分かったら帰ってくれないか」充太郎はそう答えた。嘘も方便である。しかし、米兵は引き下がる様子もない。

「だったら、シェアしようぜ。俺もこの娘が気に入ったよ」

「あんたみたいな男がいるから、沖縄の女は泣きを見るんだ」

カッときた米兵が、りんの前に立ちはだかった充太郎を押し退けようとした。その腕をつかんだ充太郎に、米兵のもう一方の拳が腹部をえぐるように打ち込まれた。ボクシングの心得があることは明らかだった。

充太郎がくの字に身体を折って、道路沿いにある雑貨屋のシャッターにぶち当たると、反動で店の前に置かれたブリキのゴミ箱と箒《ほうき》やちりとりといった掃除用具が崩れて充太郎に倒れ掛かってきた。

そのあいだに、米兵はりんの腕をつかんで、強引にジープに引き込もうとする。

「いいかげんにしてよ、女をなんだと思ってるの！」

りんが米兵の脛《すね》を思いきり蹴り飛ばした。

「うっ」と、今度は米兵が呻いている隙に、りんがうずくまっていた充太郎に駆け寄った。

「充さん、大丈夫？　立てる？」

「大丈夫や」と、ようやく身体を起こした充太郎が、りんの背後に立つ米兵を見て息を呑んだ。米兵が脛を押さえたまま、軍服の胸ポケットからポケットナイフを抜き放ち、りんに迫っていた。

「Then, I'll make your face never invited to the party again?（そんなに嫌なら、誘われない顔にしてやろうか？）」

脅しのつもりか、本気なのか、ナイフを持った米兵の手がりんの肩をつかんでぐいと引き寄せた。

刹那——、りんの視界に何かがよぎったかと思うと、ごきっと鈍い音が響いて、ナイフが路上に転がった。

立ち上がった充太郎が、拾い上げた箒の柄で米兵の手首を打ち据えたのだ。剣道五段錬士の腕前は伊達《だ て》ではない。見事に決まった小手打ちに、米兵はナイフを握っていた右手首を押さえ、路上をのたうち回っていた。たぶん、手首の骨にひびが入ったのだろう。剣道を実戦に使うことは禁じられているが、非常事態だ。やむを得まい。

「堪忍な。せやけど、刃物は絶対あかん」

充太郎は箒を投げ捨てると、腹部の痛みにこらえながら、りんの手を取ってその場から駆け出していった。

五

りんの住むアパートは、桜坂通りからそう遠くない、やちむん通りを脇に入ったところにあった。二階建てアパートの外階段を上ると、りんに促されて彼女の部屋に上がった。四畳半一間の狭い部屋の中央に卓袱台《ちゃぶだい》があり、あとは腰丈くらいの茶箪笥、そして鏡台が置かれた質素な部屋であった。

りんが流しの水道で冷やしたタオルを持って戻ってきた。

「脱いで」と言われて、一瞬、充太郎はどぎまぎした。

「冷やさないと。さっき殴られたところ」

ひょうたん顔の米兵に、腹を殴られたことを心配しているのだ。

充太郎は着ていたジャケットとYシャツを脱ぐと、ランニングシャツ姿になった。ランニングの裾を、りんがいきなりまくり上げた。

「ほら、やっぱり赤くなってる。これで冷やしておいて。コーヒーを淹《い》れてくるから」

「ええよ、コーヒーなんて豆落としたり面倒やろ」

と充太郎が言うと、

「今はインスタントさー。米軍の横流し品」

そう言って、台所に戻ってゆく。

「へえ、インスタントかいな。ほな、ご相伴に与ります」

室内をあらためて見渡してみても、壁に一枚、オードリー・ヘプバーン主演の『麗しのサブリナ』のポスターが貼ってあるだけで、鏡台以外はこれといった女性らしい装飾品もなく、質素なものだ。しかし、不測の事態とはいえ、こんなかたちで、りんの部屋に上がることになるとは思いもしなかった。

しばらくすると、りんが二つのコーヒーカップにコーヒーを注いで戻ってきた。充太郎が湯気が立ったカップに口をつけると、想像していた以上に深い苦味のある口当たりであった。

となりに座ったりんが、充太郎が冷やしていた腹のあたりを覗き込んで、痛ましげな表情を浮かべる。

「病院行ったほうがいいんじゃないかな、やっぱり」

「冷やしとけば治るて。それに、しっかりお返しもしたさかいな」

りんが、ふふっと笑った。

「どうしたんや?」

「充さん、さっきわたしのこと、うむやー（恋人）って——」

「え、聞いてたんか?」

「分かるよ、基地の島に住んでれば、少しくらいの英語は」

「そやったんや。まあ、あれは非常事態やから」

「嘘でもうれしかった」

嘘のつもりはなかった。それも悪くないと思ったのだ。

「ああやって誘われた挙句に、捨てられた娘も知ってるから。だから、沖縄にはあいのこがたくさんいるさー」

「そうなんや」

「もう一度、タオル冷やしてこようか」

タオルを取り上げようとするりんの手と、ええがなと制した充太郎の手が触れて、思わず見合った二人の間に、しばし沈黙が訪れた。ごくりと自分が唾を飲み込む音が、充太郎の頭蓋で大きく響いた。

充太郎の顔が、りんの顔に吸い寄せられるように近づいた。

ばんっ、といきなり至福の時を断ち切るような音を立てて、玄関のドアが開いた。

振り返るとそこに、笑顔の栄公が立っていた。

「なまちゃん（ただいま）、迎えにいけなくてすまなかったな」

充太郎は、一瞬、呆気に取られたが、その視線の先で栄公の笑顔がみるみる険しくなっていく様子がありありと分かった。栄公は靴も脱がずに駆け上がってくると、りんを押し退けて充太郎の顔面めがけて拳を突き出してきた。

充太郎の意識は、そこでぷつりと途絶えた。

＊

「この前は悪かったたな」

左頬に大きな湿布を貼った充太郎に、栄公が頭を下げた。

「もうええて」と充太郎は苦笑してみせたが、殴られたときに裂けた口の中が疼《うず》いて、思わず顔をしかめた。

一昨日の忘年会に参加してくれた得意先にお礼がてら、挨拶まわりをしながら、公約どおり、沖縄営業所をつくるための物件探しを始めていた。その帰り道、「BAR SUNSET」に入ろうとしたところで、外にいた栄公に呼び止められたのだ。

この前、殴り飛ばされた一件があったのでちょっと身を退いたが、栄公は思いのほか神妙な顔つきで充太郎に謝ってきた。

「いっしょに入ろうか。りんちゃん、今日もおるんやろ」

「いや、店に入る前にちょっと付き合ってくれないか」

「ええけど……」

栄公について少し歩くと、街灯もない暗がりに軽トラックが一台停まっていた。栄公が運転席の窓を叩くと、なかから真っ黒い顔が覗いた。黒人のようだ。

「これ、俺のビジネス・パートナーのサムだ」

サムと呼ばれた男が、充太郎に軽く頭を下げた。

今はTシャツにパーカーを羽織っている私服姿だが、基地の横流し品を手配している米兵であろう。

「狭いけど、乗ってくれ」

栄公はそう言うと、充太郎を助手席からサムのほうに押しやるように乗せてから、自分もそのとなりに乗り込んだ。

軽トラックがぼふんぼふんという、不穏な排気音を立てながら発進した。

桜坂通りから首里方面に一〇分ほど走ると、緑深い丘陵に差し掛かった。軽トラックはそのまま人気《ひとけ》のない草むらに入ったところで停車した。

「どこや、ここは?」

怪訝そうにあたりを見回す充太郎の質問には答えず、栄公は持参した懐中電灯を手に助手席のドアを開けて降りると、そのままトラックの荷台に回った。仕方なく、充太郎もあとに続いた。荷台には、シートを掛けられた荷物が載っており、シートの下がこんもりと盛り上がっていた。

その荷物が、いきなりもぞもぞと動きだした。

「え、なんや!」

驚いた充太郎が声をあげると、栄公がシートをめくって懐中電灯で照らしてみせた。

そこには、手足を縛られて、目かくしと猿ぐつわをされた白人が転がされていた。だいぶ殴られたようで顔が腫れ上がっているが、特徴のあるひょうたん顔は忘れようがない。りんに言い寄っていたあの米兵であった。

「こいつに間違いないか」

充太郎が黙って頷いた。白人兵はぐったりとしている。よく見ると、縛られた右手首には包帯が巻かれていた。

「手首を怪我してるって聞いたから、すぐに見つかった。念のためだ。おい、確認できたから降ろすぞ」

栄公がシートを掛け直してから運転席に声をかけると、サムが降りてきて、栄公と二人して、白人兵の身体をシートごと引きずり下ろした。

そのまま、二人は草むらをかき分けて進んでいった。

「なあ、どこへ連れていくんや」

あとを追いかけるように草むらをかき分けてゆくと、栄公とサムがそこで白人兵の身体を投げ放った。

目の前には大きな樹が立っていた。


「えいこーくん、ここで何をするつもりや？」

不穏な予感に、充太郎が恐る恐るたずねた。

「決まってるだろ。りんにしたことのつぐないさ」

栄公が白人兵からシートを剥ぎ取ると、サムがパーカーのポケットからサバイバルロープを取り出した。二人がかりで白人兵を樹に縛りつけていく。

「りんちゃんがそう言ったのか、この男に仕返しをしてくれって？」

「りんには黙ってろよ」

白人兵を樹に縛り終えた栄公が、充太郎に釘を刺すと、ジーンズの尻ポケットからバタフライナイフを抜き出した。充太郎がその手を押さえた。

「見過ごせいうのか。冗談やない、できるわけないやろそんなこと」

「安心しろ。俺一人でやったことにする」

「そういう問題やあらへん。こんなやり方は許されへん言うとるのや」

「いいから、離せ」

「絶対、離さへん！」

「Decide before the first chicken crows.（一番鶏

が鳴く前には決めてくれよ)」

二人の口論を聞いていたサムが、ジッポで煙草に火をつけながら催促した。

「あんたもあんたや。同じ基地の仲間やろ」

充太郎が英語でサムに助け舟を求めると、矛先を向けられたサムは、その言葉に鼻で笑ってみせた。

「仲間――? 俺たちCOLORED《カラード》(有色人種)は、白人を仲間だと思ったことなんて一度もないさ」

聞いた相手が悪かった。南部ではいまだに黒人差別が激しく、選挙権すらまともに与えられていない状況だという。そのくせ、兵役だけは白人と同等に課せられ、先の朝鮮戦争にも出兵させられたのだから、こんな矛盾した話はない。

「白人がみんなひどいわけじゃないが、こいつはろくでなしだ。誰も悲しまない」

「だからって、殺していい法なんかない。ここは戦場とちゃうんや!」

声を荒らげた充太郎に、栄公とサムは驚いたように顔を見交わすと、二人して笑いだした。

「な、何がおかしいんや!」

「殺す? あんたも気が早ぇな。誰が殺すなんて言ったさー?」

「え?」

充太郎の気が緩んだ隙に、彼の手を振りほどいた栄公が白人兵に近づいた。

「俺は、つぐなわせると言っただけだぜ」

栄公は白人兵の穿いたジーンズをトランクスごと一気に引きずり下ろすと、足から引き抜いたジーンズをサムに向かって放り投げた。

ジーンズを受け取ったサムは、パーカーのポケットから出したジッポのオイル缶を開けて、ジーンズにぶちまけると、火を点けたライターで燃やし始めた。

栄公はバタフライナイフを翻して刃を出すと、白人兵の股間に押し当てた。

「態度のわりには、ちいせぇもんぶら下げやがって。さあ、お子ちゃまみたいに丸刈りにしてやるぜ」

栄公のすることが分かって、充太郎は内心で胸をなでおろした。これだって許されることではないが、最悪の事態を思えばいくらかはマシだ。

「今夜はたっぷりここで反省してな。明日の朝には、基地から迎えがくるよう電話しといてやるよ」

白人兵にしっかりおしおきを終えると、栄公はサムと充太郎を促して、草むらを引き返していった。ちょっと可哀想な気もしたが、このひょうたん顔にはいい薬になるかもしれない。

狭苦しい軽トラックで、来た道を引き返してゆく。

丘陵を下っていくと、那覇市街にぽつりぽつりと灯る夜の明かりに目をやりながら、ふいに栄公が充太郎のとなりで呟いた。

「殺し合いなんて、もうごめんさー」

夜景を見るふりをして覗き見た、古傷の残る栄公の横顔は、まだあどけなさを残した少年のように脆く崩れそうにみえた。

桜坂通りに戻ると、栄公は充太郎を降ろしてから、店には寄らないから、あとで迎えにくるとりんに伝えてくれと告げた。去り際、充太郎にこう言った。

「ちゃんと礼を言ってなかったな。りんにもしものことがあったら、あの米兵を迷わずたっ殺《くる》したさ。踏みとどまれたのは、あんたのおかげだ。りんを助けてくれて、にふぇーでーびる」

りんが栄公のことを「危なっかしくて」と言っていた意味がよく分かった。この男は純粋過ぎるのだ。そんな栄公をりんは幼い頃から、そして今もずっと見続けているのだろう。りんに想いを寄せていた充太郎は、殴られた頰の痛み以上に心が疼く感覚を覚えた。

栄公が充太郎に手を差し出すと、充太郎も手を差し出した。栄公がその手を力強く握りしめた。

それから、栄公はサムとともに、軽トラックで走り去っていった。

六

昭和四七（一九七二）年八月――。

「この工場では、県内で使われる上下水道用の塩ビ管のうち、需要の半分ほどをまかなっています」

工場内の機械の音に負けじと、安全ヘルメットを被った作業服姿の背の高い男が声を張りあげて、六郎と将に説明してくれる。この工場を営む琉水化成の専務、仲間勲男《いさお》である。六郎と将も安全ヘルメットを被っており、彼の話に聞き耳を立てて頷いてみせた。

沖縄県浦添市にある、小さな町場の工場である。塩化ビニール樹脂を高温で円筒状に型抜きする押し出し機から、パイプが排出されると、冷却水槽で固められてから、適切な長さにカットされてゆく。カットされたパイプは切り口が磨かれて、すでに加工されたパイプの束の上に重ねられてゆく。工場の入口は常に開放されているが、押し出し機から発せられる高温のせいで、屋内には熱気が充満しており、ライン作業にたずさわる一〇人ほどの工員たちも皆、汗だくで働いていた。

「ここで使っている機械は、充太郎さんが内地から安く買い取ってくださったものです。今のところこの一台なもので、常にフル稼働でして」

工場の見学を終えた六郎と将は、勲男の案内で併設された別棟の事務所に向かった。デスクが三つに応接セットを置いただけで埋め尽くされてしまう小さな事務所では、男が待ち受けていた。黒々とした髪に浅黒い肌、鼈甲《べっこう》の角縁メガネに口ひげをたくわえた長身の男は、まだ四〇代の働き盛りといっても通るほどだが、六三になるという。「親父です」と勲男が紹介した。

「社長といえ、社長と」

勲男をたしなめてから、男が六郎と将をソファに促すと、その向かいに男と並んで勲男も座った。男が名刺を出して挨拶する。

「来客があったもので、工場のご案内にお付き合いできず、すみませんでした。遠路はるばるお越しいただいて、ありがとうございます。あらためて琉水化成の仲間常盛《つねもり》です」

六郎も名刺を出して、常盛に差し出した。

「松倉六郎です。いつもうちの充太郎がお世話になっております。沖縄のことは、すっかりあれに任せておったもんで、ご挨拶にうかがうのが遅うなって、ホンマにすみません」

「それはこちらの台詞です。充太郎くんには何から何まで段取っていただいて、わたしなんか名ばかりの社長ですから」

「そんなことあらしまへん。琉球銀行との取引ができたのは、常盛さんの顔があったからこそやと聞いとります」

「ははは、歳だけは食ってますからな」

常盛が、甲高い声で豪快に笑ってみせる。

六郎と常盛のやりとりを聞いていても、将にはよく理解できなかった。

「こちらは充太郎くんのご子息ですか」常盛が将に目を向けた。

「はい。孫の将と申します」

六郎に紹介されて、将もあいさつした。

「ところで、常盛さん、ここにわたしと将が来たことは、せがれには内密にお願いしたいんですわ。実は、こっちの営業所にも顔を出しとらんのです」

「おや、それはどうしてですか?」

「孫が夏休みの自由研究に、父親の仕事を学ぶというテーマを選びましたんや。充太郎の仕事といえば、やはり沖縄での功績がいちばんやないかと。せやけど、正面切って聞くのは、お互い照れくさいんやないかと思いまして、こっそりと」

常盛に気づかれぬよう、六郎が将に目配せしてみせた。将をダシにして嘘をついたのだ。しかし、あながち間違いではない。一つ違うとすれば、この自由研究は、将と六郎二人の宿題だということであった。

「なるほど。お孫さんのためにひと肌脱いだわけですか。仲の良いご家族ですな。わたしでお役に立てることなら、なんでもお答えしましょう」

常盛に買いかぶられたことが、後ろめたかったのだろう。六郎が、堪忍な、というまなざしを将に向けた。将は、手ぶらで話を聞いてもさまにならないだろうと、リュックから学習ノートと筆箱を取り出した。

「将くん、この工場はきみのお父さんがゼロから立ち上げたんだよ」

「そやったんですか。でも、塩ビ管て建築金物なんですか?」

将は、気になっていたことを問い返した。

「ええ質問や」と、常盛の代わりに六郎が答えた。「塩ビ管は家を建てるとき、給配水のために基礎から必要な建築部材です。沖縄では台風で家が壊れることが多いから、常に必要になる。でも、うちがつくることはせえへん。だから、工場の経営は仲間社長にお任せして、うちは沖縄にかぎり販売代理店業務を行《おこな》っとるとゆうわけですわ」

「なんで、充太郎さんは……、お父さんはそこまで――？」

将の疑問は、至極当然であった。

話の続きを常盛が引き取った。

「うん、その話を将くんに理解してもらうには、少しだけ時間を遡《さかのぼ》らないといけないな。きっかけは、沖縄で戦後最大の水不足といわれた昭和三八年の大渇水だ――」

そういって常盛は、当時のことを将に語ってくれた。

＊

昭和三八（一九六三）年、五月二八日――、燦々《さんさん》と照りつける太陽と入道雲の広がる青空に、渡り鳥のベニアジサシの群れが、クイー、クイーと鳴き声をあげて、悠々と旋回している。

甲板に立った充太郎が、潮風を胸いっぱいに吸い込むと、船体にこびりついた糖蜜の甘い匂いがいっしょに鼻腔からすべり込んできた。

海照丸は、総重量六五〇トン、四サイクル単動トランクピストン型エンジン搭載、全長およそ七〇メートルの糖蜜運搬用の輸送タンカーである。下関港を出航してから、一日半の行程を経て那覇泊埠頭《とまりふとう》を目指していた。

「もうすぐや、もうすぐ届けるさかい、待っとってやぁー!!」

充太郎は逸《はや》る気持ちを抑えられず、思わずそう声をあげた。


この夏、沖縄は七〇数年ぶりという大干ばつの襲来で、深刻な水不足に陥っていた。年頭から著しい低温が続き、あられ、霜柱、結氷《けっぴょう》という異常現象に見舞われる一方、降水量も少なかった。米軍管理下で昭和三六（一九六一）年に造られた瑞慶山《ずけやま》ダムと平山ダムも、連日の日照り続きで、四月を過ぎると貯水量が激減した。農作物への被害も甚大で、さとうきび、パイン、苗代、芋などの凶作が続いた。農家の働き手は、那覇や与那原に出稼ぎに出たという。

そんな窮状は、全国紙やテレビでも報じられていたが、充太郎はかなり早い時期に、得意先の店主たちから電話で聞かされていた。何か力になれることはないかと、いても立ってもいられない気持ちであった。

那覇では、四月半ばから一部地域で時間給水を実施していたが、五月に入ってからは市内全域で夜間の断水を行っている。米軍による人工降雨作戦も期待ほどの効果はみられなかったという。平山ダムは完全に干上がり、飲料水はもとより、風呂やトイレに使う生活用水すらまかなえない状況であった。

沖縄で出会った人たちの顔が、充太郎の脳裡にまざまざと浮かび上がってきた。

水や、一刻も早く水を届けな、沖縄は死んでまう！　じっとしてはいられなかった。とはいえ、充太郎一人の力で解決できるほど、簡単な問題ではない。何かもっと大きな力が必要だ。考えた末、たどり着いた答えは、青年会議所を動かすことであった。充太郎自身、貿易部の仕事のかたわら、三三歳で青年会議所に入会し、今年で三年目を迎えていた。社会貢献を目的とする組織にとって、これほどうってつけの事業はない。ほどなく和歌山県で開催された近畿地区会員大会で、充太郎は緊急議案として沖縄への水の輸送を発議した。

会議の席上、およそ八〇〇名の会員を前に、充太郎は思いを伝えた。

「七年前――、初めて沖縄の土を踏んで、土地の人たちとふれあいました。彼らは一見、無愛想で警戒心も強いですが、知り合うたらみんな素朴で誠実な人たちでした。欲も得もなく、日々の糧さえあればええ。それが、僕が知っとる彼らの生き方です。沖縄には、昔から『ゆいまーる』ちゅう言葉があります。『ゆい』とは、人と人との繋《つな》がり、『まーる』は、巡るちゅう意味です。人と人との繋がりが巡る。『ゆいまーる』とはつまり、助け合い、分かち合う、心のことです。経済復興を遂げたこの国が駆け足で見過ごしてきたもんが、あの島には根付いとる気ぃがしました。

沖縄は、太平洋戦争で本土の盾となった激戦地です。戦後、サンフランシスコ講和条約で、日本がアメリカから独立したときも、日米安保条約の担保として沖縄だけは置きざりにされてしまいました。そのぶん、彼らは自力で生きるしぶとさを持っています。しかし、今は抗《あらが》いようのない危機にさらされています。今度は見過ごしたらいかんのやないか。今、彼らに必要なのは僕らにとっては当たり前の水なんです。水さえあればええ。届けませんか、僕らからの『ゆいまーる』の心を」

充太郎の思いが届いたのか、水を打ったように静まりかえった会場に、拍手が沸き起こった。

議案は近畿地区の理事会で承認されて、救援の水を沖縄に輸送することとなった。しかし、いざ水を運ぶとなると、輸送用のタンカーをチャーターしなければならない。青年会議所の会員はほとんどが中小企業や大企業の後継者で構成されている。当然、事業に船を使う会社はいくらでもあるはずだと、会員に呼びかけてみると、その相手は充太郎の近くにいた。サントリーの鳥井道夫である。

サントリーは、今年の三月に社名を株式会社壽屋《ことぶきや》からあらためたばかりの国産洋酒、ビールの製造、販売を行う企業である。

道夫は創業者の鳥井信治郎の三男に当たり、現在は取締役を務めていた。三六歳の充太郎とは四つ違いの四〇歳で、上背が高く、メタルフレームの眼鏡の奥から柔和なまなざしを覗かせる好漢だ。彼は、大阪青年会議所の前理事長で、今は幹部OBの一人である。充太郎とは歳も近いせいか、日頃から、何かと懇意にしてもらっていた。

「近畿地区大会のきみの演説には、胸を打たれたで。『ゆいまーる』の心、ええ言葉や。うちで使うとる糖蜜船を貸したるがな。下関にある海運会社の所有するタンカーや。おそらく五〇〇〇トンの水はいっぺんに運べるんやないか」

さとうきびから採れる糖蜜は、ラム酒や焼酎に使う原料である。タンカーはその運搬用であった。

「道夫さん、おおきに！　費用のほうは、青年会議所の今年度の予算で――」

言いかけた充太郎を道夫の言葉が遮った。

「いらんいらん、そんなもん。費用はわしのポケットマネーでまかなうがな。ここはドカーンと一発、大阪青年会議所の心意気を見せたろうやないか！」

かくして、充太郎は青年会議所の会員五人を同行して、五〇〇トンの水を積んだ糖蜜船で下関を出港したのだった。そして、その航海もまもなく終わる。

腕時計を見ると、時刻はまもなく午前八時四五分である。泊埠頭への到着は、午前九時を予定している。受け入れの手筈は、去年、那覇市内に開設した、松倉金物株式会社沖縄営業所の常駐社員が整えてくれている。タンカーからの無線連絡で、あらかじめ予定どおりに到着することを伝えておいた。

定刻で那覇泊埠頭に到着すると、沖縄営業所の社員三名と、給水車が三台待ち受けていた。

糖蜜船のタンクからポンプで水を給水車に移し替えたうえで、各地にピストン輸送し、現地でさらに二〇〇リットルのドラム缶に移し替える手筈になっている。

この一回きりで沖縄が危機的状況から脱するとは思えないが、彼らに少しでも活力を与えられるきっかけになればと思った。

充太郎は青年会議所の五人の会員を伴って、いつもより高揚した足取りで税関へと向かった。

七

「どういうことですか、陸揚げでけへんとは‼」

泊港の出入域管理事務所に駆け込んだ充太郎は、いつになく荒立った勢いで税関職員に食ってかかっていた。

「ですから、先ほども申し上げましたとおり、水の持ち込みは検疫法に引っ掛かるんですよ」

充太郎と青年会議所の五人は、現場をいったん沖縄営業所の社員に任せて、ホテルのチェックインを済ませるため那覇市内の中心部に移動していた。荷物を降ろして一服してから、あらためて港に向かおうと思っていた矢先に、充太郎の部屋の電話が鳴った。営業所の社員から外線が入ったのだ。

「水が陸揚げできません！」と社員は困惑した声で状況を伝えてきた。

五人の会員には簡単に状況を伝え、抗議のために充太郎だけ一足先に、泊港に取って返したのだ。

「何を今さら。琉球政府の法務局には大阪青年会議所を通して、ちゃんと申請してますがな」

「確かに申請は頂いていますが、状況が変わったんです」

「そんなん、ころころ変わられてたまるかいな。あんたじゃ話んならん。直接、行政主席にかけ合うがな!」

行政主席とは、沖縄の行政を担う琉球政府のトップである。こうなれば、直談判しかあるまい。

しかし、税関職員は冷ややかにこう言い放った。

「どこに行かれても同じことですよ。これはUSCAR《ユースカー》の決定事項です」

「なんやて、米国民政府の――⁉」

アメリカ統治下の沖縄本島および群島の施政権は、琉球政府にあったが、それは表向きで、実態は米軍による統治機構、琉球列島米国民政府＝USCAR(United States Civil Administration of the Ryukyu Islands)の支配下にあった。沖縄住民のなかから選ばれる行政主席もUSCAR《ユースカー》による任命制で、彼らの胸三寸である。そればかりか、USCAR《ユースカー》トップの高等弁務官には、沖縄の司法、立法、行政、すべての権限が与えられている。三代目となる現在の高等弁務官はポール・キャラハン陸軍中将で、歴代と比べても独裁的な人物として恐れられている。本土復帰を願う市民運動や活動家を徹底的に弾圧し、「沖縄住民による自治は神話に過ぎない」と断言したという。

「冗談やない。目の前まで来とんのに、みんなが苦しんどんのに、なんで渡されへんのや、そんなん絶対、納得でけへんで!」

憤る充太郎に、税関職員は声を潜めてこう告げた。

「行政主席がなんと言おうと、USCAR《ユースカー》が拒否すれば、それが絶対なんです。ここはアメリカです」

これ以上、話しても埒《らち》が明かない。海照丸にはそのまま埠頭に停泊してもらうようにして、三台の給水車はいったん引き上げさせた。青年会議所のほかの五人にも電話でそのままホテルで待機してもらうよう告げて、充太郎は腹立たしい気分のまま、かつて事務所を置いていた桜坂琉劇に向かった。

桜坂琉劇の事務所で、充太郎の不満のはけ口になってくれた国城が、くわえていた煙草の紫煙を吐き出してから口を開いた。

「大阪青年会議所は、どうやらUSCAR《ユースカー》の機嫌を損ねたようだな」

「なんでですのや。ただ水を送っただけのことやないですか」

充太郎が抗議するように、応接ソファから身を乗り出した。

「それが問題なんだ。沖縄の水道を管理運営する琉球水道公社は、USCAR《ユースカー》の独占事業さ。沖縄の水は米軍が支配してるといってもいい。そこへ、大阪青年会議所が水を持って助けにきた。連中にしてみれば面子丸つぶれさ。おまけに、青年会議所は民間企業の若手の集まりだろ。これをきっかけに、沖縄の利権に群がるんじゃないかって勘ぐったんじゃないかな」

「この期におよんで、面子も利権もありますかいな!」

「ところが、連中にはあるのさ。水だけじゃない。沖縄じゃ、電気も石油も金融機関も、USCARの独占経営に等しい。トップのキャラハン高等弁務官がなんと呼ばれているか知っているかい――、沖縄の帝王さ」

「けったくそ悪いわ。何が帝王や、こうなったら是が非でも、陸揚げさせてみせますわ!」

「直接、かけ合ったところで門前払いがいいところだ。ここは世論を味方につけるべきだな」

「世論というと、沖縄住民《うちなーんちゅ》ですか?」

国城が頷いた。

「充さんたちが水を運んできたことを、肝心の沖縄住民はまだ知らない。だったら、まずは彼らに知らしめることが先決さ」

「……なるほど」と思案を巡らせていた充太郎は、やにわに立ち上がった。

「そうか、それですわ。ありがとうございます、国城さん。善は急げや、さっそく行ってきますわ」

すぐにでも飛び出しそうな充太郎に、国城が問いかける。

「ところで、充さん、明日はえいこーのところに行くのかい?」

「もちろんです。顔出さんと、りんちゃんにも叱られますがな」

「あいつもきっと喜ぶよ」

充太郎は束の間、泣き笑いのような表情を浮かべてから、踵を返して足早に事務所から駆け出していった。


開襟シャツ姿の中年男が、扇子片手に首に掛けたタオルで汗を拭き拭き、ラジオ琉球のフロア内を足早に横切ってゆく。それを追いかけるように、充太郎がついて歩いていく。

「無理、無理、無理、申し訳ないけど、お引き取りください」

男は振り返りもせずそう言った。

「そんなこと言わんと、局長さん。僕らが泊港で立ち往生している状況を、ちょっとだけニュースで流してくれたらええんです。目の前に水が届いてるんですよ。住民かてみんな待ち望んでるんやないですか。その声をお上に届けたいんです!」

「そうは言ってもね、うんじゅなー(あなたたち)の肩持ったら、こっちもUSCAR《ユースカー》に睨まれるさー。下手すりゃ、営業許可だって取り上げられかねない」

「ええんですか、そんな弱腰で。あんたかて、島人《しまんちゅ》やないんですか!」

「あんたに言われたくないさー。ここで生きていくってのは、そういうことなんだよ!」

局長は、自室の前までたどり着くと、憤然と扉の向こうへ姿を消してしまった。充太郎がノックをしても呼びかけても、それきりであった。

ラジオ琉球は、二年前に開局したFMラジオ放送局で、ビルのワンフロアに、編成、制作、報道、アナウンスのすべてが収まっている。とはいえ、すべての局員を含めても一四、五人ほどで、充太郎の声は、局員に丸聞こえであった。しかし、誰一人充太郎に声をかけるものはいない。それが彼らの答えなのだろう。

局内のどこか冷ややかな視線を浴びながら、充太郎は手土産に持参した泡盛の紙袋を抱えたまま、フロアをあとにした。

新聞よりも、訴求力のありそうなラジオを狙って、ここに来る前にすでにほかのラジオ局にも交渉してみた。しかし、結論はどこも同じであった。ディレクターやプロデューサーが興味を抱いても、結局、最後は上層部の判断で同じような対応をされてきたのだ。

ビルをあとにしながら、ほかに打つ手はないかと考えあぐねているところに、ふいに背中から声をかけられた。よく通る野太い声であった。

「うんじゅー、ほかに当てぃーあるぬかい？」

振り返ると、身体の大きな髭面の男が立っていた。開襟シャツの胸元から胸毛がのぞいている。森のクマさんといった印象だが、歳は充太郎とそう変わらないようにみえた。

「あんた、局の人でっか？」

「ああ。さっきの話、聞こえたよ。夕方の音楽情報番組で、ディレクターとDJをやってるもんだ。なんなら、うちの番組で流してやろうか？」

「ホンマですか⁉」

「ああ。中身はほぼ俺が独断で決めてるから、なんとでもなるさ」

「よろしゅうお願いします」

森のクマさんが充太郎の提げていた紙袋を取り上げて、泡盛の瓶をつかみ出した。

「美味そうだな。こいつも頂いとくよ。船が停泊しているのは泊埠頭だっけ。明日の朝九時にデンスケ持って俺が行くから、それまでに待機しててくれ」

充太郎は肝心なことを聞いていないことを思い出した。

「あの、失礼ですけど、どちらさんですか――？」

八

翌日――、沖縄式の作法に則った、年忌焼香《ニンチスーコー》の三《サン》年忌《ニンチ》が執り行われている。

沖縄の葬儀は、宴会のごとき賑々しさに彩《いろど》られている。仏前には色とりどりの料理を詰めた重箱と、仏教では本来、ご法度とされる豚の頭やラフティ（豚の三枚肉の煮つけ）といった肉料理が並べられていた。

僧侶の代わりにユタが座り、祈《グイス》りを唱えるなか、喪服姿の充太郎は祭壇に飾られた宮城栄公の遺影と骨壷に手を合わせ、焼香を済ませた。

施主の座にたたずむりんに一礼すると、そのとなりに寄り添うように座っている、娘のふうかが見よう見まねで頭を下げる姿に、胸が締めつけられる思いがした。

「国城さんから聞いたさ。大変なときに来てくれてありがとうね。栄公もきっと喜んでるさー」

「りんちゃんこそ、ご苦労さんやな。ふうかちゃん、大きゅうなったね、今いくつや？」

「五歳です」と、ふうかが自分で答えた。

「充さんところの子は――？」

「うちとこは、上の富貴子が今年で四つ、その下の将が二歳になるわ」

充太郎が後輩社員のかずえと出会って身を固めたのは、りんと栄公が結婚したのと同じ年のことであった。充太郎もすでに二人の子をもうけていた。

「お互い、まだまだちばらんとねー」

「まったくや。いろいろ苦労も多いやろうけど、僕でできることがあれば、なんでも言ってや。及ばずながら、力になるさかい」

「にふぇーでーびる」

りんとふうかの並びには、親族として、栄公の姉のはるとその娘で一〇歳になるはなが座っている。基地の軍人との間にできた子で、父親ははなが幼い頃に本国に帰ってしまっている。「国城さんたちも外にいるから、先にお店に行ってて」と、はるに声をかけられて、充太郎はアパートをあとにした。

栄公がりんとふうかと暮らすアパートは、以前、二人が同棲していたやちむん通りのアパートの近くで、あの頃より一部屋増えて広くはなったが、焼香を終えた参列客が待つには狭過ぎた。外に出ると、先に焼香を終えた国城や数人の顔見知りが一服しているところであった。充太郎が合流すると、黒いかりゆしを着た男ばかりの集団は、桜坂の「BAR SUNSET」に向かって歩き出した。

栄公が死んで、二年が経っていた――。

りんと所帯を持った栄公は、闇ブローカーの仕事からは足を洗い、大工に戻っていた。

大工仕事の帰り道、夕方から酔っ払い運転をしていた米軍のジープに撥ねられたのだ。目撃者の通報ですぐに救急搬送されたが、病院に着いたときにはすでに息を引き取っていたという。充太郎は、国城からの知らせを受けてすぐに本土から駆けつけたが、もう栄公は遺骨になっていた。犯人の米兵の身柄は琉球警察から米軍の預かりになった。昭和三五（一九六〇）年に締結された日米地位協定の一七条で、米兵の犯罪は、身柄がアメリカ側にあれば起訴まで拘禁すると定められている。あとで分かったことは、米兵は公務中の事故として謹慎二週間の処罰を受けたらしい。あまりにも軽い処分に、りんは琉球警察に激しく抗議したが、状況は何一つ変わらなかったという。栄公にかぎったことではない。沖縄では、似たような事故が、年間で何件も発生していたのだ。

稼ぎ頭を失ったことで生活費も激減し、りんは桜坂琉劇を辞めて第一牧志《まきし》公設市場で働き始めた。生活面での苦労もさることながら、精神的にも、夫として、幼なじみとして、ともに過ごしてきた栄公がいない空白は、計り知れないものであったろう。それでも、彼女は女手一つで娘を育ててきた。

あれから二年、りんは、体力的にも精神的にも以前よりもはるかにたくましい女性に成長していた。自分も大変な境遇なのに、水の問題ですったもんだしている充太郎にまでねぎらいの言葉をかけて、立場があべこべだろうと思いながらも、彼女の気丈さに少し安心した。

女は、男よりもはるかに生きる力に溢れていると、充太郎はあらためてりんに尊敬の念を抱いた。

「ＢＡＲ ＳＵＮＳＥＴ」は通常営業を休んで、栄公と親しかった法事客のために開放されていた。はるからは、りんが来るまでのあいだ、好きに飲んでいていいと言われており、自分のボトルがあるものもないものも、グラスを手に勝手に酒盛りを始めた。初めのうちは、栄公との思い出話で盛り上がっていたが、事故の話題になるにつけみんなの口が重くなり、その話を避けるようにそれぞれ違う話題を持ち出して盛り上がった。

無理もない話だ。栄公の死は、やりきれない。しかし、一方で沖縄は米軍と共存共栄の道を歩んでいるのも事実である。基地のために強制的に土地を接収された住民もたくさんいるが、軍用地に借地したことで莫大な富を得る地主もいる。住民の雇用も、多くは基地に依存しているのが現実だ。無闇な反米感情は、となり近所との衝突を招きかねない。できれば、みんな穏便に済ませたいのだ。

沖縄に足を運ぶうちに、充太郎にもそのことがよく分かってきた。

「充太郎くん、ちょっと相談があるんだがな」

カウンター席で泡盛を飲んでいた充太郎に、仲間常盛《つねもり》が声をかけてきた。

父親ほど年の違う常盛とは、生前の栄公を通じていっしょに飲むようになった。材木店を営む常盛は、大工仲間だった息子の勲男《いさお》を介して栄公と知り合ったという。父親を早くに亡くした栄公は、常盛を父親のように慕っていた。

「うちの材木店な。そろそろ店じまいしようかと思ってるのさ」

「なんでまた――?」

「沖縄じゃ、台風や風土の問題で石造りの家が多い。木材の需要がそれほど高くもないし、そもそも建築資材として使える針葉樹林が少な過ぎる。今ある樹を伐採して森を細らせるより、保護するほうがいいんじゃないかと思てぃやー」

「勲男さんは、なんて言ってはるんです」

充太郎は、テーブル席で大工仲間と飲んでいる、常盛の息子の勲男を見やった。

「このまま、大工を続けると言っている。あれを大工修行に出したのも、先々のことを考えてのことだ。えいこーは腕のいい大工だった。本当は彼を引き抜いて、勲男の右腕として工務店でも始めさせようかと思ってたんだが、こんなことになってしまった。勲男一人じゃ、心許ない。それなら、充太郎さんの世話になって金物屋を始めようかと思ってな。いろいろ勉強させてほしいんだ」

「そういうことならいつでも。商品はうちの沖縄営業所から回せますから」

「すまんな、頼りにしとるよ」

「これもえいこーが繋《つな》いでくれたご縁ですさかい。あらためてゆっくり」

「そういえば、ラジオに出るんだってな」

先ほどまでテーブル席でいっしょに飲んでいた、国城から聞いたのだろう。

「収録はもう済んでます。夕方四時の番組だから、もうすぐ放送になります」

店の壁掛け時計で時刻を確かめてから、充太郎は答えた。

「ここにラジオあったろ、みんなで聞こう。えー、勲男、チューイングあーしぇー、チューイング！」

「親父、チューイングじゃなくて、チューニングさ。それじゃ、ガムになっちまうさー」

勲男がカウンターの中に入ると、棚に置かれたトランジスタ・ラジオのスイッチを入れる。放送局の周波数にダイヤルを合わせると、チューニングノイズが消えて、音声が流れ始めた。

ちょうどそこへ、りんとはるが栄公の遺影を持って合流してきた。

りんの娘のふうかは、はるの娘のはながアパートで面倒をみているようだ。

「りんちゃん、はるちゃん、ちょうどいいところに来た。これからみんなで充太郎くんのラジオを聴くところさー」

「ラジオ？ 出たの、充さんが！」と、はるが食いついてくる。

「いや、聴かへんでもええですて、ホンマに」

「言われると、ますます気になるさ」

りんも興奮気味に、ラジオの音に耳を澄ませた。

みんな、興味津々でラジオに耳を傾けていた。できることなら、聴かないつもりでいたが仕方がない。充太郎はそれ以上何も言わず、泡盛を注いだグラスに口をつけた。

《……今日も始まりました、ミュージックブレイク那覇。パーソナリティーの比嘉《ひが》っちゃんこと、比嘉《ひが》武晴《たけはる》です》

流れてきたのは、あの森のクマさんのような男の声である。

《毎日、暑い日が続いてますが、皆さん身体に気をつけてお過ごしですか。今日はスタジオを離れて、泊埠頭に来ています。実は今、ここに一隻のタンカーが停泊しています。さて、その理由は――？ 僕の目の前に、このタンカーの責任者の方がいます》

《大阪青年会議所の松倉充太郎と申します》
《松倉さん、このタンカーはなんで、泊港に停泊を――?》
《はい、実は沖縄の水不足の現状を知って、僕が所属する大阪青年会議所でも、微力ながらできることはないかと考え、沖縄に水をお届けすることにしました。その代表として、僕が運んできたのですが……》
《だけど、水は積んだままのようですが》
《はい、実は、米国民政府から陸揚げを拒否されました。沖縄への水の持ち込みは検疫法に反すると》
《また検疫法ですか》
《また、というと――?》
《五年前、沖縄の首里高校が初めて甲子園に出場した年のことです。彼らは一回戦で敗退したが、沖縄からの初出場という重責を担ってよく奮闘しました。出場の記念に甲子園の土を持ち帰った。ところが、那覇港に上陸する前に、税関で止められて土の持ち込みを拒否された。そのときの理由がやはり、検疫法に反するということでした。彼らは、泣く泣く海に土を捨てたんです》
《そのニュース、思い出しました》
《沖縄住民は片時も忘れないさ。あなたがたの水を届けたいという気持ちには感謝しますが、行政を通じてもっと慎重にできなかったもんか。これじゃ、沖縄住民《うちなー》の鼻先に餌をぶらさげて、おあずけしてるようなもんじゃないですか》
《……面目ない》
《しょせんは、他人事さ》
《そんなつもりはありまへん。僕たちは、同じ日本人として助けたい。そう思うて来たんです》
《ここは日本《やまと》じゃないのさ、松倉さん。元はといえば、あんたらやまとんちゅが僕らの土地を切り離したんじゃないか。北と南に分かれた朝鮮やベトナムとなんも変わらんさ。沖縄は、日本から分断さっとるどー》
《……》
《このまま、陸揚げしないで帰るつもりですか》
《いえ。琉球政府を通じて、USCAR《ユースカー》にも嘆願書を出すつもりでおります。僕たちは明日も泊港におります。言いたいことがあれば、いつでもここに来

てください。すべて受け止めるつもりです》

《──以上、泊港からお届けしました。みなさんの声をぜひ番組にお寄せください。今日の一曲目は、全米で話題を呼んでいる日本のヒット曲、坂本九で『上を向いて歩こう』──》

勲男がラジオのスイッチを切った。

放送を聴く前の高揚感と打って変わって、店内の空気がどんより沈んでいた。

「なんなんだ、この放送は！」

常盛が手にしたグラスをカウンターに叩きつけて声を荒らげた。

「だから、聴かへんでええて言うたんですけど……」

充太郎が気まずげに鼻の頭をかいた。

「何もここまで責めなくても」

はるが充太郎に同情のなまざしを向けた。

りんの怒りはもっと激しかった。

「なんなのさ、この比嘉ってやつは。これじゃ、まるで充さんが悪者じゃない。悪いのは、USCAR《ユースカー》じゃないか！　わたし、局に抗議の電話するさ！」

店の電話に手を掛けたりんを、慌てて充太郎が止めに入った。

「待ってや、りんちゃん。僕にも責任はあるんや。この土地の事情も忘れて、水を届けるという行為自体に、どこかで浮かれとったんや」

「なんであんなやつをかばうのさ。充さんは立派なことしたんだから、そんなに自分を卑下することないよ。あぁ、わじわじー（腹が立つ）！　やっぱり、電話する！」

「入って大丈夫かな──？」

りんと充太郎の押し問答に気を取られていて、誰も気づかなかったが、入口に法事の客とも違う男が立っていた。

「すみませんね、お客さん、今日は貸切りにしてるんですよ」

断ろうとするはると男の間に、慌てて充太郎が割って入った。

「はるさん、待って。僕がお呼びしたんですわ。わざわざお越しいただいて、ありがとうございます、比嘉さん──」

九

「比嘉？　比嘉って、今のラジオに出ていた、あの比嘉⁉」

りんが髭面の大男をまじまじと見返した。

「はい、比嘉っちゃんです。ラジオ聴いてくださったんですね」

明るく答える比嘉に、りんが手近にあったおしぼりをいきなり投げつけた。

「あんた、よくここに顔が出せたね！」

「いや、だから、僕は呼ばれて来ただけですから」

おしぼりを顔から剥がしながら、比嘉はいささか困惑した様子である。

店内を見回せば、そこにいる誰もが比嘉に対して冷ややかな視線を向けていた。

「みんなちょっと待ってや。勘違いなんや、全部！」

「何が勘違いさ。こんなげれん（馬鹿野郎）を店に呼ぶ気が知れないさ！」

ママさんのはるを差しおいて、りんは怒りが収まらない様子だ。

「なるほど、分かってきました。番組での僕の発言に納得がいかないというわけですね」

「すんまへん、比嘉さん、事情を説明する前にラジオを聴いてしまったもんで」

充太郎は、想像以上に冷ややかになった場をとりなそうと懸命である。

「事情？　事情ってなんだね、充さん」と国城が問うた。

「さっきの放送は、最初から打ち合わせてやったことなんです」

「出来レースってことかい？」勲男が聞き返した。

「そうなんや、勲男さん、あれは二人で決めた作戦やったんや」

「松倉さん、俺もちょっとやり過ぎたさ。実は、会ったら詫びようと思っていたんだ。日頃、腹ん中に溜めてることを、この期に乗じてぶちまけちまった。じゅんにわっさいびーん」

比嘉が充太郎に頭を下げた。

「ええんです。あんたに話を持ちかけられたときに、腹は括りましたから」

「ちょっと待ってくれ。もう少し、分かるように説明してくれないか」

　作戦と言われても、常盛にはどうにも腑に落ちないようだ。

「放送局に断られて帰ろうとしたところ、比嘉さんに呼び止められてこう言われたんです。USCAR《ユースカー》を批判する立場では協力は難しい。しかし、こちらの手落ちを糾弾するかたちなら、放送に乗せることも可能だと」

「松倉さんが必死に頼んでいる姿を見まして、苦肉の策っていうやつです」

「今日の放送は沖縄だけでなく本土にも流れています。この状況を本土に伝えることができただけでも、まずは良しやないかと」

「あんたも相当たくまー（ずる賢い）だな、充さん」

　と国城が苦笑する。

「いやいや、もうほかに思い浮かばなかっただけですがな」

「ふざけないでよ」と、りんの怒気をはらんだ声が響いた。「何が作戦さ。あの放送を聴いて、こっちはどれだけ胸が痛んだと思うの。充さん、あんたもあんたさ。大事などぅし（友だち）のことあんな言われ方して、黙ってられると思う？ えいこーだったら、きっとこの人を半殺しにしてたさ」

「ちょっと待ってください。まだほかにも怒ってる人がいるんですか」

　比嘉が恐る恐る周囲をうかがってみせた。

「いないわよ、ここにはもう！ なんでよ、なんでいないのよ、えいこーは。返してよ、えいこーを。あの人が、何したって言うのさー!!」

　りんは、混乱のあまりとうとう泣きだしてしまった。見かねたはるが、りんを連れて裏の控え室に入っていった。

　事態を飲み込めないでいる比嘉に、充太郎が栄公のことを話すと、

「それは悪いことしちまったな。俺にも線香をあげさせてもらえますか」

　と、比嘉は栄公の遺影に線香をあげて手を合わせた。

「沖縄には、米兵の犯罪に巻き込まれて、りんさん

のようにやりきれない思いを抱えた遺族がたくさんいる。アメリカにとって、この島はソ連をはじめ共産圏に対する前線基地さ。兵隊だって明日は戦場かもしれない。まっとうな神経でいられるわけがない。そのとばっちりが沖縄住民にふりかかる。沖縄はアメリカから独立しないかぎり、ずっと戦時中なのさ」

そう言うと、比嘉が泡盛の注がれたグラスを掲げた。

「栄公さんに献杯」

充太郎も、国城も、常盛も、勲男も、ほかの大工仲間たちもみんな同じように栄公の遺影にグラスを掲げた。

「ところで、比嘉さんは、なんで僕に協力してくれはったんですか」

「実は、息子が首里高校の野球部なんだ」

「じゃあ、あの土の話は息子さんたちの――?」

比嘉が頷いた。

「悔し涙を溜めて帰ってきた息子の顔が、今でも忘れられない。大人が始めた戦争の代償を支払わされるのは、子どもたちの世代さ。だから、局であんたの話を聞いて、じっとしていられなかった。栄公さんの死も、息子の甲子園の土も、今度の水の話もみんな一つに繋《つな》がってるのさ」

比嘉はしばらく歓談してから、「あとは託したよ、松倉さん」と言い残していった。

その帰りがけに、はるとりんが控え室から戻ってきた。りんは比嘉に非礼を詫び、栄公に線香をあげてくれたことに礼を伝えた。

比嘉が帰ると、ほどなく集まっていた面々も、りんにねぎらいの言葉をかけてから散会した。

はるが、「お留守番、お願いね」と、りんと充太郎に言い置いて、国城たちを見送るために店を出ていった。おそらく、充太郎に気を利かせてくれたのだろう。先ほどの件で、りんとはまだちゃんと仲直りをしていなかったのだ。

「BAR SUNSET」には、二人だけが残された。

「りんちゃんの気も知らんと、戸惑わせて堪忍な」

あらためて、充太郎がりんに詫びた。

「ううん。充さんも大変なときだって分かってたのに、取り乱しちゃってごめんなさい」

りんが充太郎のグラスに泡盛を注いでくれた。充太郎もお返しに、「りんちゃんも、やっと一息つけるのやろ。一杯いこか」と、りんのグラスに泡盛を注いでやった。

二人で栄公の遺影に献杯してから、グラスに口をつけた。

「充さん。実は、わたし、大宜味村《おおぎみそん》に帰ろうと思ってるのさ」

りんが、そう切り出した。

「……そうなんか」

「あっちで、おばあが織物やっててさ。芭蕉布《ばしょうふ》といって、大宜味村の伝統工芸なんだけど、前からずっと興味はあったんだ。おばあも歳で、後継ぎを探してたところでさ。それに、あっちは那覇より物価も安いし、土地の人の支えもあるから、娘を育てるのにもうってつけだしね。えいこーも実家のお墓に納めてあげようと思ってさ」

「りんちゃんが決めたんなら、ええと思う。必ず、遊びにいくわ」

「うん。きっと来てね。えいこーもきっと喜ぶさ」

「それじゃ、りんちゃんの新たな門出に、もう一度乾杯や」

「ありがとうね、充さん」

充太郎はりんとグラスを重ねてから、笑顔で声をかけた。

「ちばりよー、りんちゃん」


翌日、泊港には、水の到着を知った沖縄住民たちがブリキ缶を載せたリヤカーを引いて駆けつけ、陸揚げを拒む税関に対して抗議行動をとる一幕もあった。しかし、通報を受けた琉球警察の出動で、騒ぎが拡大する前に解散させられた。充太郎も五人の青年会議所の会員とともに、その現場に立ち会っていた。充太郎は住民に深々と頭を下げて詫びたが、彼らから怒りの声は発せられず、水を運んできてくれたことへの感謝や同情の言葉しか聞こえてこなかった。おそらく、比嘉が番組中で充太郎を糾弾したことが、毒抜きになっていたのだろう。

だからといって、USCAR《ユースカー》の決定が覆されたわけではない。琉球政府に出した嘆願書も差し戻されてしまった。

事態が大きく動き出したのは、それから二日後の六月一日のことであった。

朝一〇時頃、ホテルの充太郎の部屋に、比嘉から興奮気味の電話が入った。

「松倉さん、あんたの読みが当たったよ。あの放送が本土にも届いたんだ。今日の午後、泊港に水を積んだタンカーが到着する。動いたんだよ、鹿児島県知事が！」

充太郎は、青年会議所の仲間たちと沖縄営業所の社員を伴って、泊港に駆けつけた。すでに到着を待ちかねた琉球政府主席や那覇市長をはじめとする出迎えの一行が集まっており、次第に近づいてくる船影に興奮冷めやらぬ様子であった。

琉球海運所属タンカー、那覇丸（一〇七三トン）が泊港に入港したのは、午後三時過ぎのことであった。接岸と同時に人々の間から、一斉にどよめきと歓声がわきおこったときには、充太郎も思わず目頭が熱くなり、同行した仲間たちと手を取り合って喜んだ。

岸壁に停められた那覇消防署の消防車と船のタンクから延びたホースが接続された光景は、あたかも本土と沖縄が手を握り合った瞬間のようにみえたと現場を取材していた新聞記者が記事に書き残している。

鹿児島県知事をはじめ、鹿児島県貿易協会の呼びかけで送られてきた水は、四〇トン。那覇丸には、全部で四つの水槽があり、一二〇トンまでは積むことができる。今回は、そのテストケースとして、四〇トンが貯水され、以降、第二陣、第三陣と続く予定であるという。

充太郎たちがあれほど問題視された、検疫といった面倒な手続きもすべて省かれたようだ。その背景には、今回の行動が鹿児島県知事直々の要請に基づくものだということも、大いに関わっていたのではないだろうか。

新聞が「友情の水」と報じた、本土からの救援活動は、これをきっかけに全国に広がり、福岡、大阪、兵庫をはじめ、沖縄――本土航路の全船舶が一斉に水の輸送にあたることになったという。

翌二日も、鹿児島からの第二陣として、大島運輸ＫＫ所属の波之上丸（二三〇〇トン）が二〇〇トンの水を積んで那覇港に入港した。

　充太郎のもとに税関から連絡が入ったのは、そのあとであった。

「ＵＳＣＡＲ《ユースカー》の許可が出ました。本土からの救援の船が続々と入港する予定です。海照丸は水を陸揚げした上で速やかに出航してください」そう言ったあとに、税関職員はこうつけ加えた。「ただし、検疫を目こぼしする代わりに、水は飲料水ではなく生活用水として使用すること」

「ありがとうございます。確かに承りました」と答えながらも、この期《ご》に及んで、まだ建前を通すお役所根性に呆れ返っていた。

　充太郎は給水車を手配し直して、青年会議所の仲間たちとともに水の陸揚げを済ませた。泊港には多くの住民たちが詰めかけ、あらためて充太郎たちのことを歓迎の拍手で迎えてくれた。電話で青年会議所の理事長に報告したうえで、サントリーの鳥井にも連絡し、迷惑をかけたことを詫びた。

　受話器の向こうから、鳥井の快活な笑い声が返ってきた。

「よう粘ってくれた。いちばん手柄やなくてもええやないか。結果的に、わしらの送った水が呼び水になって、全国から『友情の水』が集まっとるのや。水が呼び水て、洒落《しゃれ》とるわな。ご苦労さんやった」

　その夜、青年会議所の仲間を連れて、祝杯をかねて「ＢＡＲ ＳＵＮＳＥＴ」に足を運んだ。先に来ていた国城にＵＳＣＡＲ《ユースカー》が態度を一変させた話をすると、国城は元新聞記者らしく的確な分析をしてみせた。

「ことが本土に飛び火して、慌てて火消しに走ったんだろう。キャラハンが恐れているのは、本土に駐留するアメリカの通信社さ。ケネディ大統領は、建前としては沖縄に対する日本の主権を認めている。なのに、沖縄での悪評が立てば、キャラハンは高等弁務官の職を更迭されかねない。自分の立場を誇示するうえでも、寛大な対応に転じてみせたんじゃないかな」

　沖縄では帝王と呼ばれるキャラハンとて、しょせん極東の島国に駐留する一軍の将に過ぎない。充太郎は少し溜飲が下がる思いがした。

この一件を通して、充太郎は国家という巨大な壁の前で、己のちっぽけさを嫌というほど味わわされた。しかし、これで本当に終わったのか。終わりにしてはいけないのではないか。そんな思いが、充太郎の胸中にしこりのように残った……。

＊

海照丸とともに青年会議所のほかの五人を送り出してから、充太郎はそのまま那覇に残った。

まる二日、ホテルの部屋でぼんやり過ごしながら考えにふけって、三日目に伸びた無精髭をようやく剃った充太郎は、着替えを済ますと、その足で仲間材木店へと向かった。

社長室に迎えてくれた常盛を前に、充太郎はこう切り出した。

「ものは相談なんですが、社長、工場をやってみる気ぃはありまへんか?」

充太郎のいきなりの提案に、常盛は戸惑ったように目をパチクリとさせた。

「わしは金物屋を始める相談をしたんだが」

「分かってます。ですが、今回の件で痛いほど分かりました。水は沖縄の生命線です。そのためには、インフラを充実させることが急務や思いませんか」

「確かにそうだが……」

「どこでも同じように水が行き渡るようにするには、水道管が必要です。それも、錆びずに長持ちする塩ビ管です。せやけど、この島にはモノを生産するラインがない。本土からの輸入に頼っとったら高こうついてかなわん。安く広く塩ビ管を普及させるには、無駄な輸送コストを省くのがいちばんです」

「無茶な。わしには、そんな知識も経験もないぞ」

「面倒な手続きや技術面、出資面での問題は、こちらでやらせていただきます。すでに弊社と取引のある大松化成さんという、塩ビ管の製造技術を持っている会社があります。そこから機械を買い取り、資本提携もしてもらいます。もちろん、松倉金物も出資させていただきます」

松倉金物では、波板などの取り扱いで化成品会社との取引があった。そのときに、同じ化成品の塩ビ管を取り扱う、大松化成とのパイプを築いていたのは、六郎であった。ここに来る前、充太郎は六郎に電話を入れて、大松化成との仲介を頼んだのだ。「何を企んでおるのや?」と問う六郎に、「申し訳ありませんが、それはまだ言えません。動くとなったら、必ず稟議を通しますさかい」とだけ告げた。六郎からすぐに折り返しの連絡があり、大松化成の専務を紹介してくれた。早速、先方に連絡を入れて、今回の件の感触を探りつつ、古くなった機械が余ってはいないかと打診してみた。折しも、高度経済成長の只中、これまでの機械では生産が追いつかず、大型機械に入れ替えたばかりだという。ならばと古い機械を譲ってもらえるよう交渉したのだ。具体的な商談については、大阪に戻ってから進めると話して電話を切った。そこまでお膳立てを済ませたうえで、常盛のもとを訪ねてきた。

もはや、あとには引けない。否、引いてはならないのだ。

真剣なまなざしで語りかける充太郎に、常盛が不思議そうにたずねた。

「てーげー、そんなことして、うんじゅになんの得があるんだね?」

「ご心配には及びまへん。電気やガスと同様に、水は家にとっての血液です。血が通わんと家も建ちまへん。わしらの出番はそこからです」

「なるほど、道理には適ってる」

「今度のことを考えてるときに、父の言葉を思い出したんです。戦後すぐのことでした。大阪もひどい空爆を受けました。幸い、僕も家族も生き延びた。そんとき、父が言うたんです。『悲しんどる暇なんぞない。生き残ったわしらには、わしらにしかできんことをせなあかん』と。父が真っ先にやったのは、うちでは扱うとらん、菜切り包丁や西洋釜を作ることでした。『わたしら、金物屋は人さまの暮らしに寄り添う商いや。だったら、まずは寝床《ねどこ》よりおまんまや』と。かんかん照りの焼け野原を、動かしてもらえる工場を探して自転車で走り回らされましたわ」

当時のことを思い出しながら、充太郎が苦笑してみせた。

なおも考えあぐねている常盛に、さらに言葉を重ねた。

「仲間さん、これはただの工場づくりやありまへん。沖縄住民《うちなーんちゅ》が生きるための戦いです。僕はビジネスマンやから、武器は持たん。拳も振り上げません。代わりに、技術《チエ》と資金《カネ》と人脈《コネ》で戦うてみせます。ややこしいことはこっちがやりますさかい、仲間さんには銀行から融資を受けるうえでの顔になってほしいんです」

そこまで言うと、充太郎は床に座り込んで土下座した。

「仲間さん、お願いします！」

常盛が慌てて充太郎のとなりに座り込んだ。

「待て待て、頼んだのはこっちだ。それじゃ、あべこべだ。……どうやら、逃げきれんようだな。実は、うちも沖縄戦で長男を亡くしてね。生きてりゃ、きみと同じくらいの歳だ。沖縄住民《うちなーんちゅ》が生きるための戦いか。それが生き残ったわたしのなすべきことなら、謹んで、お引き受けしよう」

「……おおきに、おおきに、仲間さん！」

充太郎が常盛の両手を取って固く握り締めた。常盛が充太郎に力強く頷いてみせた。二人はしばらくそのまま、互いの掌から伝わってくる熱情を確かめ合った。

十

昭和四七（一九七二）年――。

「名護市に入ったから、あと三〇分ふどぅ走れば大宜味村《おおぎみそん》やいびーん」

左ハンドル仕様のトヨタクラウンを運転する仲間勲男が、後部シートに座る六郎と将に語りかけると、小さないびきが聞こえてきた。バックミラーを覗くと、膝に旅行鞄を抱きかかえた六郎が鞄に頭をもたせかけて居眠りをしていた。

「おやすみ中やさ」

「いつもなんです。移動の揺れが気持ちいいのか、すぐ眠っちゃうんです」

将は、バックミラーに映る勲男に苦笑してから、

「また、南京錠の痕が、がっつりほっぺにつきよるわ」

と一人ごちた。

返還前まで政府道一号線と呼ばれていたこの道路も、国道五八号線と呼び名を変えたが、相変わらず右車線である。ゆくゆくは標識も含め、本土と同じ日本仕様にあらためられるらしいが、そのときは沖縄中、パニックになるだろうと勲男が話してくれた。

「ずいぶん遠いんですね、大宜味村て」

「うん、那覇が沖縄の南端なら、大宜味村は北端に近いからねー。普段はなかなか移動しないさ」

「でも、充太郎さんはいつも来てたんですよね」

「そうやんねー、よく足を運んでいたみたいさ。んちゃ（やっぱり）、えいこーさが死んで、残されたりんちゃんと娘さんが、心配だったんやあらんがやー」

「他人んちの家族には優しいんや」

「うん、なんだってぃ？」

将の呟きは、走行音にかき消されて、勲男の耳には届いていなかった。

将と六郎は、宮城りんと娘のふうかが暮らす大宜味村を目指していた。

琉水化成で常盛から工場を立ち上げるまでのいきさつを聴き終えたあと、六郎が常盛にたずねたのだ。

「充太郎の仕事ぶりは、よう分かりました。ところで、せがれは沖縄ではみなさんにかわいがってもろとりますか。お恥ずかしい話ですが、子どものことは家内に任せきりで、普段の暮らしというのをほとんど知りまへんのや」

六郎さんは本気で充太郎さんのことが知りたいのだと、将は思った。

「そのあたりは、わたしより、うちの息子がよく知ってるんじゃないかな」

常盛はとなりで話を聞いていた勲男に水を向けた。

「それなら、りんちゃんに聞くのがいちばんやあらんがやー。りんちゃんとえいこーとは、充太郎さんが初めて沖縄に来た頃からの付き合いだから」

「りんちゃんは、大宜味村だしな」と思案した常盛が勲男に言う。「そうだ。おまえ、これから案内してさしあげたらどうだ」

勲男も頷き、

「ご都合が良ければ、ちょっと遠いけど、ドライブがてら行きますか。りんちゃんがいるのは、喜如嘉《きじょか》という集落です。わたしから電話しておきますから」

と言われて、六郎と将は大宜味村に向かうことになったのだ。


宮城りんの自宅は、一面に広がる緑豊かなさとうきび畑の中にあった。琉球瓦の木造平屋建家屋を改装して、その一画を機織り工房に造り変えていた。勲男が玄関の引き戸を開けると、屋内には手織り機特有のトントン、トントンという音が響き渡っていた。

「りんちゃんいるかい、お客さんをお連れしたよ！」

上がり框《かまち》から、勲男が廊下の奥に呼びかけると、つきあたりの引き戸の奥から「はあい」と返事が聞こえる。手織り機の音が止んで、引き戸が開くと、ワンピースにエプロン姿の女性が小走りに駆けてきた。髪を後ろで一つに束ねている目鼻立ちのはっきりとした美人で、化粧気がないわりには、二〇代でも通りそうな張りのある肌をしている。勲男の話では、三九歳だという。

「りんちゃん、急に悪かったね。まだ仕事中だったよね」

「大丈夫さ、自宅仕事だから。遠いところ、わざわざお越しいただきまして。宮城りんです」

笑ってみせたりんの口元から、八重歯がのぞいた。

「お忙しいところ、すんまへんな。松倉六郎と申します。こっちは、孫の将です。せがれがいつもお世話になっております」

「父がいつもお世話になっております」と将もあいさつする。

「かわいい。お世話になってるのはこっちのほうで、充さんにはいつも気にかけてもらってます。大阪からいろんなもんも送ってくださって」

「うちには、逆に沖縄からいろんなもん送ってきます」

充太郎が、長期間、沖縄に行ったきり戻らないときは、ハーシーズやM&Mのチョコレートやら、サーターアンダギーやら、ちんすこうやら、洋酒やらが、家を留守にしている詫びのように段ボール箱で大量に届くのだ。

「こっちに来ると長いことといるからね」

そう言って、りんがまた笑った。

りんに案内されて、室内に上がった三人は廊下横にある居間に案内された。

「なんにもおもてなしできずに申し訳ありません」

六郎が手土産に持参したお茶菓子を自家製のシークァーサージュースといっしょに出しながら、恐縮した様子でりんが言う。

「お気遣いなく。こっちが急にお邪魔したんやし、すぐにお暇いたしますんで」

「松倉さんは、充太郎さんのこっちでの評判を聞きたいそうなんだ」

お茶菓子に手を伸ばしながら、勲男がりんにそう伝える。

「評判？ そんな偉そうなこと、わたしが言えるわけないでしょ」

「そんなたいそうなことやおまへんのや。あれが沖縄でどんなふうに皆さんと仲ようさせてもろうてるか、知りたかっただけですのや」

「一言で言えば、充さんはわたしらの恩人です」

「恩人……？」と六郎が問う。

「ええ。彼がいなかったら、わたしは主人と結婚していなかったと思います」

りんが、居間に置かれた仏壇に目を向けた。まだ若い栄公の遺影が、りんに微笑んでいた。

「こんなに早く逝っちゃったけど、充さんのおかげで、最後まで幸せだったよね――」

りんが写真の栄公に語りかけた。

十一

昭和三三（一九五八）年――、充太郎が沖縄の土を踏んで、三年目の夏が訪れていた。

昨年から、沖縄に松倉金物の営業拠点を設けていた。国城の厚意で、桜坂琉劇の二階に空いていた宿直室を沖縄分室として借りたのだ。とはいえ、社員を常駐させていたわけではなく、充太郎の宿泊所代わりである。大阪での業務も、本社がある西賑町からほど近い島之内に営業所を設けて、貿易部を本格的に始動させた。沖縄には毎月とは行かないが、三ヶ月に一度は足を運び、一、二週間は滞在するので、充太郎と地元との繫《つな》がりも以前より深まっていた。

七月初旬のある朝、りんがボストンバッグを手に、桜坂琉劇の二階にある、松倉金物の沖縄分室に飛び込んできた。

「出勤にしては、またずいぶんと大荷物やな。どうしたんや」

二階に上がるのには、館内の階段と建物の壁沿いに取りつけてある直通の外階段とのふた通りがある。事務所代わりに借りた充太郎にとっては、来客の折にちょうどいい造りであった。りんも映画館の鍵を持っているが、今は開館前で外階段から上がってきたのだ。

「あんなふらー（馬鹿）と暮らすのはもうこりごり」

りんが部屋に上がってきて、ボストンバッグを下ろした。

「また喧嘩したんか」

前にもこんなことがあった。そのときも、充太郎が間に入って、二人を仲直りさせてりんをアパートに帰らせたのだ。

「今度はそういうんじゃない。本当に出てきたのさ」

「考え直したほうがええで。どうしたのか、聞かせてえな」

「……子ども、欲しくないって」

りんが、自分のお腹をかばうように両手で触れた。

「……おめでたか」

「このまま二人で暮らすのが嫌なら、俺とは別れたほうがいいって」

「なんなんや、それは。ずいぶんと身勝手なやっちゃな」

「はるさんも説得してくれたんだけど、これだけは気持ちは変わらないって。だから、もういいの。あいつのことはきっぱり忘れる。全部、やり直すの」

「やり直すって、子どもはどうするんや？」

「もちろん、産むわ。わたしの子どもだもん。映画館のモギリだけじゃ育てていけないし、夜の仕事もしようと思う。はるさんのお店ってわけにいかないから、どこか探さないと。すぐに部屋も探すから、迷惑なのは分かってるけど、少しだけ間借りさせてほしいの」

「いやいや、それはまずいやろ」

六畳ほどの広さの部屋に流しとトイレが備えてある。部屋の片隅には、サンプルを収めた八〇センチほどのダンボール箱が、数箱積み上げられている。一人で暮らすには十分な広さだが、若い娘と二人、ましてや恋人でもない女性との同居など、なにかと問題が多過ぎる。

「すみっこでいいし、ご飯作ったりお掃除したり、仕事時間以外なら電話番もするから」

「それは間借りやなくて、もう夫婦やがな」

「夫婦――?」

「え、いや、だから、はたから見たらそうとしか見えんちゅうことや」

充太郎の言葉に、少し冷静になったのか、りんがうつむいて言った。

「そうかもね。ごめんね、変なこと言って」

ボストンバッグを抱えて、出て行こうとするりんを、充太郎が引き止めた。

「どこへ行くんや?」

「充さんにもいい人いるんだよね。やっぱり、ほかを探してみるよ」

「ちゃう、ちゃう、ちゃうがな」充太郎もいい加減、面倒になってきて、「もうええわ、ここにおりいや」とりんに告げた。

「本当にいいの?」

「ええよ。ただし、僕は映画館で寝る。それでよかったら、部屋が見つかるまでここにおりや」

「にふぇーでーびる、充さん」

りんはホッとしたような表情を浮かべてから、充太郎の首っ玉に腕を回して、ぎゅっと抱きついてきた。りんの温もりを受け止めながら、うれしさよりもむしろ切なさが込み上げてきた。


その夜、充太郎はさっそく「BAR SUNSET」に出向いた。

店内はいつもながらのにぎわいで、カウンターの端には、栄公の姿があった。今夜もミミガーをくちゃくちゃ噛みながら、泡盛をちびちび飲んでいる。

「よお、今日はやけに遅いお見えだな」

笑顔で声をかける栄公に、にこりともせず、はるに注文をする。

「この店でいちばん強い泡盛をストレートで」

「おー、今夜はえらく強気だな。なんかの戦闘態勢か、充さん」

はるがカウンターに置いてくれた泡盛のグラスを受け取ると、それを一気に飲み干してから宣言するように言った。

「そうや。おまえとのや、えいこー」

冗談かと思ってにやけていた栄公であったが、充太郎の真剣なまなざしに厳しい顔つきになった。

「……そうか。りんから何か聞いてきたのか」

「どういうことや。子どもはいらん、結婚せえへんて」

「言葉のまんまだ」

いつもなら、弟をどやしつけるはずのはるが、あえて話には入らずに席を外してテーブル席の接客に向かった。

「りんちゃんは今、俺のところにおる」

「桜坂琉劇の二階ってことか」

充太郎は頷きながらも、いつ殴りかかってくるか分からない栄公から、片時も目を離さずにいた。

「寝たのか、りんと……」

「そんなことせえへん。あそこで寝とるのは、りんちゃん一人や。俺は映画館で寝るつもりや」

「そうか、変なこと聞いて悪かったな。それなりの金は作ってあんたに渡す。あいつのこと、よろしく頼む」

栄公が頭を下げた。どうやら、子どもを堕ろしてほしいということらしい。

「本気でりんちゃんと別れるつもりか」

「ガキができたのは、俺のせいだ。だけど、まっとうな暮らしがしたけりゃ、俺との子どもなんか産まずに、きちんとした男といっしょになるべきだ」

「呆れた男やな。おまえと、りんちゃんにつきまとったあの米兵と、いったい何が違うんや」

一瞬、栄公の眉がぴくりと動いた。内心の怒りをぐっとこらえているようだ。これ以上、刺激すれば、本当に殴り合いになるだろう。テーブル席で接客しているはるも、ちらちらとこちらをうかがっている。

「……充さんの言うとおりだ。俺もアイツらと変わらねぇ」

喧嘩する覚悟で来たのだが、栄公の態度に肩透かしを食らった気分であった。

「これ以上、話しても無駄なようやな。りんちゃんはしばらくうちにおる。気が変わったら来るんやな」

充太郎は会計を済ませると、「BAR SUNSET」から引き上げた。


映画館に戻ると、ちょうど平日の最終上映の最中であった。国城には昼間のうちにりんと二人で事情を説明して、了解を得ている。映画館の暗闇に入ると、なるべく人気の少ない後ろの席に座って、観るともなくスクリーンを眺めていた。

となりの席に人が座る気配を感じて、振り向くと国城であった。

「栄公のやつ、なんか言ってたかい」

国城が小さな声で話しかけてきた。

「よろしく頼むって。正直、がっかりしました」

「りんちゃんみたいないい子を粗末にして。ふりむんぬいきが（馬鹿な男）だよ、じゅんに（本当に）」

「そんなわけで、しばらくお世話になります」

国城は、ああと頷いてから、「ちょっとロビーに行こうか」と充太郎を誘いだした。二人で場内から出ると、国城が廊下のベンチに座って煙草を一服し始めた。充太郎もそのとなりに腰掛ける。

「栄公が棟梁を殴って、大工をクビになった話はしたっけ」国城が切り出した。

「ええ」

「あれな、現場で濡れ衣を着せられたんだよ。施主さんの手提げ鞄から財布がなくなって、真っ先に疑われたのが栄公だった。あいつ顔に疵があるだろ。人相が悪くみえたんだろうな、なんでこんなガラの悪いのを雇うんだって。棟梁も庇ってくれず、今なら警察沙汰にしないから返せって。それであいつ、カッとなって殴っちまったらしい。犯人は中学生になる、施主の息子だったそうだが、あいつは即、解雇された」

「えいこーの顔の疵はどこで?」

充太郎は、気になっていたことを訊いた。

「沖縄戦だよ。仲間の手榴弾が炸裂して、その破片を食らったらしい。護郷隊《ごきょうたい》って聞いたことあるかい。あいつはそこにいたんだ」

「護郷隊――?」

「一四歳から一八歳の子どもたちで組織されたゲリラ部隊さ。戦時中はわたしも大阪に疎開してたんで、知ったのはこっちに帰ってきてからだがね。本来、兵役法の召集年齢は満一七歳と決まってる。だけど、あの頃軍部はもう本土決戦を考えていた。とにかく兵隊が足りない。最前線の沖縄じゃ、防衛召集という名目で一四歳の子どもまでが召集された。鉄血勤《てっけつきん》皇《のう》隊とか、ひめゆり部隊とかなら聞いたことあるだろ」

「ええ、その名前なら」

「だけど、護郷隊はそれとも違ったようだ。少年たちを教育したのは、日本のスパイ養成機関といわれた陸軍中野学校の出身者だ。一人十殺を目標に、地獄の特訓で殺すことも死ぬことも恐れぬ人間をつくり上げてゆく。そんな子どもたちがこの沖縄には一〇〇〇人もいたんだ。えいこーもその一人さ。あの顔の疵《きず》も、お国のためにできたんだ。あいつにも、人には言えない大きなしこりがあるのかもしれない」

栄公のことを憎からず思うみんなの気持ちが、充太郎にも少し分かった気がした。彼の粗暴さと無邪気さが同居する性格は、まっとうな思春期を送れず、否応なく大人になってしまったせいなのかもしれない。

「だからといって、りんちゃんを泣かせていい理由にはならんがな。迷惑かけてすまんね、島人《しまんちゅ》でもない充さんにまで」

「そんなこと言わんでください。ここにいるあいだは、僕も島人のつもりでおるんです」

「にふぇーでーびる、りんちゃんのこと、もう少し面倒見てやってくれ」

国城は、煙草を吸いながら入れで揉み消すと、充太郎にぺこりと頭を下げた。


桜坂琉劇の二階に新たな来客が訪れたのは、三日後の早朝のことだ。

直通の外階段を上がってきたサムは、上り口にどさりと重そうなナップザックを下ろして言った。

「ジュータロー、しばらくのあいだ、ここにおいてくれないか!」

サムはかなり切迫した様子であったが、迎え入れた充太郎の向こうに朝ご飯の支度をするりんの姿を見て、呆気にとられていた。

「リンちゃん、ここでなにを――?」

「なにをって、間借りさせてもらってるのさー」

「おまえら、いつからそういう仲になったんだ⁉」

ちゃうがな、と充太郎がこれまでのいきさつを説明する。難しい会話になると、サムも日本語では理解できない。充太郎が英語で話してやると、りんにはちんぷんかんぷんのようである。

「しくじったな。エイコーのところにはリンちゃんがいると思って、ジュータローを頼って来たんだが、あべこべになっちまった」

「いったい、どうしたんや、サム」

「本国がベトナムで起こっている内戦に介入を始めた。沖縄でも北部訓練場で、対ベトコン戦を想定したゲリラ戦の訓練が始まるって噂だ。もしそうなったら、俺も駆り出されるだろう。なんだかソワソワして、気づいたら基地を飛び出しちまったんだ」

「脱走ってことか。まずいんじゃないのか、それは」

「まずいさ、そりゃ」とサムが抱えてきたナップザックの上に腰を下ろした。

「意気地なしだと思ったろ、俺のことを。だけど、俺の兄貴は朝鮮戦争に出兵して気が触れちまった。あんなふうになるのはごめんだ」

「とりあえず、朝ご飯いっしょに食べようか」

りんが明るい声で言った。

「難しい英語は分かんないけど、ESCAPEって意味は分かるよ。いろいろあるけどさ、おなかいっぱいになったら、また考えればいいさー」

この部屋には、買い溜めをしておく冷蔵庫はないが、食材ならすぐ近くの第一牧志《まきし》公設市場に足を運べば、ふんだんにそろう。りんは、毎朝、市場に出かけて、充太郎が部屋に来るまでには、朝ご飯の支度を済ませてくれていた。

今朝の献立は、ヘチマと島豆腐の味噌煮に、納豆とご飯とゴーヤーの味噌汁。シンプルだが、りんの味つけは、絶品であった。足りないサムの食器は、りんが映画館の事務所にある食器棚から調達してきてくれた。サムには、フォークとスプーンを用意してやった。

充太郎とりんとサムは、まだ湯気の立っている料理を前に三人で食事した。

「うん、美味い」

サムがりんの料理を口にして、感嘆の声をあげた。

「だろ。美味いんだよ」と、充太郎がサムに微笑みかけて、料理に箸を伸ばす。

「ご飯、おかわりあるからね」と、りんも笑顔で自分の料理に箸を運んだ。

三人は、もりもりと朝ご飯を食べた。

充太郎には、身重の女と脱走兵と島人《しまんちゅ》でもない自分が、沖縄の地で家族のように食卓を囲んでいる光景がひどく滑稽《こっけい》に思えた。それでも、なぜだか充太郎の胸の奥は、不思議な充足感で満たされていた。

腹を満たしたところで、充太郎が切り出した。

「だけど、サム、リンダさんのことはどうするんや？」

「リンダさんて、ひょっとしてサムの恋人のこと？」

りんがたずねると、サムの表情がにわかに曇った。

「本国に送るラブレター、もうできとるけど……」

「充さんが――？　どうして自分で書かないの？」

と、りんがサムに問う。

「学校にもろくに通えなかったから、スペルが分からないんだ。リンダだって自分じゃ書けない。あいつからの返事も代筆さ」

「おまえが脱走したら、もうリンダとは会えへんようになるわな」

答えが見つからないようで、サムは押し黙ってしまった。

そのとき、外階段を勢いよく駆け上がってくる足音が響いてきた。

反射的に、サムが立ち上がって部屋の隅に身を隠すように縮こまったが、二メートル以上ある大柄な身体を隠すところなどこの部屋にはない。辛うじて、部屋に置かれたデスクの椅子をどかして、机の下に潜り込んだ。

充太郎とりんも緊張した面持ちで、外階段から続く通用口のドアに目を向けた。勢いよくドアが開け放たれると、その向こうに栄公が立っていた。

「えいこー、どうしたんや？」

駆け上がって来たせいで息も荒い栄公は、肩を大きく波打たせながら、かりゆしの胸ポケットから分厚い封筒を突き出した。

「これ使ってくれ」

「なんや、それは――？」

「……だから、ほら、りんのアレだ」

急に言いにくそうに、栄公が口ごもる。

りんがばっと立ち上がると、栄公が突き出した封筒をつかんで、彼の胸に思い切り投げつけた。封筒の中から札束が飛び散った。

「誰が頼んだ、こんなもん持ってきてって、誰が頼んだ！」

「俺にできる誠意さー」

りんが栄公の頬を張った。

「あんた、馬鹿？　誠意ってそういうときに使う言葉じゃないよ」

栄公は何も答えない。その胸ぐらをりんがつかんだ。

「ねえ、聞いてるの、なんか言ったらどうなのさ。おい、えいこー！」

充太郎は、りんの思うようにさせてやろうと思った。デスクの下に隠れていたサムが駆け寄って、二人の間に割って入った。

「二人ともよせ！」

「サム⁉　なんでおまえここにいるんだ」

栄公が、一瞬、自分の置かれた状況も忘れて問い返した。

「とりあえず、上がってくれ。話はそれからや」と充太郎がドアを閉めて、栄公を部屋に引き入れた。

りんは栄公に背を向けると、デスクの椅子の上に膝を抱え込んで座った。

「エイコーとちょっと話していいか。リンちゃんには悪いが、こいつしか頼りになるやつがいないんだ」

「好きにすればいいさ」

サムが栄公に事情を説明した。

栄公はしばしなにごとか考えてから、口を開いた。

「しかし、脱走とは思い切ったな。よし、俺に任せろ。追っ手がかかるには、いくらなんでもまだ早いだろう。今のうちになんとか逃走ルートを手配してやる。台湾か、香港か、それともロシアか、どこがいい！」

「待ちや、えいこー。そう急くなって」充太郎が栄公をなだめて、ひとまず室内に座るよう促した。「まずは、サムがどうしたいかやろう」

「逃げたいに決まってるじゃねーか。捕まれば戦犯だぞ」

「少し時間をくれないか」

サム自身、気持ちの整理がまだできていないのだ。重苦しい沈黙が支配するなか、口を開いたのは、りんであった。

「ねえ、……みんなでドライブでも行かない」

りんが、ぽつりと口にした。

「はあ？　こんなときに何のんきなこと言ってんだ」

栄公が呆れたようにりんの顔を見た。

「こんなときだから言ってるのさ。辛気くさい顔して部屋に籠もってたって、なんにも変わんないさー。そんなときは、ドライブにかぎるさ。行こうよ、みんなで。きっと気持ちいいよ」

冗談めかしてはいるが、りんのまなざしは真剣であった。

「ドライブってどこまで行くつもりや――？」と、充太郎が問う。

「できるだけ遠くへ。とりあえず、北に向かおうか。うちの田舎の大宜味村より、もっともっと北へ。いっそ、北の果てか。行ってみたいな。俺も賛成や」と、充太郎が答えた。

「北の果てまで！」

「おい、充さんまで何考えてんだ。少しは、サムの気持ちにもなってみろ」

りんと充太郎を睨めつける栄公に、サムの声が聞こえた。

「いや、いいかもしれない」と、サムが答えた。

「サム、おまえもか！」

「決まったね！　えいこー、あんたも最後だから付き合いなよ」

りんにそう言われて、栄公に反論の余地はなかった。

十二

ドライブには、栄公のオンボロ軽トラックで出かけることになった。

身重のりんは助手席に乗せて、運転は栄公とサムと充太郎が交代で務めるという話になったが、ここで衝撃的な事実が発覚した。充太郎は運転免許を持っていなかったのだ。

「運転もできねーくせに、賛成したのか」と呆れ返る栄公に、充太郎は照れくさそうに頭を掻いて笑った。

「親父さんの言いつけでな。酒飲みは人さまにご迷惑おかけするから、運転したらあかんてな」

「けっ、役立たずが」

と、栄公が吐き捨てるように言った。

結局、運転は栄公とサムとりんが交代ですることになり、充太郎は荷台に乗ることになった。最初は、栄公が運転することになった。アクセルを踏むと、不穏なエンジン音を立てながら、軽トラが発進した。

四人を乗せた軽トラは、ハイウェイ№1から政府道一号線へと至る、幹線道路を北上してゆく。南部の那覇から最北部の国頭村《くにがみそん》までを縦断するこの道路は、米軍が有事には滑走路として使用する目的で整備したもので、今では沖縄の大動脈でもある。この道をひたすら走ってゆけば、沖縄の最北端、山原《やんばる》地区にある目的地にたどり着く。時間にしておよそ三時間ほどの旅である。

車内のカーラジオでは、在沖米軍向けのラジオKSBKにチューニングが合わせてあり、軽快なラテンナンバーが流れていた。

「テキーラ！」と陽気な声で合いの手を入れる、りんとサムと充太郎の声を聴きながら、どういう神経してやがるんだ、と栄公は愚痴りつつハンドルを握っていた。浦添《うらそえ》にある海兵隊の駐屯地、キャンプ・キンザーを左手に見ながら、宜野湾《ぎのわん》、北谷《ちゃたん》、嘉手納《かでな》、読谷《よみたん》と基地関連の町を経て恩納《おんな》に至ると、右手に米軍に接収されて立ち入ることのできない恩納岳がそびえている。戦時中は激戦地となって、日米兵の多くの魂が眠る場所だ。緑の樹々に囲まれた山あいの道路を抜けると、視界の先に海岸線が開けて、エメラルドグリーンの海面が、八月の陽光にきらきらと照り映えて見える。充太郎とサムは、荷台の上で心地よい海風を浴びていた。最寄りの店でトイレを借りるついでに、煙草やジュースやスナックを買い込んで、運転をサムに代わった。

チャック・ベリーが奏でる、『ジョニー・B・グッド』のエキサイティングなギターリフが流れると、運転席のサムと、となりに座るりんもリズムに合わせて身体を揺らす。荷台の充太郎と栄公までもが、いつのまにかリズムに乗せて身体を揺らしていた。

軽トラが名護《なご》市街に入ったところで食堂に入り、豚骨と鰹の出汁が利いた沖縄そばをかき込んだ。サムは猫舌で、食べ終わるまでにひどく時間がかかった。ふたたび移動を始めて海岸線に差し掛かったところで、ボスン、ボスン、ボスン！　と車体から不穏なエンジン音が轟いたかと思うと、ぴたりと軽トラが停車してしまった。エンストであった。押しがけで、エンジンをかけることにした。

運転席にりんが乗って、サムと充太郎と栄公がトラックの後ろに回ると、三人で車体の後部を押してゆく。ドルン、ドルン、ブスン、ドルン、ドルン、ブスンと、軽トラは不機嫌なお嬢さんのような音を立てながら、やがて息を吹き返した。

と同時に、ラジオからは女性カルテットのチャーミングなアカペラで「ロリポップ　ロリポップ」の歌声が軽やかに響き渡る。

汗まみれになった三人の男たちは、荷台にあった木箱から軍の払い下げ品のTシャツを引っ張り出して、それに着替えた。栄公はトムとジェリー、サムはベティ・ブープ、充太郎はスーパーマンのプリントであった。

軽トラはそのままりんの運転で北進を続けた。

海岸線を走る軽トラは、やがてりんと栄公の故郷、大宜味村を通過してゆく。右手には、緑豊かな稜線が連なる、山原《やんばる》の自然の景観が広がっている。しかし、この山向こうには、米軍の北部訓練場の広大な敷地が広がっているのだと、後ろに乗っているサムが教えてくれた。対ベトナム戦のための戦闘訓練がすでに始まっているという、サムの言葉を思い出した。

軽トラが国頭村《くにがみそん》に入ると、自然に囲まれた海岸線の向こうに、おぼろげに小高い崖が見えてきた。距離が近づくにつれてその光景がくっきりと像を結んでゆく。緑の平原が広がる向こうに、自然が作り出した断崖絶壁が海に向かって屹立《きつりつ》している。ここが沖縄の最北端、辺戸岬《へどみさき》であった。

いつのまにか、カーラジオからは、男四人に女一人のコーラス・グループ、プラターズが歌う『ザ・グレート・プリテンダー』が流れ、抜けるような青空に染みわたってゆくようであった。

　岬へと続く丘の中腹に軽トラックを停めると、四人で降りて岬の突端に向かっていった。ごつごつとした珊瑚質の岬は、太平洋と東シナ海をまたぐように大海に望んでいる。最北端の地にふさわしく、荒々しくも孤高の気高さを湛えていた。

　四人は崖の上に立った。

　午後の西日が海面に降り注ぎ、はるか向こうに与《よ》論島《ろんじま》の島影が見える。

　四人はしばらくその光景に見入ってから、誰からともなく、それぞれの居場所を探して離れていった。

　栄公は岬の崖の淵から身を乗り出して、眼下に打ちつける白い高波を見下ろしている。サムは、少し離れた崖っぷちで海の向こうをじっと見つめている。りんは、岬の周囲に生息する亜熱帯性植物を眺めながら散策していた。

　充太郎は、栄公のそばに近づいてこう言った。

「このまま、りんちゃんと別れてええんか?」

「蒸し返すな、もう決めたことさ」

　栄公の答えを聞いて、充太郎が思い切ったように切り出した。

「だったら、俺がりんちゃんの面倒を見る」

「……本気で言ってんのか?」と、栄公が振り返った。

「本気や。あんなええ子はおらん」

「軽はずみなことを言うな」

「よくよく考えてのことや」

「無理だよ、充さんには」と栄公が苦笑してみせた。「あんたには会社があるだろ。鉢植えの中ですくすく育ったあんたと、りんや俺みたいな雑草とじゃ、所詮、生きる世界が違うんだ」

「会社なんかどうでもええ。りんちゃんが望むなら、ここで暮らしてもええ」

「だったら、なおのこと子どもは堕ろせ」

「おまえが指図することやない」

「なんだと」

「親になる気がないなら、黙っとれ」

「大人しく聞いてりゃ、あんまりでかいツラすんじゃねーぞ」

とうとう栄公の堪忍袋の緒が切れた。

「沖縄を盾にした、きさまら大和人《やまとんちゅ》に何が分かる。おまえらが防空壕でビクビクしてるあいだ、俺たちはここで戦争やってたんだ！」

国城が言ったとおり、栄公の心の内には大きなしこりがあるようだ。

「俺たち子どもはゲリラ兵として戦場に放り込まれた。招集なんて名ばかりさ。嫌だって言えば、家族がタダじゃすまねぇ。毎日、毎日、仲間が死んでったさ。森の中で米兵と戦闘になって、手榴弾で自爆した奴もいた。吹っ飛んだ肉片が木の枝からぶら下がって、ピチャピチャ、ピチャピチャ、血の雨が降るんだ。地獄だ、あれは。命拾いしたって、歩けないと分かりゃ、足手まといだと軍医に撃ち殺された。分かるか、味方にだぞ。そんなかには、俺の友だちもいた。どうしてやることもできなかった。見て見ぬふりさ。見殺しにしたんだよ。俺も人殺しだ」

栄公が抱え込んできた、悔恨の念がほとばしった。

「あのときの銃声が、今でも耳にこびりついて離れねーんだ。そんな人殺しが、ぬくぬく家族なんかこさえて生きられるか！」

それは、過酷な戦場を生き延びた男の血の叫びだった。

栄公の抱えてきた苦しみは充太郎にも痛いほど伝わってきた。しかし、だからといって、栄公にりんの幸せを奪う権利はない。

「せやから、同情せえと言いたいのか」

「なにぃ？」

「じゃあ、りんさんのお腹に宿った命はどうなるんや？ 戦場で見殺しにするのも、授かった命を見殺しにするのも、罪の重さは同じじゃないか」

「分かってんだよ。分かってんだよ、そんなことは！」

栄公が充太郎の胸ぐらをつかんで、拳を振り上げた。気の済むまで殴らせてやろう、と充太郎は思った。しかし、振り上げた栄公の拳をサムの手がつかんでいた。

「よせ、エイコー。いいかげん、大人になれ」

サムは強靭な腕力で栄公の腕を引き下ろした。

「俺は腹を決めたよ。基地に帰る」サムが言った。

「いいのか、それで――？」

「おまえも、そろそろまともな仕事に就け。俺たちのビジネスも終わりだ。今なら間に合う」

憑《つ》き物が落ちたような、穏やかな表情でサムが言った。

いつのまにか、太陽が水平線に迫り、空が赤く染まり始めていた。

「日が暮れてきたねー。みんなそろそろ行こうか！」

りんが戻ってきた。髪にはハイビスカスの花を飾っていた。

「どお？」りんが澄ましてみせた。

「ああ、似合うよ」充太郎が笑顔で答えた。

「リンちゃん、ドライブに誘ってくれてありがとう。気持ちの整理がついた。基地に帰ることにしたよ」

りんは、サムの言葉に肯定も否定もせず、そう、とだけ答えて笑顔を見せた。

四人は軽トラに戻った。

栄公の運転で政府道一号線に出ると、充太郎といっしょに荷台に乗っていたサムが車を停めてくれるよう声をかけた。

「俺はここで降りるよ。いっしょにいると決心が鈍りそうだ。一人でゆっくり帰ることにする」

サムがナップザックを担いで荷台を降りた。

充太郎にも、栄公にも、りんにも、サムを止める言葉はなかった。その気持ちはみんな同じであった。

「そうや、忘れとったわ」

充太郎がズボンのポケットから封筒を出した。

「頼まれとった、手紙。書き直しておいたんや。渡さな思うて持ってきとった」

「ありがとう」

サムは手紙を受け取りかけて、すぐにその手を引っ込めた。

「悪いが、ジュータロー、おまえが出しておいてくれないか」

「え、俺が――？」

「基地に帰ったら、手紙を出す暇もなさそうだからな。おまえに託すよ」

「分かった」

充太郎は手紙をまたズボンのポケットに戻した。

運転席の栄公が、サムに手を突き出して握手を求めた。

サムが黙ってその手を握った。それから、りんに、

「身体、大事にな」と声をかけた。

充太郎が助手席に乗り込んで、三人が車内に収まると、サムに見送られながら、車を発進させた。

バックミラーに映るサムも、やがて前に向かって歩きだした。その姿は、どんどん小さくなっていって、やがて海岸線のカーブの向こうに消えた。

「サムの手紙、なんて書いてあるんだ?」

栄公が充太郎にたずねた。

「知りたいか」

「よしなよ、人のプライバシー」と、りんがたしなめた。

「いや、サムもきっと分かってるはずや。だからこそ、俺に預けたんや」

「読んでくれよ」と、栄公が言った。

「俺が代筆したんや。見なくても覚えとる」

充太郎が、サムの手紙の内容を暗誦し始めた。

「親愛なるリンダへ
元気に過ごしているかい。

残念な知らせがある。

アメリカは、朝鮮戦争に続いて、
内戦中のベトナムにも首を突っ込み始めた。

俺も出兵することになるかもしれない。

だけど心配しないで。俺の命はきみだけのものだ。

誰にも奪わせはしない。

どんなに遠まわりだろうと、
俺は必ず生きて帰る。

帰ったらどこでもいい。二人でいっしょに家を建てよう。小さくてもいい。そこで、家族をつくろう。俺たちはもう、さびしくなんかない。

心からの愛を込めて。

サム」

栄公もりんも黙って、充太郎の言葉に聞き入っていた。

「サムは、目の前の現実を生き抜くと決めたんや」

それから、三人は黙ったまま、車に揺られていた。

大宜味村に差し掛かったあたりで、りんが口を開いた。

「停めてくれるかな、えいこー」

栄公が車を停車させた。

「わたしも帰るよ、このまま大宜味村に」

栄公は、ああ、とだけ頷くと、じっと前を見つめていた。

「最後のドライブ、楽しかった。じゃあね、充さんも元気でね」

別れがつらいのか、ぶっきらぼうにそう言うと、りんが助手席から車を降りた。

それから、振り返りもせずにハイウェイを外れて、村へと続く側道を歩きだした。

りんの背中がみるみる遠ざかっていく。

その姿を見送っていた充太郎が、たまらず車を降りようとした刹那、運転席のドアが開け放たれる音がした。

「勝手ですまん、充さん」

栄公が運転席を降りると、りんの背中を追って駆け出していった。

りんに追いついた栄公が彼女の肩に手を掛けた。

その手を振り払い、りんが激しく抗った。

それでも栄公は、りんの腕をつかんで引き寄せた。

やがて、抵抗するりんの動きが止まった。

しばらく二人は、そのままでいた。

そして、りんが栄公の腕に抱きしめられた。

充太郎は、その様子を車中からただ見届けていた。


夕暮れ時のハイウェイを、軽トラは那覇を目指して走っていく。

栄公がハンドルを握る横には、充太郎とりんが乗っていた。

「帰ったら、棟梁に詫びを入れる」

栄公が誰にともなくぽつりと呟いた。

「許してもらえるか分かんねーけど、もう一度、大工をやってみたい」

「そう。いいと思うよ。ちばりよー」

いつか充太郎に声をかけてくれたときのように、りんが栄公に声をかけた。

その言葉には、きっと二人の未来が幸福であるようにという、願いが込められているのだろう。

そんなことを思っていると、ふいにあの歌が充太郎の口をついて出た。

「〽汗水ゆ流ち　働ちゅる人ぬ
　心うれしさや　他所《よそ》ぬ知ゆみ
　他所ぬ知ゆみ　ユイヤサーサー
　他所ぬ知ゆみ
　シュラヨ　シュラ　働かな」
「汗水節《あしみじぶし》か」と栄公が言った。
「ああ、この島の人が俺に教えてくれた。俺のことをあんたも島人の仲間だと言って。せやから、俺にとって大事な歌なんや」
　栄公も歌い出した。
　やがて、りんもいっしょに歌いだした。
　三人の歌声が、海岸線を走る軽トラの車内を満たしてゆく。
「〽朝夕働ちょて　育ててる産《な》し子《ぐゎー》
　手墨学問《ていしみがくむん》や　広く知らし
　広く知らし　ユイヤサーサー
　広く知らし
　シュラヨ　シュラ　働かな」
　その三ヶ月後――、
　宮城栄公と安座間りんは祝言をあげた。
　大阪の貿易部で多忙を極めていた充太郎は、式には参加できなかった。
　あとで二人から結婚式の絵葉書が届いた。
　そこには、花婿姿で仲人の国城夫妻と大工仲間に囲まれて緊張した笑顔の栄公と、栄公の姉のはると娘のはな、そして、以前より大きくなったお腹に愛おしげに手を添える花嫁のりんの姿があった。

　昭和三六（一九六一）年五月、アメリカはベトナム民主共和国にアメリカ軍の正規軍人からなる「軍事顧問団」を四〇〇人派遣し、昭和三八（一九六三）年までにその数は一万人以上におよんでいる。彼らは南ベトナム解放民族戦線壊滅のため、クラスター爆弾、ナパーム弾、枯葉剤を使用し、手段を選ばず攻撃した。
　サムのその後の消息は定かではない。充太郎が投函した手紙に書かれていた恋人のリンダの住所を辿れば、彼の安否も確認出来たかもしれないが、それはやめておいた。サムはきっと、生きてリンダの元に帰ったのだと、充太郎はそう信じることにした。

十三

昭和四七（一九七二）年――、りんの話を聴き終えて、六郎と将と勲男が、栄公の仏前で手を合わせた。手を合わせながら、六郎は思った。りんが語ってくれた話は、けして昔話などではない。今と地続きの話なのだ。

アメリカは今もベトナム戦争の泥沼の中にあり、在沖米軍からも多くの若者が出兵していると聞く。このところ、沖縄営業所からの商品の発注に把手《とって》がやけに増えている。聞けば、戦死した兵士の遺体を収めた棺《ひつぎ》を運搬するために取り付けるものだという。この土地はまだ戦争の只中にある。

そのことを充太郎もよく噛み締めて、土地の人たちとふれあってきたのだろう。

「えいこー、珍しいよね、こんなに手を合わせてくれる人が来るなんて」

りんが栄公に語りかける。

仏壇を背にしようとした六郎が、横にある箪笥の上に視線を止めた。

そこには、花嫁姿のりんと花婿姿の栄公が並んだ写真が置かれており、その並びにはもう一枚、りんと小学生くらいの少女と笑顔の充太郎が並んだ写真が置かれている。三人は、二メートル近く伸びた太い茎に長い楕円形の葉を実らせた植物畑の前に立っており、充太郎の手にはその植物の太い茎が握られていた。

六郎の視線に気づいて、将もその写真を見た。

「ごめんなさい、家族写真みたいに並べちゃって。二年前のものです。これね、糸芭蕉といって、芭蕉布の糸を採る原木なんです。本当は女の仕事なんだけど、秋の収穫のときに、充さんがいっしょにやってみたいと言ったので」

「いっしょに写っとるのが娘さんですか」と六郎がたずねる。

「ええ、ふうかといって、今年で一四になります」

「じゃあ、もう中学生ですか」

「ええ。この子が三つのときに主人が死んだので、父親の記憶もほとんどないんです。あんまりうれしそうだったんで記念に」

将は、充太郎が写った写真をあらためて見つめた。

ふうかは充太郎の腕に手を回して打ち解けた笑顔を見せている。なんだか複雑な気持ちになった。

「なまちゃん!」

と声がして、玄関から足音が近づいてくると、戸を開けて伸びやかな手足の少女が入ってきた。海水浴帰りなのだろう、麦わら帽子に、Tシャツにホットパンツという軽装で、肩からかごバッグを掛けている。よく日に灼けた肌に、粒だった汗がきらきらと光っていた。

勲男とは顔見知りのようで、「こんにちは」と軽く挨拶を交わしている。

「ふうか、充太郎さんのお父さんの六郎さんと、息子さんの将くんよ。ご挨拶なさい」

「へぇ、はいさい、宮城ふうかです」

麦わら帽子の下の真っ黒に日焼けした顔は、眉が太く少年のような凛々しさを湛えた美人で、りんより遺影の栄公によく似ていた。

「将くん、芭蕉布って見たことある?」と、りんが将に訊いた。

将は首を横に振った。

「奥の部屋の機織りで織ってるんだけど、見てみる?」

「機織りって、鶴の恩返しみたいなあれですか?」

「そうよ」と答えると、りんはふうかに声をかけた。

「お母さん、もう少し六郎さんとお話があるの。将くんを案内してあげてくれる」

りんが六郎に視線を向けた。どうやら、二人だけで話したいことがあるらしい。六郎も、「そうしたらええ。覗かしてもらいなさい」と促した。

「行こっ、将くん」と、ふうかが屈託のない笑顔で将を誘う。

将はふうかについて、居間を出ていった。

勲男もその場の空気を察したようで、

「俺、ちょっと表で煙草吸ってくるさ」

と気を利かせて退出した。

勲男が出てゆくと、りんが立ち上がって、仏壇の奥に手を差し入れた。なにごとかと様子をうかがっている六郎の前に戻ると、仏壇の奥から取り出したものを六郎の前に置く。

厚みのある封筒であった。

「なんですか、これは――？」

そう問う六郎に、りんが告げた。

「充太郎さんから届く、仕送りです。充さん、絶対直接は渡さずに、いつも送ってきてくれる荷物の中にそっと忍ばせてあるんです」

「見てもええですか」と聞く六郎に、りんが頷くと、六郎は封筒を手に取って中身をあらためた。一万円札で、おそらく五〇枚以上はあるだろう。

「これ、お父さまにお返ししてもよろしいですか？」

「しかし、これはわたしが出したお金やあらへんし。わたしに返されても」

「充さんは頑として、受け取ろうとしないんです。ニライカナイにいる栄公からの仕送りやって」

「ニライカナイ？」

「こっちの言葉で、常世の国とか楽土という意味です」

天国からの贈り物だと言いたいのだ。それを聞いて、六郎がくすりと笑った。

「御守り代わりに飾っていたんですけど、お父さまが持って帰ってくだされば」

「あきまへんのや、それが」

「どうしてですか？」

「お話ししとことと思とったんですが、沖縄に来たことは、孫とわたしだけの秘密ですのや。せやから、持ち帰るわけにはいきまへん。それに、これニライカナイからの仕送りでっしゃろ。そんなもん持ち帰ったらバチが当たりますがな」

六郎が封筒をりんの前に差し戻した。

「御守り代わりに置いとったんなら、これからもそうしてください」

りんはそれ以上返す言葉がなく、封筒を押しいただいて、あらためて受け取った。

「ありがとうございます。大切にします」

「お礼を言うのはこちらですがな。来て良かったですわ、ここに」

「わたしは何も……」

恐縮するりんに、六郎が言葉を続ける。

「沖縄に来て、ようやくせがれの顔をちゃんと見た気がしますのや。不思議ですな。大阪にいてるより、遠くのほうがあれの心がよお見えます」

六郎の言葉に、りんが頷いた。

「充さんは素敵な人です。誤解を恐れずに言えば、栄公といっしょになる前、わたしも充さんに恋していたのかも」

りんが仏壇に向かって、「わっさいびーん、えいこー」と笑ってみせた。

その様子に、六郎も笑みがこぼれた。


ふうかが壁に掛けてあった芭蕉布の着物を外して、窓辺に持ってくる。

窓から差し込む光にかざすと、藍色のとんぼ模様があしらわれた淡いあめ色の生地が透けて、夏の日差しのきらめきが布目からもれ入ってくる。

やわらかな光を浴びながら、将はその光景にしばし見惚れていた。

「素朴な色合いだけど、すごくきれいでしょ。なんだか心がふんわりしない？」

「うん、するする。きれいや」

「よかったら、羽織ってみる？」

「ええの？」

ふうかが、将の背中に着物を着せ掛けてくれる。

将が腕を通してみた。

「さらさらして、気持ちええわ」

「でしょ。でも、この着物を作るのに、糸芭蕉の原木が二〇〇本もいるんだよ」

「そんなん。木を切るだけでも大変ですやん」

「その木が育つまでにだって三年もかかるの。大変な思いをして取り出した糸をこの手織り機で織って仕上げるまでには、さらに半年の工程がかかるのよ」

驚く将の腕から着物をそっと脱がせると、ふうかは着物を元の位置に掛け直した。それから、室内の一画を占めている手織り機の前に座った。

筬《おさ》と呼ばれる、櫛の歯状の木枠に掛けた無数の経《たて》糸《いと》を上下に開口させながら、そのあいだに、緯糸《よこいと》を巻いた杼《ひ》という木片を潜らせて織り上げていく。人力なので、足元に筬を開閉させるための踏み木がついている。

「これが機織り――？」と将がたずねる。

「そう、ちょっとだけやってみる？」

「ええの？」

将が好奇心に目を輝かせた。

「ええよ」と、ふうかが将の関西弁を真似て笑ってみせた。

ふうかに、座ってみてと促されて、将は手織り機の前の椅子に腰掛けた。

「この踏み木を踏んで、緯糸を通す経糸の隙間をつくる。糸を通したら、筬押さえっていう、この櫛みたいなもので織り上げた糸の隙間を寄せていくの。いい、こうね――」

将の後ろから、ふうかが腕を回して手ほどきしてくれる。

文字どおり、手取り足取りで、将が織ってみる。最後に筬押さえで織り目を寄せるときに、家の玄関から聞こえた、あのトントンという、心地よい音が響き渡った。

「じゃ、も一回ね」

今度は、反対から杼を通して、またトントンと筬押えで織り目を寄せる。

「充太郎おじさんて、おうちでは優しい？　怖い？」

ふうかが聞いた。

「うーん。優しくも、怖くもあらへん」

「何それ？」

「だって、朝は寝とるし、夜は飲んで帰ってくるから、おらへんし」

将の答えに、ふうかがくすっと笑った。

「でも、おうちに帰ってくるんだよね。素敵だね」

「ホンマにそう思う？」

「ホンマだよ。あ、そこ、ほら、こうしてこうね」

言いながら、ふうかが将の背中から身体を乗り出して手ほどきしてくれる。

将の背中に、ふうかの少しふくらんだ胸が押し当てられ、やわらかい感触が背中を押した。彼女のほのかな汗の匂いが、将の鼻をくすぐると、今まで感じたことのないような鼓動の高鳴りとともに、股間が急にじんじんした。

「うわっ」と思わず声がもれて、

「え、どうしたの、将くん」と、ふうかが心配げに後ろから覗き込んでくる。

「な、何でもあらへん覗かんといて」

「将、そろそろ、お暇しますでぇ」

将がどぎまぎしていると、引き戸の向こうから、六郎の声がした。

「はい、すぐ行きます！」

そう答えて、将はすり抜けるようにふうかから身体を離した。

「おおきに。楽しかったです」

ぺこりとおじぎすると、引き戸を開けて逃げるようにして廊下に出た。


りんとふうか母娘に送り出されて、六郎と将は宮城家の玄関を出た。

勲男がすでに車のエンジンをかけて待機してくれている。

「充太郎のこと、これからもよろしゅうお願いします」

六郎がぺこりと頭を下げると、りんも「こちらこそ」と、頭を下げて応じた。

「将くん、また遊びにきてね！」

将がどぎまぎしていると、別れ際のふうかの笑顔が、将の胸と股間にきゅんと響いた。

一四

「勲男さん、お手数ですが、もう一ヶ所、寄ってもろてもええですか」

六郎の頼みに、「もちろんです。どこでも行きますよ」と勲男は快く応じてくれた。

国道五八号線（旧政府道一号）に戻ったトヨタクラウンは、那覇方面には戻らず、そのまま道を北上した。海岸線を進むと、その先にはやがて珊瑚質の切り立った崖が見えてくる。

「北の果てですね」と将が呟いた。

「そうですな」と六郎も呟いた。

――辺戸岬《へどみさき》であった。

岬へと続く緑の丘の中腹まで登ったところで、勲男は車を停めた。

「ここで待ってもろて、ええですか」

六郎が、旅行鞄を手に将と二人で車を降りた。どんなときでも鞄を離さないのは習い性だろう、二人して丘を登って、その先にある岬の突端を目指した。

ふうふう、と息を吐きながら登る六郎に、将が先に登りながら手を差し伸べてやる。

「しっかりつかまってや、おじいちゃん」

無意識に、将の口をついて出た言葉だった。

六郎は、差し出された将の手をしっかりと握って丘を登った。

ようやく、岬の突端にたどり着いたときには、陽はすっかり西に傾き、夕映えの空が一面に広がり、にじむような朱色と深い碧を海面に織り上げている。その向こうに、与論島の島影がくっきりと見えた。

二人して、潮風を胸いっぱいに吸い込んでみた。

「はあ、ええ気持ちやあ！」

将と六郎の声が重なった。驚いた二人は顔を見交わし、思わず笑いだした。

ひとしきり笑ったあと、六郎が言った。

「ご苦労でしたな、将」

「おじいちゃんも――、あ、六郎さんやった」

あわてて訂正する将に、

「ええで、おじいちゃんで」

と六郎が笑った。

「そやけど、将、今度の旅で見たこと、聞いたことは、わたしらだけの秘密にしときましょな」

「分かってます」

「そういえば、約束でしたな」と、六郎が抱えていた旅行鞄を下ろすと、背広の胸ポケットから取り出した鍵で南京錠を開けて外した。

「ここに書いてある『BUS』の意味、教えてあげます」

「覚えててくれはったんですか」

「もちろんですがな。『BUS』とは、乗合いバスのことです」

「え、走る、あのバス――？」

「そうや。松倉金物は、わたし一人でこさえたんやありまへん。いつも商品を分けていただいているメーカーさん、全国津々浦々の社員や、ごひいきの金物屋さんや建材屋さん、それに、うちの商品を使うた家に住んでくれてはる人たち、みんなの思いに支えられてます。会社というもんは、みんなの思いが乗合わせた一台のバスみたいなもんです。乗合わせたのは偶然でも、走ってる方向はみんないっしょや。そんな思いで、バスと名づけたのです」

「そういう意味やったんや」

「せやけど、いっしょに旅してくれたこの南京錠も、今日で役目はおしまいです」

掌《てのひら》の南京錠と鍵の重みを確かめるように転がしていた六郎が、何かひらめいたように、その手を止めた。

「そうや。この南京錠を約束の証にしよか」

「約束？」

「二人だけの秘密を守るゆう約束です」

「うん。ええね」

「ほな、こうしよ」と、六郎は南京錠をかちゃりと施錠した。それから、鍵を将に渡すと、「わたしはこの南京錠、将はその鍵。互いに一つずつ持っとこか」

将は、鍵を受け取って頷いた。

「わたしと将の旅も、ここでしまいや」

「……うん」

「ほな、帰りましょか。今度こそ、わたしらの家《うち》へ」

将が黙って頷いてみせた。

海の向こうに没してゆく太陽を背に、将と六郎はゆっくりと岬を離れていった。

第四章　マツ六の南京錠

一

将と六郎が二人で旅をしたのは、昭和四七（一九七二）年の夏の一度きりであった。

六郎は、わたしも、もうすぐお迎えが来る頃やと言いながら、それから一六年もしっかり生きた。体調が優れんさかい、そろそろかもな、と六郎が病院に行くたびに充太郎は気を揉んでいたが、結局は元気になって帰ってくる。あれは〝死ぬ死ぬ詐欺〟やがなと、充太郎はぼやいていたが、言葉とは裏腹に表情はホッと和らいでいた。ずっとこの詐欺が続いてくれたらいいというのが、充太郎の本音ではなかったのか。将はそんなふうに感じていた。

六郎が、社長の椅子を充太郎に譲り会長職に就いたのは、昭和五七（一九八二）年五月のことである。このとき、充太郎は五五歳、六郎は八三歳であった。六郎は、それまで日課にしていた、本社の二階正面中央の席で仕事をすることはなくなった。充太郎の手前、いつまでも自分が幅を利かせているわけにはいくまいという、彼なりの配慮もあったのだろう。それでも、午前中は二階の大部屋で、全国から送られてくる売上伝票を一枚一枚丁寧に確認して過ごし、午後になると会長室で少し仮眠をとっていた。

その頃、将は大学に通うために東京で一人暮らしをしており、実家に戻ったときに、充太郎が晩酌をしながらぽつりともらした言葉を聞いた。

「六郎さんが二階の正面におらんようになったら、なんやら景色が違うてしもたわ……」

〝死ぬ死ぬ詐欺〟の常習犯も、そろそろ嘘が吐けない歳に差し掛かっていた。

六郎の出社は八五歳になるまで続いたが、腸閉塞を患ってそのまま入院生活を余儀なくされた。しばらくは、妻のせいが付き添い、将の母であるかずえが多忙の充太郎に代わって看病に通ったが、せいまでが六郎を追うようにして体調を崩し、同じ病院の別病棟に入院することになった。医師から告げられたせいの病名は、大腸ガンで六郎よりも重い病状であった。かずえはそのまま、せいの看病に専念することになった。せいはそれから二年ほど患い、六郎より一足先に逝ってしまった。

六郎は毎朝、病棟をてくてく行き来して、「おはようさん」と病床のせいの手を優しく握ってやると、また病室に帰るのが日課だったという。そのせいが先に逝ったと知れば、六郎の失意はいかばかりのものであろう。六郎にはせいの死は伏せられた。そう決めたのは、充太郎ではなく、母のかずえであった。

「六郎さんには、お義母さんは別の病院に転院されたと伝えて、お亡くなりになったことは伏せておきましょう」

かずえの言葉には、有無を言わせぬ気迫があり、その様子はまるで往時のせいを思わせたと、あとで充太郎が話してくれた。

六郎が逝ったのは、それから二年後の昭和六三(一九八八)年のことである。

その年、将は大学を卒業してから勤めてきた大手家電メーカーを退職して、あらためて大学院で経営管理の修士課程を修め、松倉金物株式会社に入社した。創業から七〇周年を目前にしたこの年、充太郎は、社名をマツ六株式会社にあらためると将に告げた。今でも古くからの仕入先や取引先には、創業時の店名であった松倉六郎商店の名に因んで、「マツ六さん」の愛称で親しまれていたからだ。五月になって、社名変更の承認をもらうため、充太郎は入社報告を兼ねた将を伴って、六郎の病床を訪れた。

将が入社したことを知ると、六郎は笑顔を浮かべ、「そらええことですな。あんじょう、気張ってな」と声をかけてくれた。

それから、充太郎が社名変更を申し入れると、六郎はこう答えた。

「実は、その呼ばれ方あんまり好きやなかったんや。なんや、丁稚の頃に戻った気がしてな」

さようですか、と残念そうに首を垂れる充太郎に、

「そやけど、みんなが愛してくれはる呼び名なら、それでええわ」

と六郎が横になったまま頷いてみせて、充太郎は

安堵の色を浮かべた。

その様子を見届けていた将は、父はきっと祖父の名を社名に残したかったんやないかなと思った。マツ六は、六郎の本名の愛称にもなっていたからだ。まもなくこの世を去る祖父への、それが父なりの最後の親孝行のつもりであったのだろう。そのときの言葉が、六郎の遺言のようなものであった。将が父と祖父と三人で過ごしたのは、それが最後になった。


一一月一四日の朝五時頃、母のかずえからの電話で将は起こされた。

電話が鳴ったときから、六郎のことであろうという予感はしていた。このところ、六郎は日に日に衰弱をしている、と母のかずえからも聞いていたからだ。将は、マツ六に入社したばかりで、得意先まわりの忙しさにかまけて、見舞いの足も滞ってしまっていた。案の定、六郎が危篤だという知らせに、すぐに病院に駆けつけると、充太郎とかずえがすでに病床の六郎に付き添っていた。まもなく、充太郎以外の五人の姉妹も駆けつけるという。個室とはいえ、親族がこぞって顔を出しても入るところがない。それに、六郎は充太郎以外の娘たちの家庭ともめったに行き来がなかったものだから、臨終の場には姉妹だけが来ればよかろうというのが、充太郎の判断であった。孫たちのなかで、将だけがわざわざ呼ばれたのは、やはりあの旅のことが充太郎の記憶にも残っていたからではないかと、将は思った。

ほどなく、充太郎の姉妹たちも到着して、家族全員が六郎の病床に集まった。

最期の時間は、これといって劇的な展開もなく過ぎていった。

六郎は静かに呼吸をしていた。その呼吸が弱まるにつれて、微かに波打っていた掛け布団の振幅も小さくなってゆく。「だめよ、死んじゃいやよ、起きてちょうだい」などと、今さら声をあげるものはいない。入院してから四年のあいだ、六郎は長い闘病生活をよく耐え抜いた。もう十分、頑張ってきたのだ。そろそろゆっくり眠らせてあげよう。そこにいる誰もが、同じ思いで六郎を看取っていた。やがて、六郎は眠るように息を引き取った。

危篤の知らせを受けて立ち会ってくれた主治医がバイタルチェックをすると、死亡時刻とともに「ご臨終です」と告げた。それから、「しばらく、ご家族の時間をお過ごしください」と言い残し、看護師と席を外してくれた。

残された家族だけで、六郎に触れて別れを惜しんでいると、ふいに枕元近くで、ジジジジジジッ！という音が鳴り響いた。

思わず姉妹たちがベッド周辺から飛び退いた。

「びっくりした、こっちが心臓止まるわ！」

「な、なんやの、セミッ⁉」

「まさか、夏でもあらへんのに⁉」

かしましい声をあげる叔母たちを横目に、将がベッドのかたわらの床頭台に置かれた腕時計を手にした。

時計の針は、ちょうど六時を指していた。

「セミの正体は、これですがな」

将がみんなに腕時計を見せてから、アラームを止めた。

昔、六郎が旅の道連れに使っていた、目覚まし機能がついた機械式アナログ腕時計である。ずっとあとになって分かったのだが、スイスの時計メーカー、ジャガー・ルクルトが四〇年代後半に製造した、メモボックスという腕時計であった。

アラームが鳴り止むと、一瞬の静寂のあと、充太郎が笑いだした。

「なんや、あんた不謹慎な」と叱る長姉に、充太郎は「だって、姉ちゃん、六郎さんらしいやないか。こんなときでも、目覚ましかけとったんやから。起きる気、満々や」

充太郎の言葉に、誰からともなく「ホンマやわ」「よう、居眠りしてはったもんなぁ」という声があがって、みんなも笑いだした。

将も、かずえも可笑しくなって、充太郎と五人の姉妹たちといっしょになって笑った。笑いながら、将の頬に涙がぽろぽろとこぼれ落ちてきた。みんなの顔を見ると、みんなも笑いながら泣いていた。

「今日からは、たっぷり眠りや、六郎さん」

充太郎が慈しむようなまなざしを六郎に注いで、静かに手を合わせた。

将も充太郎に倣《なら》って、静かに六郎に手を合わせながら、心の中で「おやすみ、ええ夢見てや、おじいちゃん」と唱えていた。

——こんなふうに、松倉六郎は八九歳の生涯に幕を閉じた。

＊

六郎の葬儀は、年も押し迫った一二月二日、本社が見える四天王寺で行われた。このとき、充太郎に請われて導師を務めてくれたのは、薬師寺管主の高田好胤《こういん》であった。四天王寺は宗派のないお寺だから、信頼と格式さえあれば、どこの宗派のお坊さんでも導師を務めることができる。好胤ならばまさに適役であった。

充太郎と好胤は長い付き合いで、若い頃に寄席で出会ったのが始まりだという。年の瀬の除夜の鐘は、薬師寺でつかせてもらうのが、充太郎の家の年末行事であり、将や富貴子も子どもの頃は、家族そろって平野町の「美々卯」でうどんすきを食べてから薬師寺に鐘をつきに行くのが恒例であった。

「わしな、この人にそそのかされて沖縄に行ったんやで。おかげで、いろんな経験させてもろたわ」

好胤を出迎えたとき、いつになく充太郎がそんな話を聞かせてくれた。

将の脳裡に、六郎との沖縄の旅がよみがえってきた。

葬儀当日、四天王寺には六郎を偲《しの》ぶ弔問客が全国から約三〇〇〇人訪れた。

将と充太郎はそのすべてを立礼で見送った。二〇〇〇人を超えたあたりから、将は膝の裏が攣《つ》ってくる感覚を覚えながらも、なんとかその場をこらえた。

今では、福岡支店長を務めている植岡が、六郎の死を悼《いた》んで駆けつけてくれた。植岡は休みのたび、六郎の病院に何度も見舞いに来てくれていた。最初から最後まで泣き通しであったが、明日は大事な商談があるらしく、「こんなときこそ、仕事でご恩返しせな」と、その足で福岡に帰っていった。

葬儀を滞りなく終えたあと、将は我慢していた小用を足すと、一足先に好胤の控え室に向かった充太郎のあとを追った。控え室の前まで来ると、室内から充太郎と好胤が雑談を交わす声がもれ聞こえてきた。

息子と話すときのそれとは違い、学生時代の先輩に話しかけているような、敬意と甘えがないまぜになった口ぶりで、ドアを開けるのも躊躇《ためら》われて、そのままこっそり立ち聞きする格好になってしまった。

「いずれいなくなると分かっとっても、いざいなくなられてみると、なんやこう背筋がヒヤッとなりましてな。あー、もう後ろがおらんようになったんやなぁて。わしは親父さんみたいな働きもんやあらへんし、果たしてこの会社を一人でやっていけるんかなあ」

いつになく頼りなさげな充太郎の言葉に、好胤の声が答える。

「仏教に熏習《くんじゅう》ちゅう言葉がある。ものに香りが染みつくことをいうんやが、親父さんと同じ道を歩んできたあんたの身体にも、その香りが自然と染みついてくるもんや」

「あほな。わしはあないに倹約家でもあらへんし、勤勉でもあらへんがな」

「気ぃついたらなっとるもんなんや。そのうち、あんたも否応なしに、親っさんみたいになる」

「ホンマかいな」

「坊主は嘘つかん。つくのは鐘だけや」

還暦を過ぎた二人の男の、無邪気な笑い声が聞こえてきた。

「あかん。あんまり油売っとる暇あらへんがな」

このあと、もう一つ法事があると言って、好胤がドアに向かってくる足音がした。好胤が部屋から出てくると、将はいったんドアのそばから離れて、今来たふうを装って辞儀をしてみせた。

「本日は、ホンマにありがとうございました。おかげさまでええお見送りをさせていただきました」

「何よりや。今日は急いどるよってに、またあらためてな!」

法衣のまま駆け去ってゆく好胤の背に、

「これがホンマの、好胤、矢の如しやな」

と充太郎の駄洒落が追い打ちをかけた。

「くだらん洒落が言えるなら、大丈夫や、あんたは!」

好胤が背中越しに手を振りながら去っていった。

好胤が帰ったあと、将は充太郎と二人で控え室に戻ると、コーヒーを飲みながら一服した。

「終わったな」と、充太郎が大きなため息をもらしてから、呟いた。

「おつかれさんでした」

将が父にねぎらいの言葉をかけた。

「……うたた寝の　叱り手もなき　寒さかな」

充太郎がふいに、そんな句を口にした。

「なんですか、それ――?」

「小林一茶の句や。なんや、六郎さんのことみたいやろ」

将も、心の中で今の句を反芻してみる。「……ホンマですな」

「もっとも、うたた寝しとったのは、叱る親父さんのほうやがな。いくつになっても、叱ってくれる親がいるいうんは心強いもんや」

そう言ってから、充太郎は、もう一度、噛みしめるようにその句を口にした。

「うたた寝の　叱り手もなき　寒さかな」

廊下でこっそり盗み聞きしていただけに、その言葉に込めた父の想いがうかがい知れて、将の胸中にも熱いものが込み上げてきた。

六郎さんは、もういないのだ。

「そういえばな――」と、充太郎が思い出したように、喪服のポケットから何かを取り出した。掌を開いてみせると、そこには「ＢＵＳ」と刻まれた真ちゅう製の南京錠が乗っていた。

「病院で親父さんからもろたんやが、なんやろな、これ」

と怪訝そうに見つめる。

「なんやろて、うちの会社でこさえた南京錠やおまへんか」

「そら分かっとるがな。なんで、わしに渡したかちゅうこっちゃ」

「……さぁ。分かりまへんな」

「鍵がないから、開かへんのや」

将は六郎さんも憎いことするなあと思いながら、南京錠のことは父には内緒のままにしておいた。六郎さんと自分だけの大切な約束の証だからだ。

二

平成七（一九九五）年――一月一七日、窓外の鳥のさえずりが、いつになく喧《かまびす》しく聞こえた。

薄眼を開けると、カーテンから差す明かりはまだほの暗く、いつもより早い寝覚めを告げている。枕元の目覚まし時計は、午前五時四六分であった。

将は、会社からほど近い、四天王寺東門近くの六階建てのマンションの最上階に、昨年、結婚した妻の潤子と二人で暮らしていた。潤子はまだとなりで寝息を立てている。相変わらず聞こえる鳥のさえずりに、寝直す気も失せて、ベッドから身体を起こしかけた。

そのとき、いきなり突き上げるような激しい衝撃が将を襲った。

とっさに、将は潤子をかばうように覆いかぶさった。彼女は、初めての子どもを授かり、ちょうど臨月に差し掛かっていた。今がいちばん大事なときだ。

将の下で目覚めた潤子が「すごい揺れ」と声をもらす。気丈にも彼女は、自分のお腹をさすりながら、「大丈夫だよ、怖くないからね」とお腹の子どもに語りかけた。独身時代は、ささいな地震や雷でも将に寄り添っていたのに、母親とは強い生き物だとあらためて感じ入った。

「マンションに、ダンプでも突っ込んだんやないか」

「それにしては長くない？」

潤子の言うとおりだ。揺れはまだ続いている。

様子をうかがっていると、しばらくして揺れは収まった。その頃にはもう、ダンプの衝突ではないと確信していた。妻には何かあったら起こすからと、一人で居間に向かった。寝室から続くドアを開けて、思わずため息をもらす。誰かが勝手に模様替えをしたかのように、室内の物の位置がまるきり違う配置になっていた。事故ではなく、地震だったようだ。

「えらい雑な引越し屋さんが来はったみたいやな。難儀なこっちゃ」

大きな災害にならずによかったと、この時点で将はホッとしていた。しかし、事態は、将の想像をはるかに上回っていた。

将の声にベッドから起きてきた妻が、いつもと違う位置にあるテレビのスイッチを点けた。

五時四六分五二秒、兵庫県淡路島北部沖の明石海峡を震源とする、マグニチュード七・三の兵庫県南部地震が発生した——阪神・淡路大震災である。

崩れ落ちた阪神高速道路が、横倒しになって下を走る車道にのし掛かっていた。隆起した大地に突き上げられ、ねじ曲がった線路上で電車の車両が玉突きになり、瓦解したビルや家屋からは黒煙と猛火が噴き上げている。そんな光景のなか、パトカーと消防車とレスキュー車のサイレンが入り混じって響き渡っている。テレビで報じられる神戸一帯の惨状を目の当たりにして、将と潤子は互いに言葉を失った。そのなかにはきっと、夥《おびただ》しい数の犠牲者がいるのであろう。覚めない悪夢のなかにいるようであった。

しかし、大阪はまだ被害が少ないようで、将たちの住む四天王寺界隈もあからさまな家屋の倒壊などはなかったようだ。

「一人にしてすまんけど、会社の様子を見てくるさかい、待っとってや」

気を取り直した将は、妻にそう言いおくと、身支度を整えて、目と鼻の先にある本社に駆けつけた。

一刻も早く会社の状況を父に報告しなければという、正義感と義務感が働いたのだろう。また、父から何を聞かれるかも、将には分かっていた。ビルそのものには、大きな損傷は見当たらない。まだ誰も出社していない会社を、一人でくまなく歩き回った。倉庫では長物の波板やステンレスのパイプが倒れており、かなりの段ボールが荷崩れしていた。オフィスでは、キャビネットが倒れたり、書類や文具がフロア一帯に散乱したりしていた。最後に、充太郎の社長室に向かった。主人の性格故か、室内はいつも整然としており、特になにごともない様子であったが、一つだけ、沖縄の水瓶の焼き物が、台から滑り落ちて床で砕け散っていた。父が大事にしていたものだ。

携帯から父に電話で報告を入れた。最後に言い難かったが、水瓶が割れてしまったことを告げた。充太郎はしばらく黙っていたが、「本社ビルはビクともせんかったやろ。建てたときに、山ほど鉄筋入れてるから大丈夫なんや」と得意げに話し、最後にこうつけ加えた。「きっと、水瓶が身代わりになってくれたんやな」その声は少し寂しげだった。あの水瓶にどんな思い出があったのか、将には知る由もない。しかし、きっと大切な品であったのだろう。

「大事なときにご苦労やったな。潤子さんのこと、よくいたわってあげてや」

通話の最後に、充太郎がそう言葉をかけてくれた。

しばらくすると、一人また一人と、近くに住む社員たちが自主的に早く出勤してきて、ひっきりなしに鳴り響く営業部の電話に対応してくれた。しかし、それでも手が足りず、将も手近な電話の受話器を取った。

電話の相手は、入社当時の挨拶まわりで足を運んだ、伊丹にある金物店の店主であった。将が名乗って挨拶すると、「おう、三代目さんかいな」と先方もすぐに分かった様子であった。安否を確認すると、「うちは大丈夫やったんやが、伊丹もけっこうひどい状況や」と、悲痛な声をもらした。

「すまんけど、ブルーシートの在庫があれば、ありったけもらえへんか。なんぼあっても足りそうにないねん」

しかし、こちらの在庫にもかぎりがあるし、被災地は伊丹だけではない。

「すんません、そうしたいのはやまやまなんですが、全部お送りするわけにはいきまへんのや。いの一番にご連絡いただいたことは営業担当に必ず伝えますよって、折り返しのご連絡をお待ちいただけますか」

そう伝えて受話器を置くと、営業部のデスクにメモを残して、鳴り止まぬ電話にまた対応する。

スクーターを飛ばして出社してくれた経理部長は、黙々と事務所を片づけながらも、時折、「早く救援資材をお客さんに届けな。これから忙しなりまっせ」と、奮起してみせる。こうした社員一人ひとりの熱意とたくましさがこの会社を支えてくれているのだと、こちらが励まされる思いであった。

救援資材とは、やや大袈裟な表現だが、屋根に掛けるブルーシートや土嚢袋、梯子《はしご》などをいい、災害時に需要が高まる代表的な商品である。なかでも、ブルーシートの用途は多岐にわたり、壊れた屋根瓦の雨漏りを防いだり、屋根そのものの代用を果たしたり、割れてしまった窓の防護や、室内に荷物を置けず、野外に置く場合の保護シートとしても活躍する。もちろん、野宿せざるを得ない被災者にとっては、敷物としても防寒や日除けにも欠かせない資材で、安価な割に万能に使うことができたのだ。

ところが、一部量販店では、普段なら一〇〇〇円程度で購入できるブルーシートが末端価格一万円にまで跳ね上がった。なかには人の弱みにつけ込んで暴利を貪る小売業者も出没した。営業部には、初めての取引相手から問い合わせが殺到し、ありったけの在庫を分けてほしいと言うものがいた。これまでの営業実績を聞いてもはっきり答えない。おおかたモグリの業者であろう。魂胆は見え見えである。買い占めたブルーシートを被災地で高額で売りさばき、利ざやで荒稼ぎしようというのだ。被災地では必ず、そういうハイエナ商売の輩が横行する。充太郎の号令で、そうした手合いにはいっさい販売するべからずという、申し送りが全社員に通達された。

一方で、取引先のメーカーや全国の倉庫にあるブルーシートの在庫を確認し、大阪に集めるよう指示が出された。

震災直後の臨時取締役会議の席上、充太郎はこう語った。

「大企業さんのなかには、莫大な義援金を寄付しはったところもある。悔しいけど、うちみたいな中小企業にはそこまでの底力はない。できることは、今いちばん必要なもんを被災された方々に届けることや。たかが、ブルーシート。されど、ブルーシート。わしら、金物屋は人さまの暮らしに寄り添う商いや。ありったけの在庫をかき集めて、いっさい値上げなどせず、いつもの価格でご提供させていただく」

将には、このときの父、充太郎の姿が、在りし日の祖父、六郎と重なって見えて、六郎の葬儀の日に高田好胤師が充太郎に話した「熏習」の言葉が脳裡をよぎった。

この時期、充太郎は取締役会議の席上で、もう一つ大きな決断を下した。山辺が推進してきた、宝飾品、カシミヤセーターなどの繊維類、O・A機器などを販売する開発事業部を解体すると告げたのだ。

理由は、阪神・淡路大震災の復興需要に社員が一丸となって取り組めるよう、本業一本に絞るためである。山辺は一時休止では駄目なのかと反論したが、このときばかりは充太郎は折れなかった。

「山辺専務、開発事業部はこれまで十二分な利益を上げてくださいました。今までよう頑張ってくれはりましたな。ありがとうございます。しかし、引き際も肝心やと、わしは思うとります」

充太郎は山辺をねぎらいながらも、撤回するつもりはない意思を示した。

山辺は苦渋の面持ちを浮かべて、それ以上はもう何も言わなかった。

この議案は、山辺以外の全員一致で可決された。役員としてその場にいた将は、ようやく自分の思いが通じたかと、胸のすく思いであった。顔には出さぬよう気をつけたつもりであったが、溢れ出る思いは抑えきれなかったのであろう。後日、充太郎に社長室に呼び出された。

「開発事業部の解体は、わが意を得たりやないのか。顔に描いてあるがな」

図星であった。

「そやけどな、将、山辺さんを見くびったらあかんで」

充太郎は、全国から本社倉庫に集められたブルーシートのうち、一〇〇〇枚を被災地に寄付すると告げた。なぜそんな話を切り出したのか疑問に思っていると、実は寄付の提案を充太郎に進言したのは、ほかならぬ山辺専務だというのだ。

「山辺さんも大阪の戦災で親兄弟を亡くしとるのや。被災者への想いはひとかたならぬものがあるのやろう。将、人間ちゅうのはな、切子細工みたいなもんや。光の当たり方で、いかようにも違うて見えるのやで」

山辺に対する見方が少し変わり、将はいつかの役員会議での不躾な態度を反省した。あの頃の自分は気負い過ぎて、改革にばかり血まなこになっていたのだろう。

大阪青年会議所の幹部に昇格した将は、全国の青年会議所を統括する日本青年会議所から、総務委員会総括幹事という長い肩書きを拝命し、東京都千代田区平河町にある本部と大阪を頻繁に行き来していた。

将の役目は、毎年一月末に全国の青年会議所が一堂に会する、京都会議の準備である。入会したての頃、寒空の下、将が下足番を務めた会議であった。

その準備の最中での被災であった。会議を中止するか、延期するかの判断が問われるなか、訃報《ふほう》が飛び込んできた。日本青年会議所の会頭である山本の長男が、西宮の自宅で瓦礫の下敷きとなって圧死したのだ。まだ小学生であった。

被災当日、山本自身も倒壊した家屋から這い出し、妻と二人の娘たちに呼びかけ、声を頼りに瓦礫の下からなんとか助け出した。しかし、一人だけ返事のなかった息子は、即死であったという。将にとっても、初めて身近に触れた被災者の死であった。山本は、土木建設で爆薬を使って岩盤を破砕する作業を行う日本発破技研の社長で、後継者の一人息子を失った哀しみは、なにものにも代え難いものがあったはずだ。

将は、山本の長男の告別式の準備にもたずさわった。告別式には、豪胆で気さくな山本の人柄を慕って、全国から多くの会員が訪れた。憔悴しきった山本の姿に、もうすぐ父親になろうという将は、胸を締めつけられる思いであった。しかし、山本は喪主の挨拶でこう述べた。

「本日は、息子の告別式にご列席いただき、誠にありがとうございます。わたくしはこの場をもって、被災者の立場を捨てます。本日から、日本青年会議所の会頭として、復興支援のために全力を注いで取り組んでまいります」

山本の言葉に、将は涙が止まらなかった。

会場からも、会員たちのすすり泣く声がもれてきた。

京都会議は春に見送りとなり、以降の会議はすべて経済復興の一環として、神戸で開催されることとなった。将はふたたびその準備に追われた。彼が東京にいるあいだも、大阪青年会議所の仲間たちは、連日、被災地に赴き炊き出しや復興支援に努めていた。現場に行けない自分が後ろめたかった。悔しかった。そんな思いを抱えながら、震災から一と月ほどが過ぎたある日、いつものように伊丹空港から羽田便に搭乗した。北西からの風に向かって離陸した旅客機の眼下に、被災地の街並みが広がっていく。伊丹、宝塚、西宮、芦屋、神戸——上昇するにつれて一望できる光景に、将は思わず目を奪われた。

一面に、ブルーシートの海が広がっていたのだ。

倒壊した家々の屋根を覆うために張られたものであろう、瓦礫と粉塵にまみれた灰色の大地が、あざやかな青一色に染まった光景は、被災した人々が、深い哀しみを抱えながらも、ほんのわずかだが再生への一歩を踏み出そうとする、生きる証のようにも見えた。哀しくも美しい青は、かつて見た沖縄の抜けるような青い海を思い起こさせた。戦災から長い年月をかけて復興を遂げた沖縄のように、この街もやがて希望の光を取り戻す日が来ると信じたい。この青い海のなかに、自分たちが提供したブルーシートもあると思うと、将自身、少しでも被災者の役に立てているのだという、実感を得ることができた。

しかし、家庭人としての自分は失格である。身重の妻に家庭のことを任せきりで、いちばん大事な時期にそばについていてあげることができなかった。それでも、妻は文句一つ言わず、日に日に胎内で成長を遂げるわが子の近況を一日の終わりに食卓や電話で報告してくれた。彼女もまた、この非常時を気丈に戦い抜いてくれていたのだ。

三月二〇日、震災がもたらした被害に追い打ちをかけるように、東京では何かと巷をにぎわせていた、麻原彰晃率いるオウム真理教の信者たち五人が、地下鉄日比谷線駅など三路線計五本の車内で化学兵器のサリンを散布。乗客、駅員ら一四人を死亡させたほか、六〇〇〇人以上にもおよぶ負傷者を出す大惨事を起こした。どこに目を向けても嫌なニュースばかりであった。

三月末に、将と潤子は待望の第一子を授かった。女の子で名を佳菜子とつけた。

産院のベッドで、将が伸ばした指先に触れた小さな命の温もりに、この世界に生まれてきてくれて、おおきに、とありったけの感謝の想いを捧げていた。

三

平成九（一九九七）年――、秋、小学校の同級生だった木下拓実の呼びかけで、堺市内のホテルのレストランで小学校五、六年生時代のクラス同窓会が開かれた。

定期的に集まっていたわけでもないが、震災のこともあり、お互いの安否を確認し合うという意味もあった。出席したのはクラスの六割ほどだが、欠席した同窓生とも連絡が取れたらしく、拓実は「ひとまずは、みんな元気で何よりや」と笑みを湛えていた。卒業してから二四年。気がつけば、みんなもう三〇代半ばを過ぎた。それぞれに優先すべき家庭や仕事の事情があるのだろう。

将にしてみても、今年に入って第二子となる男の子を授かり、こんな不穏な時代だからこそ、暗雲に光射す道を切り開ける人になるよう、光太郎と名付けた。マツ六では、昨年、専務取締役に就任し、公私ともに責任の伴う立場を、自覚せねばならない年齢に差しかかっていた。

レストランの個室を貸し切りにした同窓会は、将が思った以上に盛り上がっていた。それもそのはずだ。中学になっても同じ中学校に進学したものも多く、地元で暮らしているもの同士がお互いの時間を埋め合わせるのにそれほどの苦労はなかった。となり近所や子ども同士が同じ学校ということもあり、身近な話題に事欠かないのだ。ところが、将だけは中学進学と同時に狭山町の一戸建てに引っ越したため、それ以降小学校時代のクラスメイトと顔を合わすこともなく、少々、疎外感を抱いていた。

いちばん仲の良かった拓実ですら、中学までは交流が続いていたが、そのうち互いに交友関係が変わり、疎遠になっていた。

それでも、拓実とは二言、三言交わすうちに、かつての感覚がよみがえってきた。どんなによそゆきぶった物言いをしても、鼻くそをほじっていた子どもの頃から知っている仲なのだ。

「相変わらず、立っとるな」と、将が拓実の寝ぐせの残ったくせっ毛に視線を向けると、拓実も「立っとる、立っとる。せやけど、だいぶ本数は減ってしもたわ」と苦笑してみせる。

クラスメイトとの心の溝を埋め合わせてくれたのも、拓実であった。

地元会話で盛り上がっているクラスメイトたちに、拓実が担任の増渕とやりあった将の武勇伝を持ち出したのだ。あったな、そんなことがと、かつては学級委員長であった忍田《おしだ》が声をあげると、覚えとるわ、いきなり登校拒否しよってな、と別の級友が同調する。もうええわ、その話は、と将は照れくさそうにビールグラスを口に運んでみせたが、彼らとの会話の糸口が見つかって、拓実に感謝していた。

＊

昭和四七（一九七二）年の夏休み――、六郎との旅を終えて帰宅した将は、どこに行っとったんやと充太郎に質問された。六郎との秘密の約束を守るため、将はちょっと南のほうに行ってましたとだけ答えると、それ以上、語ることはなかった。充太郎もそれ以上は聞かず、その代わりに、新学期からはきちんと登校せえよと、将に告げた。新学期を迎えると、将は以前と同じように登校した。

しかし、増渕との話にはなんの決着もついていなかった。

半ば、決闘に臨む気分で、ホームルームに現れた増渕と顔を合わせた。

案の定、増渕は新学期の席替えでも、成績順で生徒たちの選択権を行使した。

「反対意見はあるかな」

と聞く増渕に、将が手を挙げた。

「やっぱり、僕は反対です」

「松倉くんはこう言ってるが、ほかに意見は？」

増渕が聞くと、男子学級委員長の忍田が手を挙げた。さらりとした長髪を七三で分けて、『柔道一直線』に出ていた近藤正臣《まさおみ》風の目鼻立ちのはっきりした美少年だ。

「じゃあ、松倉くんはどうしたいんや？　きみはただ自分が正しいと主張しているだけやないか」

忍田の意見に何人か同調する生徒たちもいる。

「そうや、じゃあ、どうしたいんや」

その物言いに、一瞬、ムカッときた将が身を乗り出した。そのとき、机の上の筆箱に肘が当たってゴトッと音を立てた。その音に気づいて、筆箱を開けると、消しゴム入れのスペースにいっしょに入れてあった鍵が目に入った。

六郎と約束の証に分け合った、南京錠の鍵であった。旅にも持参した筆箱の中にしまっておいたのだ。

「会社というものは、みんなの思いが集まっておんなじ方向に走ってゆくバスのようなもんや」と話してくれた六郎の言葉を思い出した。へんこ（偏屈）はあかん。これでは夏休み前と変わらへん。

将はいっぺん気持ちを落ちつかせると、忍田にこう言った。

「あんときはそうやった。でも、今は違う。僕らのことは僕らみんなで話し合って決めたいんや」

「僕もそう思います」

と、教室の一角から恐る恐る手が挙がった。

木下拓実であった。

「僕はいつもビリのほうやけど、後ろの席におるとなんやウトウトして寝てまうんや」

「そら、条件反射や。勉強したくないて」

別の生徒の野次に、はははと笑う生徒たち。

「くじ引きでええやん」

また別の生徒が言うと、それに対して反対意見が出る。「えー、くじ運悪いから嫌や」「そうや、わたしいっぺんも駄菓子屋のくじ当たったことあらへん」などと不満の声もあがり、それをきっかけに次々と声が飛び交った。

「そんなこと言ったらキリないやんか」

「じゃんけん大会は！」

「全部の席じゃんけんで決めてたら、キリないわ」

「かけっこで決めたらどうや」

「席替えすんのにクタクタになってどうすんねん」

「だいたい、みんな先生の前なんか嫌やろ」

「あら、そうとは言えへんよ、わたし目え悪いから前がええもの」

そう言ったのは、度の強い眼鏡を掛けた女子学級委員長の荒川である。眼鏡を取るとなかなかの美少女だが、本人は頑なにそれを拒んでいる。好き勝手な意見を言うクラスメイトたちに、それまで黙って聞いていた将が提案した。

「なら、前がええという子は優先してあげたらどうやろ。先に前になりたい希望の子の席とっといてから、あとはくじびきでもええやんか」

「そやな。一理ある」

と、拓実が言うと、「なんや、賢そうな言い方しよって」と、別の生徒が茶化して、教室中から笑いがもれた。

今や将一人が浮いている状況ではなくなっていた。

「ちょっと静かに」

と、教壇でその様子を見届けていた増渕が生徒たちを制した。

いったん生徒たちが静まったところで、増渕が頭上の掛け時計を見上げた。

「きみたちに三〇分あげよう。納得のいく話し合いをしなさい」

そう言い残して、増渕が教室を出ていく。

扉の外に出た増渕の視線が、一瞬、将に向けられた。閉まりかけた扉の向こうで、増渕の目が笑っているようにみえたのは、気のせいだろうか。

増渕が出ていったあとで、将は学級委員長に声をかけた。

「あとは学級委員長の忍田くんと荒川さんに任せたいんやが、ええやろか」

忍田は頷くと、荒川を誘って教壇に立った。

「それでは、みんなの意見をまとめていきたいと思います」

生徒たちが意見を言い合うなか、将が拓実の席を振り返って、「ありがとうな」と口ぱくで感謝の気持ちを伝えた。

拓実は照れくさそうに、寝ぐせの立った頭をごりごりと掻いてみせた。

＊

「わざわざお招きいただき、ありがとう」

と、会場に遅れて現れたのは、教師の増渕であった。

あの頃はまだ二〇代だった彼も、今や五〇歳を過ぎている。声をかけた拓実の話によると、現在では堺市の小学校長になっており、孫もいるという。

「先生、今ちょうど将のボイコット事件のことを話してたところですわ」

増渕も記憶に残っていたのだろう、すぐに合点がいったようで、「僕も若かったからな。無茶なやりかたもしたと思ってるよ」と苦笑してみせる。

「結局、将がいちばん先生と仲ようしとったんやないか?」

と、学級委員長だった忍田が言う。あの頃、七三に分けていた長髪は、今は丸坊主になっている。禿げたわけではなく、坊主のせがれで跡を継いだのだ。

「そうやわ。先生のアパートに遊びに行ったりしとったもんな」

そう言う荒川は、コンタクトレンズにシフトし、華麗に転身を図ったが、図書館司書をしながら、いまだ独身で通しているという。

彼女の言うとおり、どういうわけか将はその一件を機に、増渕とよく話すようになった。「今度、先生んち遊びに行ってもええですか」と聞くと、意外にも増渕は「かまわないが、本とレコードで埋まってるから狭いぞ」と、あっさり招いてくれた。将自身、なぜそんなことを言い出したのか、自分でも分からなかった。しかし、祖父と過ごした夏休みの経験が関係していることは間違いなかった。人というのは、ふれあってみなければ分からない。自分にとっていちばん手強い大人にみえた増渕に、興味が湧いていたのだろう。

「卒業のときも、二人で肩寄せ合って、写真撮ってたもんな」

「昨日の敵は、今日の友ちゅうからな」

拓実の発言に、将と増渕は顔を見交わして笑みを浮かべた。

「そうだ。きみに渡そうと思っていたものがあってね。僕はもうさんざん読んだから」と、増渕が羽織っていた背広の懐に手を差し入れた。取り出したのは、一冊の文庫本だ。

文庫本には丁寧にカバーが掛けられてあった。

「なんですか、これ?」

「きみのお父さんからもらったものだ」

「いつのことですか、それ――？」

「実はね、あのとき、きみのお父さんがわたしを訪ねて学校にいらしたんだ」

将は驚きを隠せなかった。毎日、午前さまで、子どものことなど関心がない人だと思っていただけに、増渕の告白は衝撃であった。

「別に怒鳴り込んできたわけじゃない。ただ、この文庫本を渡されて、『わしは、三島も大江も好きでっせ、先生』と」

そういえば、あのとき、三島と大江の話をよく分からないままに、母のかずえに話した記憶がよみがえってきた。どうやら、充太郎はその話を覚えていたらしい。

「『将には、早い夏休みを取らせてもらいます』と、それだけ言って帰っていかれたよ」

将が文庫本を手に取ってカバーを外してみると、三島由紀夫の『不道徳教育講座』であった。文庫本から、栞紐《しおりひも》が飛び出していた。

「栞が挟んであったんだよ、そこに――」

将がページを開くと、そこにはこうあった。

「教師を内心バカにすべし」

もちろん、三島流のアイロニーに満ちた言葉である。三島はこう書いている。「先生という種族は、諸君の逢うあらゆる大人のなかで、一等手強くない大人なのです。ここをまちがえてはいけない。これから諸君が逢わねばならぬ大人は、最悪の教師の何万倍も手強いのです」

三島の言うとおり、将もそれ以降の人生で増渕よりもはるかに狸で食わせ物の大人たちと出会ってきた。その最たるものが、ほかならぬ充太郎自身でもあった。それに比べたら、増渕はちょっとませたお兄ちゃんぐらいの存在でしかなかったのだ。

「おもしろいお父さんじゃないか」

「よそさまから見ればそうかもしれませんが、毎日飲み歩いて家《うち》におりませんでしたから。正直、親父さんが先生とこに行ったなんて、想像もつきません」

「男親なんていうのは、どこもそんなもんさ。普段は何を考えているのか分からんが、いざというときに背中を守ってくれる。僕は親父を早くに亡くしてね。なんだかきみが羨ましかったよ」

将は、あらためて文庫本に目を落とした。

これが、充太郎さんらしい、応援の仕方だったのかもしれない。

増渕が参加してから、ひとしきり盛り上がった同窓会は、夕方四時過ぎには解散した。それぞれに、家庭人として家族と過ごす時間があるからだ。

将はなんとなく名残惜しくて、かつて住んでいた中百舌鳥《なかもず》団地を見に行ってみたいと拓実を誘った。

「ええよ。でも、あのあたりは開発が進んで跡形もないけどな」と、酔い覚ましの散歩がてら、拓実はいっしょに付き合ってくれた。


かつて将が住んでいたメゾネットタイプの公団住宅や拓実が住んでいた団地棟のあった場所には、高層マンションがそびえ立っていた。

「見違えるようやなあ」

そこには、何一つ少年時代の思い出に浸る風景はなかった。

「これも夢の副都心計画の名残りや。バブルが弾けたせいで、都市開発も止まったまんまや」

八〇年代、中百舌鳥地区は堺市の副都心として堺市によって開発予定区域に指定された。

地下鉄御堂筋線が中百舌鳥まで延伸されたのを機に、大型商業施設の誘致が進められ、そごう、西武、阪急など、大手百貨店が入札競争を展開する白熱ぶりを見せた。拓実の話では、ちょうどその頃、堺市役所本庁舎の中百舌鳥移転計画も浮上していたという。ところが、九〇年代のバブル崩壊とともに、大手百貨店は一気に撤退し、中百舌鳥地区の開発計画はそのまま凍結された。

その結果、残されたのが駅周辺の高層マンションや商業ビル群であった。

「役所に勤めてると、町の呼吸がよう聞こえる。中百舌鳥の副都心計画が実現しとれば、若いもんがもっと流れてきて、町も活性化したんやろうが、今ではこのあたりも少子高齢化が進んどる」

平成元（一九八九）年、日本の合計特殊出生率（一人の女性が、一五歳から四九歳までに出産可能とされる子どもの数）が、過去最低とされてきた昭和四一（一九六六）年の一・五八を下回り、一・五七まで低下した。「一・五七ショック」と呼ばれたこの現象以降、少子高齢化は国の深刻な問題とされていた。そこにバブル崩壊という景気不安が拍車をかけてしまった。

「阪神・淡路大震災では、犠牲者の半数近くが六五歳以上の逃げ遅れた高齢者やった。一人暮らしの老人や在宅介護が増える社会になれば、次の大規模災害が起こったときには、犠牲者はもっと増えるで」

ぼんやりのんびりしていた少年も、今ではすっかり社会を担うミドル世代の顔を見せていた。

「そうやな。これからの時代、お年寄りでも安心して住める家づくりが必要になるな」

「将ちゃんのうちは、建築金物を扱うとるんやもんな。僕は役所でお年寄りが暮らしやすい町づくりを頑張るさかい、将ちゃんは家づくりで支えてあげてな」

「考えてみるわ」

しばらくその界隈を歩いていくと、まだ昔ながらの民家が残る区域に差しかかった。路地に入っていくと、行く手を遮るように、道の真ん中に座り込んだ老人に出会《でくわ》した。

「まじか！」と、将が声をあげた。

八〇歳は過ぎているであろう、薄汚れた作業着姿の老人がペンキ用の二〇リットルのペール缶を腰掛け代わりに、煙草をくゆらせている。ボロ雑巾のようにくちゃくちゃの白髪と無精髭に覆われた毛むくじゃらの顔のなかから、ギョロリとした目玉とやけに白い歯がのぞいている、おそらくは、総入れ歯であろう。

「出たわ。妖怪、関所オヤジ！」

拓実の声に反応したのか、ぼけっと空を見上げていたオヤジがこちらに気づいて、爪垢だらけの掌をひょいと突き出した。

「少年たち、おはようさん。通行料一〇〇円、出しや」

「げっ、物価に合わせて値上がっとるわ」

将と拓実は、互いに顔を見交わすと、財布から一〇〇円玉を取り出して関所オヤジの差し出した掌《てのひら》に乗せてやった。

「……払うんかい？」

関所オヤジが、びっくりしたように目をまるくして問い返してきた。

「え、いらんのかい？」

思えば、関所オヤジに言われるままに二人が通行料を払ったのは、これが初めてのことであった。オヤジは少々戸惑った様子だったが、「ええわ、もらっといたるわ。毎度」と、ニタリと笑った。

「何しとんの、またこんなとこに座り込んで！」

と、路地の向こうから腰にエプロンを巻いた五〇代くらいのおばちゃんがのっしのっしと迫ってきた。

「お父ちゃんがご迷惑おかけして、すんまへん」

と、おばちゃんは将と拓実に頭を下げ下げ、ペール缶を片手で抱きかかえると、オヤジの手を強引に引っ張って去っていった。

路地の向こうに姿が消えるまで、オヤジはニタニタと笑いながら、こちらに手を振り続けていた。

「家族おったんやな」

拓実がぽつりと呟いて、その一言をきっかけに、二人は路上で声をあげて笑いだしてしまった。笑いながら、将は、関所オヤジの元気な姿に心が和む思いがした。

四

平成一一（一九九九）年二月――、初春のまだ寒さも抜けきらぬ、小雨降る朝に、マツ六本社四階の役員会議室には、将と新規事業準備室の部員、三人が緊張の面持ちで座っている。

三人は、いずれも将自身が人選して、引き抜いた顔ぶれだ。

今年は、六郎が生まれてから一〇〇年目の年にあたることから、「松倉六郎翁生誕一〇〇周年記念」と銘打ち、社内では何かと記念事業が目白押しであった。意図したわけではないが、将が発案した新規事業は必然的にその目玉のような位置づけになっていた。しかし、それもこの取締役会議で承認を得られればという話だ。

彼らの前には、上座に座る充太郎を筆頭に、山辺専務取締役はじめ九人の取締役員が顔をそろえている。いずれも、六郎の時代から、この会社を支えてきたと自負する古株の番頭たちである。

会議の始めに、充太郎がいつものように時候の挨拶を述べる。しかし、今の将には父の言葉など耳に入ってこなかった。

頭の中でもう一度、今回の事業計画の概要をシミュレートしてみて、大丈夫だと、自分に言い聞かせてみる。山辺の多角経営を否定し、本業回帰を宣言したからには、次代の柱としてふさわしい事業計画を提示してみせねばならない。そのうえ、古株の番頭たちを納得させるには、完璧な調査とプランが必要だ。冗句交じりの会話で笑いを誘っている充太郎とて、内心は将の後継者としての資質を試そうとしているに違いない。だからこそ、入念に準備してきたのだ。

将にとっては、負けられない勝負であった。

充太郎が背負うように、会議室正面の壁に掛けられた扁額《へんがく》には、「協調互敬」の社訓が掲げられている。互いに助け合い、利益を分かち合うこと。先代の祖父、六郎が終生、座右の銘とした言葉である。

将は願かけをするように、その扁額に心のなかで手を合わせた。

――六郎さん、俺に力を貸してください。

「それでは、第八号議案『新規事業計画』について、松倉専務からご説明をお願いします」

充太郎の話が終わり、議事進行を務める総務部長が将に発言を促した。

将は立ち上がると、会議の席上を見渡しながら、話し始めた。

「バブル崩壊で新規住宅着工戸数は右肩下がり、悪くするとこの状態はまだ一〇年以上続くと試算されています。一方、リフォーム市場は、マーケット規模は小さいながらも、確実に成長する市場です。なかでも、高齢者の増加に伴い、バリアフリーを念頭に置いた、高齢者住宅リフォーム市場は、建築金物業界の試金石となることは間違いありません。

にもかかわらず、市場調査をしてみると、この分野の品揃えが驚くほど少ないことが分かりました。具体的には、手すり棒や、それを壁や柱に固定する、各種手すりブラケット（接合金具）と、段差を解消するスロープといったものです。そこで、当社の強みでもあるブラケット開発で品揃えを強化し、これまで築いてきた問屋としてのネットワークを有効活用して、高齢者住宅リフォーム市場へ参入します。この市場を活性化させることは、高齢者の安全、安心な暮らしを守り、日本人の健康寿命を伸ばすことにも繋《つな》がります」

今回のプロジェクトを進めているあいだ、将の脳裡には、小学生時代に六郎と金沢に旅したときの記憶がよみがえっていた。あのとき、六郎は腰を痛めた義姉のために、ステンレスパイプと〝げんこ〟を応用して、即席の手すりを取りつけた。六郎の思いつきが、将にとっては新たな事業展開への回答に繋がっていたのだ。

「さらに、バリアフリー建材にしぼった高齢者住宅リフォーム用カタログを作成することで、工務店や利用者のニーズに合わせた商品をすみやかに提供することが可能となります。これがその見本です」

将が、となりに控えている三人のうち、末端に座る社員に目配せした。

大坪という、まだ二〇代半ばの社員である。データ分析に長けており、今日の会議資料もすべて作成してくれた。彼は足元に置いたキャビネットバッグから分厚い冊子を取り出すと、役員たちの前に置いた。

「これまで当社は、建築金物のデパートとして、品揃えの豊富さを売りとしてきました。しかし、なんでも売れた時代は終わりを告げました。これからは、『モノ（物）』から、『コト（事）』――つまり、顧客ニーズに応じた各工事を完結するための品揃えが、求められる時代なのです。次代を見据えたカテゴリー強化戦略への転換をご提案いたします。詳細は、宅間課長からご説明させていただきます」

そう言うと将は、三人の中央に座る、将と同世代の社員を促した。

宅間は、以前に将が部長を務めていた金物建材部にいた社員で、右脳派のアイディアマンである。商品開発においても、彼の発想が存分に活かされている。

宅間が立ち上がって、説明を始めると、大坪が室内の照明を落とし、常設されているスクリーンに、プロジェクターを使って商品のサンプル画像を投影した。

「当社の主力商品として、手すり棒と手すりブラケットの開発を進めてまいります。ブラケットの種類は、エンドブラケット、横受けブラケット、Lコーナー、エンドキャップ、出隅《でずみ》、入隅《いりずみ》、遮断機式、脱着式など、今後、多数取り揃えていく予定です。また、スロープや踏台の開発については、木製品の加工ができる協力会社に依頼をし――」

「ちょっと待ってくれまっか」

と、宅間の言葉を山辺が遮った。「またぎょうさん、品揃えを充実させとるようですが、いったいどのくらいの投資をしはるおつもりですか？」

「お手元の資料にも記載しましたが、これらの商品は製造コストを抑えるため、海外事業部の協力を得て、台湾や中国で工場数社を選定してもらっています。予算については、初期投資、予測売上高、利益、経費などから、投資回収期間や投資回収率を示した、投資分析シートを添付しております。今から、その内訳をご説明申し上げます」

海外事業部の前身は、充太郎が沖縄の販路開拓をきっかけに開設した貿易部である。父が築いた歴史の上に、新たな事業展開の道を切り開くのが、将の狙いであった。山辺の横槍も織り込み済みである。だからこそ、これまでの役員会議では必要とされなかった、投資分析シートまで作成してみせたのだ。

将は、いっさいの説明を宅間に託した。こちらは一枚岩で臨んでいるという態度を示すためだ。そのために、連日連夜、みんなで打ち合わせを重ねてきた。

将が、もっぱら打ち合わせ場所に選んだのは、本社近くにある、「やまが」という蕎麦屋であった。

会議室で頭を突き合わせていても、いいアイディアなど出てこない。もっとくだけた場所で、互いの立場を取り払った話をしたかった。

蕎麦屋会議には、商品開発部や海外事業部のほかに、営業部の最前線の営業マンにも声をかけて、市場調査をかねて話を聞いた。そのうち、蕎麦屋会議の話を聞きつけた社員たちが、勝手に参加するようになった。

社員たちのなかには、何か新しいことを始めようとしている将たちの動きに期待が芽生えていたのだ。

そんなとき、将は自分からは発言せず、みんなの話の聞き役に徹した。

入社当時の自分ならば、もっと自己主張をしていただろうと思う。しかし、青年会議所の下積みから這い上がった経験が、考え方を変えさせたのだ。だからこそ、この場には、三人といっしょに臨みたかった。

最後の一人は、将のとなりで会議の行方をじっと見守っている。

――植岡であった。

＊

植岡を福岡支店から呼び戻したのは、将のたっての希望であった。

本社に戻った植岡を将はさっそく「やまが」に誘った。自分の下で働いてほしいと告げると、植岡は怪訝そうな表情を浮かべて、将にこうたずねた。

「なんで、わてなんでっか?」

当然の疑問であろう。植岡は根っからの営業マンで、本社にとどまるより各支店の営業のテコ入れで東奔西走《とうほんせいそう》していた男だ。将がマツ六に入社してからも、職場を同じくしたことは一度もなかった。なのに、呼び寄せられたのが、植岡にはさっぱり合点がいかないようだ。

「専務とわしの思い出といえば、六郎会長のお宅で、丁稚奉公したときのことしかおまへん。わしにええ印象なんて、ないんとちゃいますか」

「だからですよ」

「ははは、否定しまへんのか、そこは」

蕎麦をたいらげた植岡が、焼酎のそば湯わりに口をつけながら、豪快に笑ってみせた。

「昔も植岡さんには怒られましたからね。でも、今の僕には必要なんです。やっぱり、叱ってくれる人にそばにいてもらわんと、人間驕《おご》ってしまいます」

植岡は、将の言葉を噛みしめるように聴き終えると、

「きっとこれも、六郎会長のお導きでっしゃろな」

そう言って、頷いてみせた。

「分かりました。お引き受けします」

以来、植岡は新規事業準備室の次長として、将を支えてくれた。

昔気質《かたぎ》で融通も利かず、意見を曲げない。しかし、

植岡の言うことはいつも正論である。ほかの社員や部下から見れば、煙たいところもあるだろうが、将にとってはかけがえのない存在であった。彼の経験や業界知識、仕入先や顧客の情報などは、どんなビジネス書を読むより役立った。将に代わって、ずけずけと部下に厳しいことを言う役割も、彼が担ってくれた。

役員会議なんて柄でもないと、辞退した植岡を強引に誘ったのは将だ。

「わしは、営業以外では口下手ですさかい、プレゼンやらいうもんは、宅間くんに任せます。座っとるだけでもええなら」

それでもかまわないと、将は植岡を同席させたのだ。

＊

「……分かりました」

と、宅間の説明を聴き終えた山辺が、静かに告げた。「今の分かりましたは、データ上は理解したということでっせ。そやけど、わしにはやっぱり、承服しかねる議案ですな」

「と、おっしゃいますと――？」宅間がたずねる。

「昨年の当社の営業利益は、阪神・淡路大震災の復興需要で、ようやく持ち直し始めたところです。社長のご決断で、本業一本にしぼったことが功を奏したわけですな。とはいえ、松倉専務も言われたとおり、景気回復の兆しはいまだ見えまへん。そんなときに、新規事業を立ち上げれば、新たな在庫を抱えることになる。時流に逆らうより、今ある復興需要の商品をしっかり売るのが、最善やないかと、わたしは考えます」

山辺の言葉で風向きが変わった。それまで、将たちが作成した資料を感心したように眺めていた役員たちが、不安げな表情を浮かべ始めたのだ。新しいことには懐疑的な顔ぶれである。ましてや、判断の責任を問われるようなことは、なるべく回避したいというのが、彼らの本音であろう。

充太郎の様子をうかがうと、瞑目するかのように目を閉じて腕を組んだままで、何を考えているのか、皆目分からない。

たまらず、将が立ち上がって抗弁する。

「怖がってばかりでは、なんの改革も見込めません。今こそ、新たな一歩を踏み出すタイミングなんです！」

「決めるのは、わたしやありまへん。ここにいるみなさんです」

山辺は、しらっと言ってのけた。

いつのまにか、窓外の雨が勢いを増して、窓ガラスに叩きつけるように弾ける雨つぶの音が、静まり返った会議室に響き渡った。

「決を採りましょうか」

締めくくるように切り出した山辺の言葉に、将は宅間とともに着席した。

「その前に、ちょっとええですか」

と、手を挙げたのは、植岡であった。

今さらなんやというように、山辺の表情があからさまに曇った。

「どうぞ」と、総務部長が、植岡を促す。

植岡は立ち上がると、背広の内ポケットから何かを取り出して、役員たちの眼前にかかげて見せた。

南京錠であった。その腹には、「ＢＵＳ」の文字が刻まれている。

「皆さんこれ覚えとりますか？ 今ではもう廃番になりつつある商品です。これはまぁ、わしのお守りみたいなもんです。このマツ六の南京錠には、わが社の原点があると、わたしは思います。時代とともに商品は生まれ変わろうとも、先代の六郎会長がこの南京錠に刻んだわが社の精神――『ＢＵＳ』の理念は、変わらんのとちゃいますか。

全国津々浦々の社員に、ごひいきの金物屋さん、建材屋さん。そして、いつも商品を譲ってくださる仕入先さん、みんなが同じバスに乗り合わせた仲間です。このバスの目的地は、皆さんが暮らすご家庭です。今必要とされるものをどこよりも早くみんなで届ける。思いや立場は違うても、互いに分かち合う心こそが大事なんやないかと思います。

忘れたらあかんのは、乗合バスちゅうのは、時間に遅れたら出てしまうということです。現場の営業マンからは、お客さまへのヒアリングでも、手すりのご要望が徐々に増えていると聞いとります。それを今売らずして、なんの金物屋か。これが現場の正直な声です」

最後に植岡は、「出過ぎたことを申し上げました」と、頭を掻きながら座った。

ふたたび窓を打つ雨つぶの音が室内に響き渡った。やがて、その静寂を充太郎の高らかな笑い声が打ち破った。

「はははは、バスは時間に遅れたら出てまうか。植岡さん、おもろいこと言うな。確かに山辺さんの言うことも間違うとらん。しかし、芭蕉の言葉にある、不易流行ちゅうやつや。変わらないなかにも、時に新味を取り入れて、変化を重ねていくことこそ、不易の本質や。息の長い商売にも変化は大切や。商いは大きな波をとらえな。震災復興は持って一〇年、高齢者リフォームはもっと未来を見越した事業かもしれん。過ぎてしまってから始めたのでは、遅過ぎるのや」

充太郎は一同を見渡して、最後にこう告げた。

「わしは、松倉専務の提案を支持します」

「それでは、本議案――高齢者住宅リフォーム事業を、正式に当社の新規事業として承認するか否か、挙手をもって決を採りたいと思います」

総務部長の宣言で、賛否の決が挙手で採られた。山辺以外の全員が賛成に手を挙げた。

「山辺さんは反対ですか――？」

充太郎の問いかけに、長い間を置いてから、最後に山辺が手を挙げた。

将たち新規事業準備室が提案した、高齢者住宅リフォーム事業は、全会一致で可決となった。

将がとなりに座った植岡を見ると、彼は照れくさそうに頬を緩めてみせた。

窓に打ちつけていた雨足がいくぶんか弱まり、空には晴れ間がのぞき始めていた。

五

翌、平成一二（二〇〇〇）年六月に行われた株主総会で、山辺は任期満了とともに、自ら専務取締役の退任を申し出た。

すなわちそれは、彼がマツ六を去ることを意味していた。

山辺は、今年で七〇歳になる。取締役員に定年はなく、二年ごとに株主の承認を得れば、任期を延長して、今のポストに留まることもできた。しかし、彼は退任の道を選んだ。理由は明白である。将に敗北したからだ。

昨年、『創業者松倉六郎翁生誕一〇〇周年記念リフォーム事業』という看板を背負って、将が立ち上げた高齢者住宅リフォーム事業は、初めこそ芳しい滑り出しとはいえなかった。バリアフリーカタログを持って、全国の金物店や建材店の得意先に売り込みに行っても、なかなか取り扱ってもらえなかったのだ。その当時はまだバブルの余波で新築住宅市場への執着が強く、小口で面倒な高齢者向けの住宅介護リフォームなど、どこも見向きもしなかったのだ。

山辺は、所詮は青二才の暴走に過ぎなかったかと、胸をなでおろし、どこまで将が悪あがきを続けるのか、高みの見物を決め込んでいた。社内で将とすれ違ったときにも鷹揚《おうよう》にふるまって、彼にねぎらいの言葉をかけてみせた。

もはや、風前の灯火であろうと、内心で憐れみながら。

ところが、風向きが変わったのだ。

この年、政府の介護保険制度と改正建築基準法が新たに施行された。

介護保険では、手すりの取りつけや段差解消など、六項目の住宅改修費の支給が指定され、改正建築基準法では、階段への手すりの取りつけが義務化されることになった。その上、介護保険で指定された六項目すべての建材を載せているカタログは、マツ六のバリアフリーカタログだけであった。これを機に、全国の市町村からの問い合わせが殺到し、これが追い風となって、得意先からも発注がかかるようになった。認めたくはないが、将の読みが的中したのだ。

バブル崩壊以降、阪神・淡路大震災の復興需要でしのいできた社内には、否応なく、誰かの悲劇の上に成り立つ事業だという、悲しい気配がつきまとっていた。しかし、このときから社内の空気は、活気を取り戻し始めていった。

その様子は、山辺にもありありと見てとれた。なにより、数字がはっきりと結果を示していたからだ。マツ六の売上げは、堅調に伸び続けていた。山辺と、この会社に長年勤続してきた社員の一人である。結果を出した事業を貶《おと》しめてまで、将の足を引っ張るつもりはなかった。

将は大阪青年会議所を理事長まで務め上げ、卒業後は会社の業務一本にしぼって事業に励んでいる。そして山辺の退任と時を同じくして、株主総会での承認を得て、代表取締役副社長に就任した。彼がこの会社を継ぐ日も、そう遠くはないだろう。

取締役を退任した翌朝、山辺は社長室に呼ばれて、充太郎からこれまでの勤続に対して感謝の言葉を述べられた。それから、充太郎はこう付け加えた。わたしも七三歳になりました。早晩、せがれに事業承継するつもりです。いつまでも重石がおっては、次代の担い手は伸び伸び走り回れまへんでしょうから な、と。お互い、ここが引き際だと言いたかったのだろう。

充太郎の言葉に、山辺はただ頷いてみせた。

社長室をあとにした山辺の脳裡には、この会社とともに歩んできたこれまでの人生が鮮やかによみがえってきた。

＊

大阪府内の商業高校を卒業して、松倉金物株式会社に就職したのは、昭和二三（一九四八）年のことだ。松倉六郎商店が株式会社に改組した、まさにその年の入社であった。

社員はたったの一一名、社長の松倉六郎以下、全社員が一丸となって全国に販路を広げるべく、ただがむしゃらに足を使って駆けずり回っていた。

この頃、大阪の町は、のちに阪神教育事件と呼ばれる騒乱の最中にあった。ＧＨＱの指令を受けた日本国政府が、「朝鮮人学校閉鎖令」を発令したことで、大阪と兵庫を中心に、在日朝鮮人と共産党員による暴動が起こったのだ。戦後の日本国憲法下初の非常事態宣言が布告されるなか、朝鮮人学生に死者を出す、悲劇を招いた事件であった。

まだ一八歳だった山辺は、自分と同じ年頃の若者たちが血を流すなか、ただ明るい社会の到来を信じて、ひたすら汗を流して働いた。建築金物が、日本の暮らしを少しでも豊かにできれば、ただそれだけを信じて――。

初任給は、六郎から手渡しで受け取った。

「もっと出してあげたいが、今はこんだけで済まんなぁ。これからこの国といっしょにうちの会社も豊かになっていくよう、頑張るさかい。力を貸してや」

六郎はそう言って、山辺の手をしっかり握ってくれた。

汗水流して働いた初めての給料で買った煙草の味は今でも忘れられない。

売掛金の支払いが滞りがちな取引先のもとへ、おおらかな六郎の代わりに、同僚といっしょに回収に歩いて難渋した頃もあった。

それから、日本も会社も高度経済成長期を迎え、豊かになった。そして、バブル経済が到来した。

きっかけはほんのささいなことだ。会社への注文が電話からファクシミリに移行し始めたのだ。山辺はここに目をつけた。六郎に進言し、全国一〇〇〇社の得意先にファクシミリを販売したのだ。時流に乗って、飛ぶように売れた。

以来、テレビなどの家電製品をはじめ、健康サプリメント、入浴剤、カシミアの衣料品に真珠やダイヤなどの宝飾品、ギフト商品と、営業マンが売れるものはすべて売った。金物屋が家電製品を売って何が悪い。宝飾品を売って何が悪い。そこに求めるお客さんがいるなら、売れるものなら、なんでも売る。あの貧しい時代を生き抜いてきた日本国民が、ようやく豊かさを享受しているのだ。

松倉金物の業績そのものが、日本の明るい兆しだと、そう信じて邁進してきた。

しかし、突然、バブルは崩壊した。

なあに、今は辛抱のときだ。この苦境を乗り切れば、またいつか明るい兆しが訪れるはずだ。だが、そんな日はやって来なかった――。

俺のせいか。そうではない、時代が悪いのだ。俺は十分、この会社に利益をもたらした。今さら、悪役扱いか。冗談ではない。俺だって、六郎社長の「協

てきたのだ。

誰に恥じることもない。俺がこの会社の礎《いしずえ》を築いてきたのだ。

調互敬」の理念を信じて、走り続けてきたのだ。

＊

最後の出社日、自室の整理を終えた山辺のもとに、将が訪ねてきた。

山辺を見た将は、一瞬、言葉を失った。

山辺は、これまで真っ黒に染めていた頭髪を洗い落として、総白髪になっていた。丁寧になでつけられた頭髪は、銀髪とも見まがう品を漂わせている。

将は、山辺に深々と頭を下げて、こう告げた。

「数々の非礼、失礼いたしました。これまでマツ六を支えてきてくださり、本当にありがとうございます」

うわべで言っているわけではないのだろう。彼なりの誠意の言葉だということはよく分かった。

だが、握手の手を差し出した将に、山辺は笑顔で首を振って拒んだ。

「やめまへんか、あなたらしゅうない。このままでええやないですか。ここはじきあなたの会社や。そこに、わたしは必要ない。それだけのことです」

返す言葉のない将に、山辺は荷物を手にすると、深々と一礼した。

その顔を上げたときには、もう未練を断ち切っていた。

「わたしは、この会社でやれるだけのことをやってきました。それで十分ですわ。これにて御免蒙《こうむ》ります」

将に背を向けると、山辺は毅然とした歩みで社を去っていった。

六

平成一五（二〇〇三）年の秋――、日曜の朝。将の家に、充太郎からの急な誘いの電話があった。

「ちょっと六郎さんの墓参りに付き合わんか」

命日でもなければ、盆や彼岸でもない。こんな時期の墓参りとなれば、よほどの用に違いない。このところ多忙な日々が続き、久々に家族とゆっくり過ごすつもりでいたが、断れない頼みであろう。すぐに車を出すと、実家で充太郎を拾ってから、六郎の墓へと向かった。後部座席に座った充太郎が、将に声をかけた。

「通販の準備のほうは、捗《はかど》っとるんか」

充太郎の言う通販とは、将が再来年の本格的運用を目指して準備している、『ファーストリフォーム』という、カタログ・ネット通販システムのことである。

高齢者向け住宅リフォーム事業には、一つ問題点が残されていた。介護リフォームに必要な建材は、部品が細分化されるため小口注文になる。例えば、手すり棒一本とそれに合った部品が必要になり、近くの金物店に買いに走っても、在庫がなくて届くまでに数日かかったりする。この時間のロスを解消するため、将はあるオフィス用品メーカーが構築した、通販システムに着目した。

今日受けた注文を明日届けるというそのノウハウを、将は一年間、オフィス用品メーカーに通い詰めて学ばせてもらった。

仕組みとしては、販売特約店になってもらった、全国の金物店や建材店から、施工業者にカタログを配布してもらい、ネットかファックスで受けた注文を、マツ六が運営する『ファーストリフォーム』から発送する。一見、問屋からの直販にみえるが、受けた注文は、そのカタログを配布した販売特約店の売り上げとなる。

つまり、販売特約店の発送作業を『ファーストリフォーム』が代行することで、必要な商品を迅速に現場に届けるのだ。

しかし、このシステム構築のためには億単位の投資が必要となり、それだけ多くの金物店や建材店に販売特約店として加盟してもらわねばならない。

将は、加盟店を募るため、お得意先まわりで全国行脚をしていた。

「ようやく、カタログが完成して、今は販売特約店さんを募ってる最中です」

運転しながら、将が答える。

「そうか。身体を壊さんと、あんじょう頑張ってや」

それきり、充太郎は持参した新聞に目を落として、言葉を交わすことはなかった。

枚方市《ひらかた》にある本覚寺《ほんかくじ》は、古くは大阪城のお膝元にあり、大坂冬の陣では真田信繁《のぶしげ》が築いた真田丸の曲輪《くるわ》内にあったといわれ、関白、豊臣秀次の菩提寺でもある。そこに六郎の墓所がある。

秋晴れの空をここちよいそよ風が吹き抜け、境内で色づく樹々の葉を揺らしている。

六郎の墓前に、二人して手を合わせた。

お参りを済ませると、充太郎は墓前でようやく口を開いた。

「六郎さんにきちんと報告せなあかんと思うてな。会社をな……、おまえに任せようと思うとる」

予想はしていたが、あらためて告げられると背筋が伸びる思いがした。

「謹んで、お受けいたします」と、将は応えた。

充太郎は、将の言葉に頷いてから、言葉を継いだ。

「わしが六郎さんから社長の椅子を引き継いだのは、昭和五七年のことや。あの頃は、高度経済成長も終わって第2次オイルショック末期でな。会社経営も厳しい時代やった。ところが、親父さんの時代から残ってる番頭連中は、なーんも意見を言わへん。六郎さんが自分で決めてきたやり方に慣れ過ぎてたんやろな。これではあかん思うて、わしは合議制で経営方針を決めてくことにした。

問屋商売だけではもうやっていけへんという意見も出て、メーカーといっしょに商品開発にも精を出した。海外の流通網を築いて、どこよりも早くコンピューターで商品管理をするようにもした。その頃、多角経営の道を切り開いてくれたんが、当時経理部長だった山辺さんや」

将は、退職する山辺を見送った、苦い記憶を思い返した。

「どれもが、わし一人でやったことやない。会社のためにと、その一心で働いてくれたみんなのおかげや。会社いうもんは、本来、そうあるべきや。親父さんかて、本当はそう望んどったはずや。だから、『BUS』なんてゆうブランドを立ち上げたんやから。それでも自分の声を信じるしかないのが、創業者の宿命や。

そのうち、世の中はバブル景気に浮かれ始めた。山辺さんの多角経営も順調やった。ところが、あっというまにバブルが弾けて、途端に会社のお荷物や。そのことに誰よりも気づいとったんは、山辺さんや。自負もあったんやろな。会社が苦しいときに、支えてきたのは自分やという……。昨日、今日、やってきた青二才にとやかく言われとうなかったんや」

「それ、僕のことですやろ」

将が苦笑してみせた。

「あのときは、青年会議所に追い立てて、すまんかったなあ。だけど、おまえは強うなって戻ってきた。これからはおまえの時代や。人を信じるのも、己を信じるのも、経営者の才覚や。おまえのやりたいようにやってみればええ。ただ、これだけはよう覚えとき」充太郎は、いつになく厳しいまなざしでこう続けた。「経営者ちゅうもんは、時にはお不動さんにならなあかん」

「お不動さんて、不動明王のことですか？」と、将が問い返した。

「そうや。あの不動明王っていうのは、大日如来さんの化身やで。あんな穏やかな顔をしてる仏さんにも、お不動さんみたいな恐ろしい顔があるんや。迷いの世界から煩悩を断ち切り、己に厳しく、人に厳しく、時には犠牲を恐れぬ非情さがないと、やってけん。わしも六郎さんの立場になって、それがよく分かった」

充太郎の真意を汲み取って、

「心します」

と、将は頷いた。

「ほな、もう一度、六郎さんに手ぇ合わせて帰ろか」

将と充太郎は、もう一度、墓前に手を合わせると六郎の墓所をあとにした。

帰り道、充太郎は将のとなりに乗り込んできた。枚方八景の一つにも数えられる、けやき並木の紅葉のなかを抜けて帰途に就く。

途中で、充太郎が普段はあまり口にしないはずのハンバーガーを買うと言いだして、車中で食べながら帰った。いっしょにシェイクを買った充太郎は「甘過ぎるがな、これ」と終始、苦い顔をしていた。

伝えるべきことを伝え終えて、気楽になったのか、充太郎はよくしゃべった。

「おまえが小学生の頃、わしが六郎さんとこに行かしたの覚えとるか？」

「もちろん、覚えてます」

「あれな……、六郎さんへのいじわるや。仕事一筋で生きてきた六郎さんが、いきなり孫を押しつけられたら、どないするのかと思ってな」

　充太郎が、いつになく無邪気に笑ってみせた。

「……人が悪い」

「でも、半分は本気や。わしはずっと六郎さんの後継ぎとして育った。六郎さんは武士のせがれや。会社をちゃんとしとくことが家族を守ることやと思うとったからな。あの人は、親の情っちゅうもんがよう分からんかったんやないかな。それは、六郎さんに育てられたわしも同じこっちゃ」

　面と向かってそんな話をされたのは、初めてであった。

「だからな、見つけてほしかったんや、家族のカタチを」

「家族のカタチ、ですか」

「そうや。おまえはわしの知らん六郎さんを知っとる。六郎さんもわしの知らんおまえを知っとる。六郎さんとおまえは、わしの知らんわしを知っとる」

　一瞬、どきりとした将が、驚いたように充太郎を振り向くと、

「危ないがな、ちゃんと前見とき」

　と、充太郎があわてて注意する。それから、独り言のように言葉を継いだ。

「ほかと違ってもええ。おまえが見てきたもんが、うちだけの家族のカタチや。おまえがいて、わしと六郎さんも繋がって、松倉家はやっとまあるい輪になった。おまえの選ぶ道はわしらに繋《つな》がっとる。思ったとおりにしいな、将」

　将はふとこんなことを聞いてみたくなった。

「充太郎さんは、六郎さんにげんこ食らったことありますか？」

「げんこ？」と、将の言葉を反芻してから、充太郎は答えた。「いや、六郎さんがわしに手をあげたことは一度もなかったわ」

　なぜだか、将はその答えを聞いて安心した。

「そうですか。充太郎さんはないんや」

うれしそうな笑みを浮かべる将に、
「なんや一人でニヤニヤ、気持ち悪いやっちゃなあ」
と、シェイクを口にした充太郎は、また苦い表情を浮かべた。

翌、平成一六（二〇〇四）年、将は、マツ六株式会社の代表取締役社長に就任し、同時に充太郎は代表取締役会長に就任した。

七

充太郎が六郎の墓前で口にした、「経営者は、時にはお不動さんにならなあかん」という言葉の意味が、将にも分かるときが来た。

阪神・淡路大震災の復興需要に続いて、将の立ち上げた高齢者住宅リフォーム事業も軌道に乗り、カタログ・ネット通販『ファーストリフォーム』には、将自らが各地で開催した説明会によって、六〇〇社ほどの加盟店が集まった。

マツ六は、バブル崩壊の経営不振から、回復の兆しを見せ始めていた。

ところが、平成一七（二〇〇五）年一一月に発覚した、一級建築士による構造計算書偽造問題が、その勢いに歯止めをかけたのだ。

新興マンション開発業者《デベロッパー》が所有する、数多くの分譲マンションが、建築基準法で定められた耐震強度を満たさないままに販売されてしまった。この事件には、いくつもの問題が山積していた。一つには、開発業者が工期の短縮と経費削減のため、それに見合った図面を引ける特定の一級建築士を重用したこと。もう一つは、その一級建築士が開発業者の要求に応えるため、構造計算書の改ざんまで行ったこと。さらには、国交相や各都道府県知事から指定された、民間の検査機関が、構造計算書の偽装を見抜けなかったことである。

欠陥マンションで暮らす住民たちは、開発業者や施工の元請けである建設業者《ゼネコン》の経営破綻で、十分な補償もないままに退去を迫られる一方、阪神・淡路大震災の生々しい記憶が、欠陥建築への市民の不安や恐怖感をあおり、全国的な社会問題に発展した。

この一件で建設業界は大打撃を受け、その余波は、将が社長を引き継いだマツ六にも降りかかってきた。高齢者住宅リフォームとカタログ・ネット通販という、新規事業への投資が逆風となって、経営破綻が危ぶまれる状況となった。将にも予測できない事態であった。

平成二〇（二〇〇八）年には、将はある決断を迫られることとなった。

——整理解雇《リストラ》である。

しかし、この決断に充太郎は、

「中小企業は、整理解雇なんぞするべきやない！」

と、強く反対した。

その気持ちは将とて同じであった。しかし、これは彼一人で出した答えではなかった。会社がこの苦境をどう乗り越えるべきか、およそ二五〇人の全社員に提案書を作成してもらった。若手社員のなかからも整理解雇をすべきという声があり、決断をためらう将を批判する声もあがっていた。

迷いを抱えたまま、結論を先延ばしにしていた将は、同じ企業人でもある大学院時代からの親友に、胸の内を明かした。彼は大手企業の経営企画室で新規事業を手がけるかたわら、売却事業も手がけていた。彼ならば、同じ痛みを分かち合えるという気持ちもあった。

しかし、返ってきた言葉は、もっと厳しいものであった。

「いいカッコしても経営者は務まらんぞ。俺はこれまでも赤字事業を売却してきた。それもそこにいる社員ごとな。もちろん、恨みも買ったさ。けどな、会社がなくなれば、もっと多くの社員が路頭に迷う。だから何度も大ナタを振るって、返り血を浴びてきた。俺の背中は血まみれさ」

笑い飛ばしてみせたが、学生時代のような朗《ほが》らかな笑いではなかった。

誰かが泥を被らねばならない。その覚悟がおまえにあるかと、問われているようであった。ほかの誰かにこの役割を押しつけるわけにはいかない。充太郎の反対を押し切ってでも、俺が勇気を出さねば、会社は生き残れないのだ。将は自分にそう言い聞かせた。

総務部を通して、退職金の積み増しと再就職支援を条件に、全社員から希望退職者を募った。もちろん、本人の希望だけではなく、勤務評定が著しく低い社員には、会社側から呼びかけることもあった。その結果、三二人の希望退職者が選ばれた。

たとえ、どんな理由であれ、こちらの都合で退職を促すことに変わりはない。将は、退職を決意した一人ひとりと、面談することにした。経営が厳しくなった経緯を説明し、一人ひとりに見合った業務や、職場を用意できなかったことを詫びた。彼らが退職したからといって、経営が一気に改善するわけではない。社員にとっては、去るも、残るも、いばらの道であろう。家庭もあり、育ち盛りの子どももいる社員に、酷な選択を押しつけてしまったと、己の不明を恥じた。経営者にとって、何にも増して苦しく厳しい局面であった。

当然のごとく、社長の将自身、そして会長の充太郎も、向こう三ヶ月は無給とし、一年間は五〇パーセントの給与カットを自らに課した。そのことを充太郎に告げると、将の覚悟を察したのか、もう反対はしなかった。

「ほんでええ。六郎さんでも、きっとそうしたやろう。痛みも苦しみも、分かち合ってこそ、ホンマの『協調互敬』や」

充太郎は会長室のデスクの引き出しから出した、あの鍵のかかった南京錠を見てこう続けた。「六郎さんが、これをわしに託した理由が、ようやく分かった気ぃがするわ」

充太郎は、しばらく掌の上で、南京錠の重みを噛みしめていた。

将は、希望退職者の業務スケジュールを考えて、二週間かけてじっくりと三二人の面談を終えた。そして、ようやく最後の一人を残すのみとなった。

社長室の内線電話が鳴って、秘書から最後の一人の到着を告げる連絡が入った。

中に入ってもらうよう伝えると、しばらくして、最後の一人が社長室に入ってきた。

髪はだいぶ白くなったが、まるい顔にくりっと大きなまなことつぶれた鼻は、やはり動物図鑑に載っているシロテナガザルそっくりである。

「順番が最後になってしまって、すみません。でも、あなたとはゆっくりお話をしたかったんです。植岡守恒《もりつね》さん……」

「そんなにかしこまらんといてください、社長」

植岡は、なぜか小脇に風呂敷包みを抱えていた。

「総務部からご案内差し上げた早期退職の募集に、植岡さんは自ら志願されたと聞いています。もちろん、ご本人のご意思は尊重させていただきますが、植岡さんの勤務評定に問題はなく、あと三年、定年まで残っていただくという選択肢もあります。もう一度、お訊きしますが、お気持ちは変わりませんか?」

「……変わりまへん」

「いっしょに立ち上げた、新規事業のことは気になりませんか?」

「それはもう、宅間くんや大坪くんに託しましたわ」

「せやかて――」と、なおも粘る将を、植岡が掌を突き出して制した。「もう決めたんですわ。辞めるちゅうご奉公もありますさかい」

本音をいえば、植岡にはまだ重石として残っていてほしかった。しかし、これ以上、引き止めれば、経営者としては失格だ。その先の言葉を呑み込んだ。

「分かりました。もう昼時や。続きは、僕らしい場所で話しましょか」

と、将はいつもの蕎麦屋「やまが」に植岡を誘った。

いつもの座敷でせいろ蕎麦を食べながら、退職金の積み増しや再就職先についての話をした。植岡はすべて条件どおりでかまわないと、将に一任してくれた。そのあと、なぜあれほど六郎を慕っていたのか、植岡はその理由を聞かせてくれた。

「わしがまだ、一六、七の小僧の頃です。六郎社長のお宅にご奉公に上がってすぐ、体調を崩しまして、実家で養生せなあかんくなったんです。クビを覚悟でお暇をもろたら、社長が言ってくれましてん。まだ若いんやから、よくなったらいつでも帰っておいで。待ってますで、て――。人を動かすんは、理屈やおまへん、まごころでっせ」

植岡の言葉は、将に言い聞かせているようであった。

「そうや、これを返さなあかんと思うてましたんや」

と、かたわらに置いた例の風呂敷包みを引き寄せて、膳の上に載せた。

植岡がほどいた風呂敷の中には、若い時分の彼が六郎の家で羽織っていた、印半纏《しるしばんてん》が几帳面に畳まれてあった。

「長いことお借りしたまんまで、すんまへんでした」

将が手にとって広げてみると、半纏の背中には、松倉六郎商店時代の⌐六《カネロク》の屋号が染め抜かれていた。

途端に、将のなかで、少年時代の記憶が呼び覚まされた。

六郎さんの家に丁稚奉公に行かされたとき、植岡が羽織ったこの半纏の背中を追いかけて、六郎さんの部屋に通されたのだ。懐かしい記憶に、しばし思いを馳せてから、あらためて半纏を畳み直すと、植岡の前に戻した。

「この半纏は植岡さんにあげたもんやと、昔、六郎さんが言ってました。だから、これはあなたが持っといてください」

「……ええんですか」

「辞めるのもご奉公やと、言ってくれたやないですか。なら、この先もずっと、植岡さんはマツ六の人です」

あらためて差し出された印半纏を、植岡は押しいただくように受け取ると、赤くなった鼻をずっとすすりあげた。「しっかり勤めさせていただきます」

将のなかで、それまで抑えていた感情がほとばしった。

「……たまらんなあ。なんでや……、一生懸命働いてくれはる人を、なんで、こんな目に遭わせななら んねん。けったくそぉ。もう二度とせえへん。したらあかんのや。整理解雇は一度きりや！」

いつのまにか、将の頬をとめどなく、涙がこぼれ落ちてゆく。

「みっともないとこお見せして、すみません」

植岡は、笑みを湛えて首を横に振った。

「いや。社員のために、泣ける社長がおるうちは、マツ六は大丈夫です」

それから、植岡はおどけて言った。「ボンはボンでも、ボンクラでは困りますよってにな。気張ってや、社長！」

懐かしいその言い方に、将が涙をぐいと拭った。

「そうや、社長に一つ、六郎旦《だん》さんの秘密をお教えしまっせ」

植岡は六郎のことを旦さんと、昔の呼び方で呼んでいた。

「秘密――？」

「旦さんが出勤されるとき、見送りはいらんと言うとりましたやろ。あれ、どうしてか分かりまっか？」

植岡の問いに首をひねる将に、いたずらっ子のような笑みを浮かべて植岡が答えた。「あれな、御寮《ごりょ》さんと朝の接吻をしとったんですわ」

御寮さんとは、船場言葉で女将さんの呼び名だ。植岡はせいのことをいつもそう呼んでいた。

「接吻でっか、あの二人が⁉」

「さいですがな。お二人は毎朝、チュウしまんのや。恥ずかしいから見られとうなくて、見送らんでええ、言うてましてん」

「そんな理由やったんや。でも、なんで植岡さんが――？」

「わいな、こっそり覗いてしまいましてん。でも、この話は充太郎会長にはナイショでっせ。わいはあの世に行ってから、旦さんにたっぷり叱られます」

植岡と話しているうちに、将は怖いもの知らずだった少年の頃に戻ったような気がして、冷えきっていた心に、暖かい炎《ほむら》が灯ったように感じた。

八

その夜――将は夢を見た。夢の中で、将は六郎であった。

せいが同じ病院の別の病棟に入院してからというもの、毎朝、病棟を行き来して、六郎はせいの病室に足を運んだ。

せいの病は、せがれの充太郎からは詳しくは聞いていない。ただ、六郎よりも重いとのことであった。せめて、別離《わかれ》のときまで顔を見ていたいと思った。

すでに意識も混沌としているせいに、「おはようさん」と声をかけ、その手を優しく握ってやると、せいが握り返してくる感触があった。

「今日も、ええ天気やで」

それだけ言うと、六郎はまた自分の病室へと引き返してゆく。

それが、六郎の毎日の張り合いであった。

せいの病室に通う道のりが、六郎に生気をもたらしてくれていた。

そのせいか、六郎自身は、腸閉塞の病状も落ちついてきて、料理上手のかずえが届けてくれるお重のおかずをつつけるようになった。

ところが、一年ほど経つと、せいが別の病院に移されたと、彼女の看病をしてくれていた、かずえから告げられた。

「しゃあないわな」

と、一人になってから呟いた。

ふいに、こんな歌が口をついて出た。

「♪死ぬまで私を
　ひとりにしないと
あの人が云った
　恋の季節よ」

いつか、将と旅したときに、あの子がずっと口ずさんでいた歌だ。

「あかん。うつっとるがな」

と、思わず苦笑してしまった。

笑いながらいつのまにか、六郎はうたた寝をしていた。

＊

六郎とせいとのなれそめは、七〇年以上も前のことになる。

十二歳で家を離れて丁稚になった六郎が、最初の奉公先の小間物屋から、二つ目の帽子屋に奉公替えした一四歳の頃であった。

毎朝、六時に、早起きのご隠居さんに付き合って、起こされる。

朝げを済ませると、食事の後片づけに、家の雑巾がけやら、店の前のそうじやらがあって休む暇はない。九時を過ぎると旦那さん夫妻が起きてくる。

朝のうちはまだお客さんも少ないが、昼を過ぎると往来する人通りも多くなり、客足もぐんと増えてくる。接客するのは、旦那さんや番頭さんのお務めで、六郎はお得意さんのところに使いに走らされたり、商品の出し入れをしたりして働いた。

商店の夜は遅い。客のあるうちは、なかなか店も閉めない。ようやく客足が途絶えたところで、旦那さんが「やまを入れようか」と言うと、閉店となる。

後片づけを終えて、夜中の一時過ぎに床に入り、とろとろと寝たと思ったら、ご隠居さんに「起きや」と起こされる。そんなわけだから、夕暮れ時になると、ついうとうとと睡魔に襲われてしまう。

あるとき、うたた寝をしているところを、お店のボンボンに起こされた。

六郎よりも少し年上の旦那さんのせがれは、笑顔でこう言った。

「ちょっと用事を頼まれてんか。焼きいも買うてきてや。いっしょに食べよ」

心斎橋筋大宝寺《だいほうじ》町の西南の角に、焼きいも屋があった。

やれうれしや、焼きいもが食べられると、浮き浮きと人混みでにぎわう心斎橋筋を歩いていると、なぜか通り過ぎる人から笑いがもれる。

どうやら、六郎を見て笑っているようであった。

何がそんなにおかしいのや――？

そこへ、「ちょっと待って」と呼び止める女の子の声がした。

すらりと六郎よりわずかに背が高く、細面で色白のきつね顔の女の子であった。着物姿に前掛けをして箒を持っている様子からすると、どこかの店の女衆《おなごっ》さんであろう。

その女衆さんは、六郎を呼び止めると、箒《ほうき》を通りの脇に立て掛けて、置いてあった水桶に腰にぶら下げていた手ぬぐいを浸した。

「寝起きには、鏡を見はったほうがよろしおっせ。どこぞの誰かが、あんさんのお顔で習字の練習しはったようですさかい。へのへのもへじ、にされてはります」

言いながら、六郎の顔を手ぬぐいで拭いてくれた。

きっとあのボンボンの仕業だ。

ひどいことをするものだと、六郎は悲しくなった。

「きれいになりましたで」

墨で汚れた手ぬぐいを腰に戻すと、女衆さんは晴れやかな笑顔を浮かべた。

「さあ、もう大丈夫でっせ。堂々と胸張って、いってらっしゃい」

そう言って、六郎を見送ってくれた。


やがて、時を経て、金物店を開いて独立することになった六郎は、お世話になったお得意先の紹介で妻《めと》を娶ることになった。

そこに現れたのが、六郎の顔を拭ってくれたあの女衆さん——せいであった。

偶然の再会に口をあんぐり開けていると、せいはくすりと笑った。

「わたし、一二の頃に家《うち》をなくしましてな。それからずっと丁稚奉公でしたのや。ようやく自分の家が持てるようになりましてん」

「おめでとうございます」

せいが六郎に優しく微笑みかけた。

「今度、店を始めようと思いますのや。いっしょに支えてくれはりますか」

「はい。喜んで、お伴させていただきます」

「そうや。店の名前を考えとるんですが、何がええと思いますか」

せいは首を傾げて、少し思案してから、

「六郎さんのお家でっしゃろ。松倉六郎商店がええのやないですか」

「せやけど、どっかに金物店て、入れんでええんですかな」

六郎の問いに、せいはからっと笑顔で答えた。

「ええやないですか。堂々と、これがわたしの家《うち》やって。従業員もお客さんも、みんなが六郎さんちに集まるんです。これから、にぎやかになりまっせ」

六郎は、まだ見ぬ光景を思い描きながら、これまでにない幸福感を噛みしめていた。

「そうですな。きっとにぎやかな家になりますな」

エピローグ

　平成二八（二〇一六）年――、充太郎が逝ったのは、風冴ゆる一月半ばのことである。

　六〇代前半から心臓弁膜症を患い、手術はせず二五年、薬を飲み続けてしのいできた。三年前には腎臓を患い、隠居の身となった。

　その朝、食事を終えた充太郎が不調を訴えた。生活の面倒を見てくれていた将の姉、富貴子がすぐに病院に運んだが、三六時間後に息を引き取った。

　八九歳の生涯であった。

　朝の食卓で、充太郎は富貴子にこんな言葉をもらしていたという。

「わしは今まで悪いこともいっぱいした。けど、えぇこともいっぱいした。九〇近くまで生きてきて、後悔はなんもない。でもな、もう薬は飲みとうないし、病院も行きとうない。ふきちゃん、すまんけどビール持ってきてくれんか？」

　その話を姉から聞かされて、将は悲しみの反面、どこかほっとしていた。

　六年前、充太郎は妻のかずえに先立たれた。

　かずえは毎日、午前さまばかりの充太郎をよく支えてくれていた。義母のせいには「亭主を生かすも殺すも、女房の裁量です」と、よくお小言を言われていたが、せいの看病を最期まで務めたのも彼女であった。せいが亡くなると、六郎の看病をした。二人が逝ってから、充太郎はかずえに礼を言った。「今まで本当に御苦労さんやったなあ。これからは、きみの人生をいっしょに生きような」充太郎の言葉に、かずえが初めて声をあげて泣いた。それからは、かずえをねぎらうように、毎年暮れに、郷里金沢に二人で旅行するのが恒例となった。彼女もそれを楽しみにしていた。

　ところが、かずえの肝臓に動脈瘤があることが分かって、年の瀬に手術の予定が重なった。彼女は医師に無理を言い、金沢旅行を優先させた。これが最後の旅行になると悟っていたのだろう。旅には、富貴子が同行してくれた。冬の金沢を満喫したかずえは、帰ってきてすぐに容体が悪化し、病院に搬送されたが、そのまま帰らぬ人となった。充太郎は、お骨になって帰ってきたかずえを、冷たいお墓の下に埋葬するのはかわいそうやと、長らく自宅に置いていた。

かずえがいなくなってからというもの、充太郎はことあるごとに彼女との思い出を振り返り、寂しげな表情を浮かべていた。ようやく彼女のそばへ旅立つことができて、本望ではなかったのか。将にはそう思えたのだ。

充太郎の葬儀は、六郎の墓がある菩提寺の本覚寺で執り行われ、長男の将が喪主を務めた。

近親者のみで済ませることという、充太郎の遺言に従って、身内だけの静かな葬儀であった。

つましい暮らしを信条とした祖父、六郎に対して、にぎやかなことが好きな父であったが、それゆえに悲しみの場を好まなかったのだろう。会社関係の弔問客はあまりにも数が多く、後日、ホテルで行われるお別れの会にお呼びすることにした。

葬儀には、充太郎の五人姉妹も参列した。老いてもなお、相変わらずかしましい。

金沢からは、六郎の亡き兄、辻田篤二郎《つじたとくじろう》の孫で、将の従姉にあたる瑠衣《るい》が参列した。従兄の順《じゅん》は大学教授になり、今は引退して金沢の歴史を研究した本を書いているという。瑠衣自身は、上京して歌手やパントマイムの大道芸人などを経て、海外に渡ってから帰国し、イギリス人の夫と画廊を始めたそうだ。

沖縄からは、りんの娘のふうかが駆けつけてくれた。りんは、二年前、すでに他界しており、訃報を知らされた当時の充太郎は「お別れする気になれへん」と、しょげ返って、香典だけを包んで代わりに将が届けたのだ。小学生の夏休み、芭蕉布《ばしょうふ》をいっしょに織ったふうかも、すでに六〇近い老齢に差しかかり、伝統工芸の芭蕉布をしっかり継承して、後継者育成にも力を注いでいた。おまけに、孫が八人もいるという。住職の読経のあいだ、ふうかはずっと涙を拭っていた。彼女にも、将の知らない充太郎との思い出があったのだろう。

休日を返上して、マツ六の社員数人が手伝いに来てくれていた。

今朝、会社まで将を迎えに来てくれた、盛田もその一人だ。

バブル崩壊後の平成八（一九九六）年、就職氷河期の入社組で、ホームセンターの営業を経て、将が立ち上げたファーストリフォーム部に配属された。植岡、宅間、大坪に続く四代目部長を務めた。その頃から、将が新しい事業展開を口にすると、たちどころに裏づけを取って企画書をまとめた。部下を育てるより学究肌の男で、その才を見込んだ将が、事業企画室長に抜擢したのだ。

葬儀を終えると、将と近親者たちは火葬場に向かった。盛田たち社員も手伝い手として、そのまま同行した。

充太郎が火葬炉に入ると、骨上げまでのあいだは待合室で一服することとなった。将は、親戚と語らっていた富貴子が手が空いた隙を見計らって声をかけた。

「お姉ちゃん、この写真見たことある？」

将が富貴子に見せた写真は、今朝、充太郎の会長室から持ってきた六郎一人を写した写真であった。

富貴子はしばらくその写真を眺めていたが、

「知らんよ。どこか行ったときのものかな？　めっちゃ、うれしそうな顔してはるね」

「そやろ。いつどこで撮ったもんなんか、よう分からんのや」

富貴子はそれ以上、関心を示すでもなく、写真を将に戻すと、また親戚たちのそばで語らい始めた。

将は、待合室を離れて、一人外に出た。

火葬場の高い煙突から立ち上る充太郎の煙は、まっすぐ天をめざすように澄みきった透明な空へ昇っていった。

しばらく、その煙を眺めていると、いつからか、かたわらに盛田の姿があった。

彼は煙が上ってゆく煙突に手を合わせていた。

「お邪魔でしたら、すみません。温かいお飲物でもお持ちしましょうか？」

「大丈夫や。それより盛田くん、新しい手すりのアイディアがあるんやが」

こんな時でもいつのまにか仕事のことを考えていた。

「ほお、どんなアイディアですか?」

「手すりに絵を描いたらどうやろ。それも、ただの絵やない。手すりのお年寄りのお孫さんに描いてもらうのや。手すりを使う、これなら二世帯同居ではないお宅でも、ご家族の温もりにふれながら、暮らすことができるんちゃうかな」

発想の原点は、六郎が金沢の義姉のために取りつけた、手すりである。あのとき、従姉の瑠衣が手すりに絵を描いていたことを思い出したのだ。

盛田は、お追従《ついしょう》を言うタイプではない。しばし、脳内でシミュレーションしてみてから、確信を得たように頷いてみせた。

「すごく、ええと思います」

「さっそく企画書を作ってくれるかな」

「かしこまりました」

将が、喪服のズボンのポケットをまさぐってから、

「しもうた。アレ忘れたわ」

と舌打ちした。

「アレでしたら、ございます」

と、盛田が答えた。

「アレやぞ。分かるんか?」

「これのことではないかと——?」

盛田が、喪服の内ポケットに手を入れると、アレを取り出してみせた。

——仁丹であった。

昔、六郎がよくかじっていたものと、パッケージは変わったが同じ銘柄だ。一〇年前に煙草をやめてからかじり始めたのだ。

「よう分かったな!」

と、将が感心したように、盛田から仁丹を受け取った。

「恐縮です」

将はうれしそうに仁丹ケースを開けると、掌に数粒落として、口に放り込んだ。スンとしたハッカの香りが口から鼻に抜けていった。

目を閉じると、なぜか遠い昔、白山を望む田園のなかを六郎と二人でトラクターに揺られていた光景が浮かび上がってきた。たった一度だけの、充太郎の知らない祖父と将の二人旅であった。

先ほど、富貴子に見せた六郎の写真を、もう一度

取り出してみた。

六郎の笑顔の先には、きっと充太郎がいたに違いない。祖父の笑顔を見ているうちに、この写真がいつ、どこで撮られたものかなど、どうでもよく思えてきた。充太郎と六郎の間にも、将の知らない二人の時間があったのだ。

「そろそろお時間も近づいてきましたので、待合室のほうに戻っております」

将の様子に気を利かせたのか、盛田がその場を離れていった。

六郎の写真を喪服の懐にしまうと、もう一度、煙突の煙に目を向けた。

その煙を見送っているうちに、父も祖父ももうこの世にはいないのだという寂寞《せきばく》感が、将の胸の裡にあらためて押し寄せてきた。

そうや、肝心なことを忘れとったわと、懐中から南京錠と鍵を取り出した。

充太郎さんのお見送りや。そろそろこの鍵を開けて、充太郎さんにもあの旅の秘密を教えてあげてもええやろ、六郎さん。心のなかでそう呼びかけると、真ちゅう製の腹に「ＢＵＳ」と刻まれた南京錠に、長年隠し持っていた鍵を差し込んだ。

カチッと小気味いい音を立てて、本体に押し込まれていたツルが、跳ね上がった。


にわかに、将の周囲がにぎやかになった。

振り返ると、多くの参列者が将の周りを取り巻いていた。

いや、参列者にしては誰一人として、喪服姿ではない。

むしろ、宴《うたげ》に集まったような、晴れやかな顔を見せている。

そこに集う誰もが、将にとっては懐かしい顔ばかりであった。

京都で出会った半井金物の店主、半井雄蔵、初江の夫婦と、いっしょにいるのは、遺影で見たままの姿の長男の竹雄だった。

尾鷲で出会った六郎の丁稚時代の仲間、あの頃は病床にあった宮原修三が、生気を取り戻した笑顔を見せている。そのかたわらには、少年時代の将と釘さしで遊んでくれた、おてんばお婆ちゃんの福栄が寄り添っている。

金沢の六郎の兄に当たる、辻田の大伯父、篤二郎と奥さんのすがも元気な姿を見せていた。

一八年前に他界した薬師寺の管主、高田好胤の姿もあった。女姉妹のなかで育った充太郎は、彼のことを兄のように慕い、将も年末の除夜の鐘を打ちに行くたびに顔を合わせていた。

そして、沖縄で出会った、仲間常盛もいた。大宜味村の喜如嘉《きじょか》の里で出会った、宮城りんもいた。

そのとなりにいる、頬に傷のある青年は、遺影で見た栄公であった。

そこにいるみんなが、煙突の煙を笑顔で見送っていた。

彼らの中に、六郎の姿を探してみた。

しかし、懐かしいあの顔は見当たらなかった。

その代わりに、将の前にいつのまにか充太郎が立っていた。

しかし、彼は年若い三〇代の姿であった。将がマツ六に入ったのと同じ年頃で、ちょうど充太郎が沖縄で苦労を重ねていた時代だ。

充太郎は将に微笑んでみせると、将の視線を誘《いざな》うように参列者のほうを振り返った。

将が参列者を振り返ると、その中にまだ一〇代であろう、めくら縞の着物に角帯を締めてハンチングをかぶった小柄な少年が立っていた。その面立ちに、六郎の面影があった。

なんだか、ちょっと可笑しくなってきた。

三〇代の充太郎、一〇代の六郎とならんだ将自身は、五四歳になった。三代の親子のなかで、孫の自分がいちばん歳をとって見えたからだ。

心は少年時代に戻ったようでも、見た目はすっかりオッサンになったわ。

将は、六郎少年のそばに近寄ると、彼にこう声をかけた。

「頑張ってくれたんやな、きみが。今ここに僕がおるのもきみのおかげや」

喪服のポケットから仁丹ケースを取り出すと、六郎少年の掌に仁丹を数粒、落とした。六郎少年は仁丹を口中に投げ込むと、ポリポリとかじった。

腰をかがめて視線を落とした将は、六郎少年を愛おしむように見やってから、ハンチングを被ったその頭をぐりぐりとなでてやった。

今になって、将にもやっと分かった。早くに両親を亡くした六郎にとっては、こうして頭をなでてもらえることが、何よりの愛情ではなかったのかと。

将の掌《てのひら》で頭をなでられながら、六郎少年はくすぐったそうな笑顔を浮かべてみせた。


煙突の煙がやんで、充太郎の火葬が終わったことを告げていた。

そこには、将以外、もう誰もいなかった。

それでも、握りしめた掌には、六郎少年の頭に触れた感触が残っている気がした。掌を開いてみると、そこにはあの南京錠があった。


親父さん、おじいちゃん、ちゃんとみつけたで。

家族っていうのは、血ぃだけやあらへん。

僕らと出会った、みんなとの縁《えにし》。

これがうちらしい――、
家族のカタチや。

将は、南京錠から伝わってくる不思議な温もりを感じながら、六郎と充太郎にそう呼びかけてみた。

おわり

―あとがき対談―

世界で創業一〇〇年以上続く企業の数は、現在八万六六社あり、そのうち、四一・三％を日本の企業が占めている（帝国データバンク、ビューロー・ヴァン・ダイク社のorbisの企業情報 二〇一九年一〇月調査より）。

本作のモデルとなった大阪にある建築金物・資材専門商社、マツ六株式会社も、令和三年三月三日に一〇〇周年を迎えた企業である。巻末のあとがきに代えて、主人公・松倉将のモデルである、マツ六株式会社の松本將社長との対談という形で、本作執筆のなりたちや、現実のマツ六株式会社が歩んできた、一〇〇年の道のりを織り交ぜながら、読後のメイキング風に語り合った。

＊

竹内　大変お待たせいたしました。マツ六さんの創業一〇〇周年記念日に刊行するつもりが、新型コロナ禍でいろいろ番狂わせもありまして……。

松本　いやいや、本当にお疲れさまでした。執筆過程にもお付き合いさせていただき、史実を基にしたフィクションというものが、いかに手間暇のかかる作業かということを、わたし自身勉強させてもらいました。

竹内　最初にお会いしたのは、一昨年《おととし》（二〇一九年）の夏でしたね。

松本　はい。わが社はわたしで三代目となる中小企業ですが、一〇〇年の節目を迎える年に、親子三代がたどってきた歴史を後世に残しておきたい。とはいえ、ただの社史では面白くもない。その時々の因果や因縁、人々の「想い」――そういった背景を残すためには、小説という手段が最もふさわしいのではないかと。そんなときに、竹内さんが書かれた『風流《ふうりゅう》時圭男《とけいおとこ》』という、実際にある企業の歴史をフィクションに仕立てた小説と出会って、「これやっ！」と思ったんです。

竹内　大阪から、わざわざ僕の住む平塚市（神奈川県）まで来てもらって。最初にいただいたお話は、祖父の松本六郎さん（本作では、松倉六郎）が晩年に残した、丁稚時代の回顧録を小説にしてみないかと。

松本　六郎さんは、なにごとも控えめな人で、『私の苦斗《くとう》時代』という回顧録の冒頭でこう書いています。苦労話をするのは本来好きではないけれど、いずれ自分の孫やひ孫が、これを読んで何かの参考になるならば、あえて書きましょう、と。

わたしは社長になって今年で一七年目に入りますが、祖父が会社を設立するまでに味わってきた苦労話を知ると、今の幸せが当たり前だと思ってはいけないと、あらためて実感させられました。それをきちんとした形で残しておきたかった。

竹内　でも、最初はお断りしたんですよね（笑）。丁稚奉公を題材にした小説といえば、山崎豊子さんの『暖簾』、『ぼんち』や、花登筺《はなとこばこ》さんの『どてらい男《やつ》』、『あかんたれ』といった傑作がすでにあり、当時を知る由もない僕などが手を出したら、火傷するだけだと思ったんです。

松本　聞こえんふりしてました（笑）。

竹内　六郎さんてどういう方でしたか？　と僕がたずねたら、将社長から「六郎さんは校長先生みたいな人でした」という答えが返ってきた。そこで僕が「欠点のない人は書けません」と、言ったんです。というのは、以前に書いた『風流時圭男』は、明治から続く時計商のお話ですが、中心となった人物が破天荒で欠点だらけの人なんだけど、そこが魅力的だったんです。結局、お引き受けするかは、次回に持ち越しでお別れして。

松本　六郎さんの欠点て一体なんやろう？　って、そればっかり考えながら、大阪まで帰った覚えがあります。生前の六郎さんのことは詳しく知らへんし。二代目の重太郎さん（本作の充太郎）のことなら、もっと分かるんやけどなぁ、と。そこであらためて、親父のことに思い至ったんです。

どこの会社でも、創業者はもてはやされますが、二代目はあまり注目を浴びない。重太郎さんだけじゃなく、世の中の二代目社長さんは、実はめちゃくちゃ苦労してる。そこにフォーカスして小説にできないかな、と。親父は六郎さんと違って、欠点もたくさんありましたから（笑）。

竹内　ホント言うと、六郎さんの丁稚話を小説化することはお断りしつつも、近代日本の礎《いしずえ》を築いてきた大阪商人――大阪の会社の歴史を題材にすることには興味がありました。だけど、書くからには、過去の丁稚話が現代とどう繋《つな》がっていくのかを書かなくては駄目なのではないかと……。当然、二代目、三代目と続く歴史を描かねばならないという答えには、薄々気づいていて、覚悟が決まるまで時間稼ぎをしていました。

松本　なるほど。会社の歴史は過去のことが、現在にも繋がっていますから。特に、今回は一〇〇年の歴史を記すだけでなく、自分たちにとっても、今後を考えるうえで重要な節目でした。

竹内　二度目に大阪本社でお会いしたのは、同年の秋頃でしたね。将社長の気持ちも、六郎さんから重太郎さんにウエイトを置く方向へとシフトしていた。ところが、肝心の重太郎さんの記録が、ほとんど残されていない。これは大変な作業になるぞという危険信号が、僕の脳裡でチカチカ点滅していた（笑）。

松本　重太郎さんが最も愛し、愛された沖縄までごいっしょに行っていただき、お客さんのところを訪問して、重太郎さんの足跡を見ていただいたら占めたもんだ、と思いました。もう引くに引けない状況をつくっちゃおう、と（笑）。

竹内　僕のほうも、六郎さんと将少年の旅路に、三世代の歴史を織り込んでゆくという構成は、ほぼ固めていましたね。それとは別に、もう一つ興味を持ったのは、社長と大阪で初めてお会いした弟の渉《わたる》専務との兄弟関係です。お二人の立ち位置が面白くて。社長は以前にも、会社のPR動画を鉄拳さんのパラパラ漫画で作ったり柔軟な発想をされる。対して、渉さんは立場上、堅実に事を進めるタイプで、今回の件でも「兄ちゃんが、また変なこと始めよった」と、胡散臭げなまなざしで見ているのが、ありありと分かるんです。ところが、打ち合わせをしているうちに、渉さんがどんどん前のめりになってくる。

松本　竹内さんが上手に話されていくうちに、渉専務はだんだん面白くなっていって。新型コロナ禍のテレワーク期間中に『風流時圭男』を読んでからは、竹内さんとのオンライン会議で「これ、めちゃくちゃ面白かったですよ、泣きましたよー、こんなん書いてください！」とか、テンション上がってましたからね。急に専務のほうもエンジンかかりました。

竹内　現実にはなかった、祖父と孫に旅をさせるというコンセプトに、将社長はもちろん、渉専務も寄り添ってくれて、それならこんなエピソードがありますというように、記憶の引き出しを開いてくれた。ヘビを首に巻くエピソードも実は渉さんの実体験で、幼い頃は將さんが泣かされて帰ってくると、やんちゃな渉さんが仕返しに行くという話も愛らしかった。小説では残念ながら、一人に統合しちゃいましたけど、本作の将少年には、松本兄弟の幼い頃の記憶が投影されています。

まだ新型コロナが猛威を振るう前、何度か大阪に足を運ばせていただいて、そのときに、植岡さんのモデルになった会社ＯＢの方にもお会いしました。一見ぶっきらぼうなんだけど人情家で、彼は実際に六郎さん宅で丁稚奉公をしていた。将少年を六郎さん宅に丁稚奉公させるという、僕が考えていた設定とも、偶然シンクロしていたんです。こういう人がいるなら、会社の人間味みたいなものもしっかり描くことができると思いました。

松本　六郎さんは少年時代に大阪商人の街、船場で丁稚奉公してからマツ六を創業しているんで、植岡さんのような方は珍しくなかったんです。こうしてあらためて小説になると、会社というのはさまざまな人たちによって、長い時間をかけてつくり上げられてきたことを実感します。

竹内　この作品は、企業を通して描いた家族小説ですが、やるからには何かダイナミックな展開が欲しかった。会社の一〇〇年の歴史を描くということは、近代日本の一〇〇年を描くことでもある。どこかで時代のうねりと格闘するような大きな展開を組み込めないかと、ずっと考えていました。

そんななかで出てきたのが、重太郎さんが大渇水に見舞われた沖縄にタンカーで水を送るエピソードでした。これが成功談ではなく、ある種の失敗談なのが面白いですよね。そこにアメリカ統治下の沖縄という時代も描けるし、挫折を経て、奮起する彼の行動を描けば、沖縄が物語の一つのピークになるのではないか。三章では当初から、主人公を将少年から充太郎に替えようと考えていました。

松本　でき過ぎじゃないか、と思うくらいの展開ですよ。時代を行ったり来たりするんだけど、そこもちゃんと理解できるし、事業を承継する二代目の苦悩も、あんなにちゃんと書いていただけたのは、大変うれしかったですね。だから、少々きわどいところや色っぽいところがあっても、天国の親父は「わしはそんなもんやなかったで」と、笑って許してくれる気がします。会社の理念とかそういうものをあえて声高に書かず、南京錠を通して、読み手の受け止め方に委ねる語り口も、すばらしいと思いましたね。

竹内　ありがとうございます。一章、二章での将と六郎との旅路と、三章の充太郎の青春が、四章で一つの歴史として組み合わさってゆくために、何か接着剤が欲しいと思いまして。金物屋だから、シンプルに思いついたのが南京錠でした。南京錠を物語のキーにして、そのカギを開けることで歴史が一つの流れになってゆけばいいなと思いながら、エピローグに向かいました。

＊

松本　会社って、一〇〇年のあいだで変わってくるんですよね。だいたいの創業者はカリスマ的です。そうじゃないと会社は大きくならない。でも、カリスマ的になると、イエスマンばかり増えてしまうので、人が育ちにくくなるんです。二代目というのは、良いところも悪いところも見てきているので、初代と同じカリスマ性を持つのは難しいです。だから、重太郎さんは合議制にして、人を育てようと、大変苦労したと思うんです。時代の変化とともに、事業内容がそぐわなくなっていくこともあるし、絶えず時代の変化に合わせて会社も変化しなければならない。そんなとき、自分以外の人がみんな違う方向を向いていたら、一人ひとり説き伏せて仲間をつくって、同じ方向を向かせて遂行するエネルギーが、事業を承継する人には必要なんです。だから、重太郎さんも苦労したと思いますし、僕も会社を受け継いだときには苦労しました。最初は、会社に対する不満だらけでしたから。それを変えようとしたら、おまえは会社におらんでええて、放り出されるわけでしょ（笑）。

竹内　一章の冒頭で描いた取締役会議ですね。

松本　あれはほとんど事実です（笑）。毎月の取締役会で、喧嘩ばっかりしてましたからね。ところが、いざ自分が社長になってみると、引き継がれてきたもののなかで良いところを見つけようとするんですね。人も企業も強みを活かして成長するのが定石なので、長い歴史のなかで育まれてきたマツ六の良さを一生懸命に探して、それを育んでいくようにしてきました。

今の社員はみんな、変わらなきゃ生き残れない、変わらなきゃ成長できないということを、かなり理解してくれていると思うので、やっぱり変化に対応できることが、会社を一〇〇年にわたって存続させるうえで、大事なことなんでしょうね。

竹内　時代の流れとともに生き残ってきた企業は、時代の目撃者としても、大きな役割を果たしています。大河ドラマ『青天を衝け』の渋沢栄一や、『海賊とよばれた男』のモデルとなった出光佐三、『琥珀の夢』の鳥井家のように、時代的にも創業から一〇〇年を迎えた企業が増えるなか、日本の企業の歴史を描いた小説が、時代小説の新たなスタンダードになりつつあるのかもしれませんね。

松本　戦後の復興から今の日本を形作ってきたのは、間違いなく企業ですし、そのなかでも日本の企業って、実は99％以上が中小企業なんですよね。ウチもその一つです。ですが、会社の一〇〇年史を作っても当時の人たちの「パッション」も背景も苦労も見えないし、成功なんて数字でしか分からない。それじゃあ、後を継ぐ人たちが気の毒だな、と思うんですよね。

重太郎さんが、沖縄の人たちへのやむにやまれぬ思いで水を運んだときのパッションは、社史では伝わってこない。だからこそ、小説というスタイルで社史を残すやり方が、これからの後継者のためにも、もっと広まったらいいんじゃないかと思うんです。

竹内　今回、執筆の助けになったのは、社長の側近である社員の森田さんが作成してくれたマツ六年表でした。マツ六の歴史と当時の時代背景が一枚のシートにちゃんと収めてあり、なおかつ三代が当時何歳だったのかも書かれているスグレモノで。

松本　竹内さんと小説を作ることになって、当社の中にマツ六の歴史に関する資料をすべて保管する部屋を作りましたからね。森田くんがかき集めた資料で、ほぼ埋まりました（笑）。

竹内　井上ひさしさんは遅筆堂と呼ばれるくらい原稿を書くのが遅くて有名でした。新作戯曲を書くと、舞台の公演が毎回遅れるんです。でも、書いていないわけではなく、下調べがものすごく緻密で、晩年は歴史劇が多かったので、各登場人物の詳細な年表を作ったうえで、その間隙を縫うようにフィクションを織り込む。だから、時間がかかるんです。作家にとっては、いちばん大事で、いちばん大変な作業なのですが、今回は森田さんが作ってくれた年表があったので、非常にありがたかった。しかも、実在の年表にフィクション年表を併記してくれたんですよ（笑）。最後までそれを物語の地図代わりにしました。おかげで、社史がなくても時代を俯瞰して見られた。

マツ六には、時代のなかで、会社がどう生きてきたかということをちゃんと見つめている社員さんがいる、ということです。

松本　会社では、森田博士と呼んでますけど（笑）、彼に年表を作れとは僕は言うてないんです。「一〇〇年史を作るんじゃなくて、一〇〇年を小説にしようと思てるんやけど、森田くん手伝ってくれる？」と言うたら、「分かりました！」と言って、次の打ち合わせのときには年表を持ってくるんですよね。ねえ、森田くんに年表を作ってくれって言うてないよね？

（と、対談に立ち会っていた森田氏に呼びかける）

森田　社長からお声がけいただいて、正直、「えっ、小説？」って最初は耳を疑いました。でも、壮大なプロジェクトが始まるなあ、という気持ちで、いろんなことを想像したんですよ。

親子三代を書かれる小説ってチラッと聞きました

から、僕自身も知らない歴史にすごく興味があって、年表を作るときに、友成《ともなり》総務部長といっしょに会社中の書庫を探し回って、何か参考になる記録があるはずや、と。とにかく少しでもお役に立ちたいという気持ちでした。

松本　だから、一〇〇年の歴史は森田に聞けっていうんですよ。森田に聞けばなんでも分かるから。僕が思い付いたアイデアを森田くんに話すと、小さい話やと小さなレスポンスしか返してこないけど、大きい話になればなるほど、森田くんは大きいレスポンスを返してくる。西郷隆盛に対する坂本龍馬の人物評に、「大きく打てば大きく響き、小さく打てば小さく響く」というのがありますが、森田くんにもそういうところがあって、僕が話したアイデアを彼がどう思っているかは、すぐに分かる。あ、森田にとってはしょーもない話やったんやなあとか、反応がでかいからこのアイデアは面白そうやぞとか、そういうところはすごく頼もしいです。

竹内　社長や森田さんには金物についてもよく教えてもらいましたね。最初にこの題材を頂いたときには自分とはすごく距離のある世界の話だと思ったんですよ。「建築金物？　よく分かんないな」、と（笑）。よく分からないものに、どう思いを寄せればいいんだろうという戸惑いがあった。でも、皆さんと話しているうちに、自分の周りには建築金物がたくさんあることに気がついて。ドアノブだったり、戸車だったり、手すりだったり、生活のなかに溢れてるものなんだと。普段は当たり前過ぎて見過ごしてしまっているけど、そういうもののなかにこそドラマがあり、歴史があるんだということが見えてきた。ひょっとすると、自分は今とても面白い世界の話をやってるのかもしれないぞと、興味が変わってきましたね。

松本　街を車で移動しているときも、この作品を読む前と読んだあとでは、見え方が変わりますよね。こんなところにも金物屋さんがある、あんなところにも、というふうになると思う。意外と社会生活において不可欠なものばかりですから。もちろん、災害時なんかにも不可欠です。建築金物というのは、自動車やスマートフォンなんかに比べると分かりづらいんですけど、なかったらすごく不便なものなんですね。

＊

竹内　今回は、期せずして新型コロナ禍における創作になりましたけど、そういう意味では将社長にも、森田さんにもオンラインミーティングやSNSですごく助けてもらいました。気になっていたのですけど、会社のほうは大変なんじゃないですか？

松本　確かに大変な時期ですが、建材であれば、非接触であるとか、抗菌・抗ウイルスであるとか、そういう関係の商品はいくらでも作れて売れるわけですよね。だからネガティブな面ばかりを見ずに、早く発想を切り替えて、この変化をチャンスにできる経営者は強いと思います。自分は何も変わらずに緊急事態で客足が途絶えて、酒も売られへん、と言っているだけでは流されてしまうだけだと思います。大局的に物事を見られて、いち早く変化に対応していくことが大事でしょうね。見方を変えれば、今はまさにチャンスなんですよ。

竹内　心持ちの切り替えというのが大事なんですね。この物語は、祖父と父から会社を引き継いだ将がバブル崩壊、震災、耐震偽装問題、リーマンショックと、過酷な時代のなかで、どういう決断をしていくのかというところで終止符を打っています。しかし、現実の人生は「つづく」なんですよね。

　生きている人の物語を書いているかぎり、歴史は常に未来へ動いていくわけですから、僕らが生きている今の時間に繋《つな》がってゆく。マツ六さんの家族の歴史を借りて、そういう希望は描いたつもりです。

松本　「小さな商いをたくさん集めなさい」という祖父の教えであり、父も大事にしてきた理念は今後も変わることはない。けれど、事業のカタチというのは時代に即して変えていかないと、生きていけないというのは事実なので。そういったところが後世の人たちに伝わっていけばな、と思います。何を大事にしながら、何を変えていくのかというところが、大事だと思うんですよね。もちろん、ここまで会社を築き上げた人たちのパッションや想いを踏まえたうえで。

　父の重太郎が亡くなったときに、薬師寺管主だった高田好胤《こういん》さんから二代あとの後継者、山田法胤《ほういん》さんから丁寧なお手紙を頂戴しまして。

「いちばんの親孝行というのは、会社を立派に存続させること」ということが書かれてあった。これはわたしにとっていちばんの宝物ですが、確かにそういうことだと思うんですよね。六郎さんが生きていた時代はみんなそうだったと思うんですけど、家族らしい家族を持てない人がたくさんいた。そんななかで、家族のあり方を一生懸命に探しながら会社を経営していき、家族というもののとらえ方を模索されていたし、重太郎さんも同じように、家族のあり方を探されていた、と思うんですよね。

竹内　『かぞくの南京錠』というタイトルも、広い意味があって、一つは作中の松倉家が家族として出来上がっていくまでの過程を描きつつ、もっと広い意味の「かぞく」もあるんだ、と。

松本　小説にすることで、ウチのことを知らない人にも楽しく読んでもらえたら。会社としては一〇〇年史を作るよりも相当な調べものをしたので、苦労は多かったんですけど、このアウトプットは相当な財産になりました。そういう意味では、小説にしたことで祖父や父の生き様まで、ちゃんと伝わるというのがすごく大事だと思う。

作中の充太郎さんが、なぜ汗水節《あしみじぶし》を好きだったかということを竹内さんは、あえてはっきりと書いていないところが良いと思うんですよね。これはいろんな立場で解釈ができる。もしかしたら、父・六郎に対する畏敬の念であったり、感謝の念であったりという気持ちもどこかにあったかもしれないし、沖縄で一生懸命に働いている人たちに対する思いかもしれない。読み手に委ねる。そこが小説の良いところですよね。あそこのシーンは大好きですね。

竹内　一方で、忘れてはならないのは、彼らを支えた人たちの人生だと思うんです。これまでの会社というのは、どうしても男社会じゃないですか。事業承継についても、後継者が女性しかいない場合は別にして、基本的に男系社会の色が強い。そのなかで、女性が背負った役割みたいなものをどう語っていくのかということは、おろそかにせず書いたつもりです。

松本　せいさんもかずえさんも出てきますし、うちの家内も出てきますけど、やっぱり経営者の妻としての理解がないと、事業承継はうまくいかないと思うんですよね。
なぜ小説にする意味があるのか、といったら、僕らも家では会社のことをあんまりしゃべらないんですよ。親父も家のなかで会社の話をするなってよく怒っていましたから。かずえさんは、僕なんかが親父とご飯を食べていたら、会社の話を聞きたがるんですよ。ところが、あんまりしつこいと重太郎さんが「メシまずなる、会社の話すんな」と言うて、線引きしたがる。だけど、こうやって小説に残しておけば、家族にも知ってもらえると思います。

竹内　現実を描いたお話なんですが、物語ならではの味も加えたかったので、作中に幻想的な色合いをほんの少しだけ加えています。伝奇時代小説もそうなんですけど、政治的だったり、社会性が強い物語の場合、幻想的な要素を織り込むことで、話の振り幅がすごく大きくみえるんです。
三世代という長い時間の流れをコンパクトに描くためにも、幻想的な仕掛けは有効だと思いました。ヘビを首に巻いていたという渉さんの実話が面白かったので、さらに白ヘビさんの話を膨らますことにして、それがまた六郎さんの思い出にも繋《つな》がっていきました。

松本　『青天を衝け』でも、北大路さんが徳川家康として出てくるじゃないですか。あれなんてまったくフィクションで、二五〇年以上も前に死んだ人がナレーションであれこれ言うはずもないんで（笑）。そういうのは面白みとして、僕は大歓迎だし、そういうのがないとギクシャクしちゃうし、堅苦しい事業承継の小説になっちゃうんじゃないか、と思うんですよ。

竹内　亡くなってしまったのですが、大林宣彦《のぶひこ》という映画監督がいらして。『転校生』、『時をかける少女』、『さびしんぼう』という、尾道三部作と呼ばれる作品や、『はるか、ノスタルジィ』など、青春ファンタジーを多く手掛けられている。一見、口当たりが甘いんだけど、実はすごく苦い現実を見せられたりする。『はるか～』なんか、本当に戦争の悲惨さや人間の非情さを突き付けてくるんです。だけど、そこにファンタジーという要素を加えることで、逃避のためではなく、過酷な現実を受け止める勇気へと転化させてゆく。

僕も根っこが映像畑の人間なもので、作中での白ヘビさんとのかくれんぼは、孫とおじいちゃんの関係性を強くするためにファンタジーが機能してくれないかなという意図がありました。

松本　取材で金沢に行ったときに、実際にあの神社から妖しいオーラが出てましたもんね。

竹内　社長も、そう思ってました？

松本　ええ。だから、作中ではフィクションだけれども、実際にあったとしても不思議ではない。何かそういうものに守られているのかもしれない。

竹内　今回、完成した原稿を企業的なリアリティと金物知識という側面から社長に監修していただきました。そのときに、社長が植岡さんのセリフで意見を言ってくださったところが、僕の心に響きました。「理屈ではなく、まごころがなくては、人を動かすことはできない」という言葉です。

これは会社にかぎらず、人と人の関係すべてにいえることではないかと。しかも社長自身が、「かつての自分は理に走り過ぎていた」という反省のうえでそう気づいた。僕ね、人を引っ張ってゆくのは、この一点、然るべきときに「ごめんなさい」がしっかりいえることだと思うんです。

松本　だけど、一〇〇年の長い時間を三代にわたる経営者の物語として繋《つな》ぐという作業は、本当に大変だったと思います。僕としてはもう一〇〇点満点以上ですよ。ほんとに、大満足しています。ありがとうございました。

あとは、読者の皆さんにも、普遍的な物語として楽しんでいただければ、これほどうれしいことはないですね。

令和三（二〇二一）年八月　オンライン対談にて

対談者

松本 将《まつもと・しょう》

マツ六株式会社代表取締役社長。小説内の将少年のモデル。マツ六株式会社は大阪の四天王寺に実在する建築金物の開発・販売の老舗専門商社。2021年で創業100周年を迎えた。同社では、長い歴史のなかで二度にわたる親子間での事業承継が行われた。社長就任後は建築や住宅の変化に対応し、初代・二代目からの経営資源を受け継ぎ、新たな商材をはじめ販売手法の変革に取り組んでいる。また一方で資本の再構築も進めてきた。現状維持・前例踏襲主義の古参重役や、ときには父である前社長との確執からくる承継の難しさを経験。現在の年商は180億円を超え、日本全国で240人以上の従業員が働いている。新設住宅着工戸数が年々減少傾向にあるなか、高齢者向け住宅リフォーム事業で増益を続けている。

『かぞくの南京錠』参考・引用文献

『松本六郎翁自伝「私の苦斗時代」』　マツ六株式会社社内報「まつかぜ」より
『大阪の群像（松本六郎）』　三井達雄　高津文化社刊
『定本 船場ものがたり』　香村菊雄　創元社刊
『大大阪の時代を歩く』　橋爪紳也・編　歴史新書　洋泉社刊
『少年ゲリラ兵の告白　陸軍中野学校が作った沖縄秘密部隊』　ＮＨＫスペシャル取材班　新潮文庫　新潮社刊
『沖縄の帝王　高等弁務官』　大田昌秀　朝日文庫　朝日新聞社刊
『証言　沖縄スパイ戦史』　三上智恵　集英社新書　集英社刊
『間取り百年　生活の知恵に学ぶ』　吉田桂二　彰国社刊
『沖縄　だれにも書かれたくなかった戦後史』　佐野眞一　集英社インターナショナル刊
『復帰前へようこそ　おきなわ懐かし写真館』　海野文彦　ゆうな社刊
『沖縄島建築　建物と暮らしの記録と記憶』　岡本尚文・写真　普久原朝充・監修　トゥーヴァージンズ刊
『現代風俗史年表』　世相風俗観察会編　河出書房新社刊
『不道徳教育講座』　三島由紀夫　角川書店刊
『沖縄の風土に生きる　汗水節』　汗水節記念誌編集委員会編　汗水節記念碑建立期成会刊
沖縄タイムス　１９６３年６月２日・３日・６日・７日・９日　掲載記事
朝日新聞社（聞蔵Ⅱビジュアル）　１９６３年６月２日　東京　朝刊　掲載記事
毎日新聞　１９６３年７月31日　掲載記事
米朝らくごの舞台裏　小佐田定雄　ちくま新書　筑摩書房刊
読める年表「日本史」　総監修　川崎庸之・原田伴彦・奈良本辰也・小西四郎　自由国民社刊
沖縄県企業局ＨＰより　https://www.eb.pref.okinawa.jp/opeb/24/28
レキオ・島唄アッチャー　２０１２年６月25日「汗水節」に込められた思い　http://rekioakiaki.cocolog-nifty.com/blog/2012/06/post-2d1a.html
キャンプ・ゴンサルベス（沖縄北部訓練場について）　https://www.japan.marines.mil/Camps/Gonsalves/
海に捨てられた「甲子園の土」沖縄の球児が涙をのんだ１９５８年の事件　https://www.huffingtonpost.jp/2014/08/24/okinawa-koushien_n_5706387.html
『汗水節』（作詞　仲本稔　作曲　宮良長包）

※この物語は、マツ六株式会社の歴史をモチーフに、作者が創作したフィクションです。

竹内清人 たけうち・きよと

1968年、神奈川県出身。1991年日本映画学校（現・日本映画大学）を卒業後、映画宣伝業務に携わる。2005年、映画『戦国自衛隊1549』で脚本家デビュー。

主な脚本作品は、TV『ウルトラマンマックス』、映画『エクスマキナ－APPLESEED SAGA－』、『ギャルバサラ 戦国時代は圏外です』、『SPACE PIRATE CAPTAIN HERLOCK（キャプテン・ハーロック）』（福井晴敏氏と共同脚本）、『劇場版びったれ!!!』。日本シナリオ作家協会所属。また、作家としても活動し、『たばかり稼業の六悪人（「躍る六悪人」改題）』（ポプラ社）、『キャプテン・ハーロック』『小説機動戦士ガンダムNT』（KADOKAWA）、『エクスマキナ』『GOEMON』『母なる証明（ポン・ジュノ監督作品のノベライズ）』（幻冬舎）、『風流時圭男』（幻冬舎メディアコンサルティング）などがある。映画ライターとして、コラムやインタビューなども手掛ける。

本書についての
ご意見・ご感想はコチラ

かぞくの南京錠

2021年10月15日　第1刷発行

著　者　　竹内清人
発行人　　久保田貴幸

発行元　　株式会社 幻冬舎メディアコンサルティング
〒151-0051　東京都渋谷区千駄ヶ谷4-9-7
電話　03-5411-6440（編集）

発売元　　株式会社 幻冬舎
〒151-0051　東京都渋谷区千駄ヶ谷4-9-7
電話　03-5411-6222（営業）

印刷・製本　瞬報社写真印刷株式会社
装　丁　　株式会社 幻冬舎デザインプロ

検印廃止

Printed in Japan
ISBN 978-4-344-93110-7 C0093
幻冬舎メディアコンサルティングＨＰ
http://www.gentosha-mc.com/